Petra Würth

Unter Strom

Roman

GOLDMANN

Die Figuren in diesem Roman sind frei erfunden.
Ähnlichkeiten mit lebenden oder toten Personen
sind nicht beabsichtigt oder rein zufällig.

Umwelthinweis:
Alle bedruckten Materialien dieses Taschenbuches
sind chlorfrei und umweltschonend.

Genehmigte Taschenbuchausgabe 1/2000

Umschlaggestaltung: Design Team München
Umschlagfoto: TIB/Sikora
Satz: DTP-Service Apel, Hannover
Druck: Elsnerdruck, Berlin
Verlagsnummer: 44323
FB · Herstellung: Sebastian Strohmaier
Made in Germany
ISBN 3-442-44323-7

1 3 5 7 9 10 8 6 4 2

»Das Gute ist einmalig,
aber das Schlechte pflanzt sich rapide fort.«

Hans Bernhard Schiff

Für
Peter und Thomas

KAPITEL 1

Der Tag fängt gut an. Der Wecker hat nicht geklingelt. Schlaftrunken starre ich auf das Zifferblatt. Doch dann treibt mich ein ganz anderes Geräusch aus dem Bett. Irgend jemand ist mit seinem Finger in meiner Türklingel steckengeblieben. Durch das Dauergebimmel werde ich nicht nur wach, sondern auch ziemlich sauer.

Mein lieber Nachbar, Herr Rebbelmeier, steht vor der Tür und grinst mir ins Gesicht. Er ist der Traum einer jeden alleinstehenden Frau. Groß, fett, schmierig und immer einen süffisanten Spruch auf den Lippen.

»Na, Madame« – wie liebe ich dieses Madame –, »ist heute nacht wohl spät geworden?«

Ich blinzele ihn aus verquollenen Augen an. Freundlich wie ich bin, helfe ich seiner schmutzigen Phantasie ein bißchen auf die Sprünge.

»Ja, ziemlich spät. Hab ein paar kleinen Jungs die Schwänzchen abgebissen.«

Er grinst immer noch, nicht zu beeindrucken der Mann.

»Dabei haben Sie wohl was verloren.«

Er hält mir einen grünen Damenslip unter die Nase.

»Nein«, sag ich, »grün ist nicht meine Farbe, nicht bei Unterwäsche.«

Das Geheimnis um den grünen Slip ist so schnell nicht zu lüften. Soll er ihn doch behalten, ihn sich über den Kopf stülpen, tief durchatmen und im Rausch seiner miesen Gedanken versinken. Ich muß weg. Es ist schon sechs, und ich muß den Sieben-Uhr-Flug nach Frankfurt erwischen. Taxi, denk ich, ich ruf ein Taxi. Telefon, wo ist das gottverdammte Telefon? Als ich es endlich unter dem Sofa hervorzerre, stelle ich fest, daß der Hörer demoliert ist. Hat das einer runtergeschmissen? Egal, es funktioniert.

»Hallo, hier Petry, Pia Petry, Husumer Str. 24. Ich brauche ein neues Telefon. Oh, sorry, ein Taxi natürlich, ich brauche ein Taxi. Kommt erst in zwanzig Minuten? Danke, da fahr ich lieber selbst.«

Ich hab den Flieger dann doch noch erwischt. Aber ob ich meinen Wagen im Parkhaus je wiederfinden werde? Wahrscheinlich nicht. Ob die Frau am Check-in freiwillig je wieder ein Wort mit mir wechseln wird? Eher unwahrscheinlich. Auch die Stewardess guckt ganz indigniert. Na ja, ich hätte sie ja auch nicht gleich über den Haufen rennen müssen. Egal, ich sitze. Die Jungs um mich herum: ganz die alte Schule. Im grauen Einheitsdress, verschanzt hinterm Wirtschaftsteil ihrer Zeitungen, sinnieren sie über die Probleme, die die Welt bewegen. Verträumt hängen sie den Erinnerungen an ihr letztes Schäferstündchen mit der Aushilfssekretärin nach. Rechnen noch einmal eventuelle Abfindungen für die Gattin durch und klopfen in Gedanken die Intrige gegen den lieben Chef auf mögliche Schwachstellen ab. Mein Nachbar, auch ganz grau-in-graues Streifenhörnchen, scheint seine Hausaufgaben schon gemacht zu haben, er schläft.

Wohlwollend blicke ich auf die vor und hinter mir aufgereihten Köpfe und Schultern, auf denen das Schicksal Tausender von Arbeitnehmern und ihrer Familien ruht. Mein Schicksal ruht da nicht. Ich habe mein Leben selbst in die Hand genommen und mich selbständig gemacht. Als was? Ganz klar – als Privatdetektivin.

Frankfurt gehört nicht unbedingt zu meinen Traumzielen. Obwohl ich nicht viel von der Stadt kenne, haben Kaiser-, Taunus- und Moselstraße einen so bleibenden Eindruck hinterlassen, daß mir die Lust auf Exkursionen schnell vergangen ist. Allerdings bin ich nicht wegen Frankfurts Schönheit hier, sondern wegen einer Klientin. Dabei hasse ich Klientinnen eigentlich. Sie wissen nicht, was sie wollen: »Finden Sie dieses Miststück, mit dem mich mein Mann betrügt ...« Und wenn es dann soweit ist: »Wie konnten Sie mir nur diese Fotos zeigen? Ich finde in meinem ganzen Leben keine ruhige Minute mehr.«

Das ist genau die Reaktion, die ich nach drei durchwachten Nächten in einem eiskalten Auto und nach der Präsentation erstaunlich scharfer Fotos erwartet habe. Nun ja, vielleicht waren die auch ein bißchen zu scharf. Und dann die Probleme mit dem lieben Geld. Denn wenn ich herausgefunden habe, was ja anscheinend gar keiner so genau wissen wollte, ist das Honorar plötzlich zu hoch, oder es gibt gerade finanzielle Engpässe, oder noch besser, die Zahlungen erfolgen nicht, weil der Ehemann bei so hohen Geldausgaben mißtrauisch würde.

Leider läßt meine derzeitige finanzielle Situation keinerlei Empfindlichkeiten hinsichtlich der Klientenauswahl zu. Meine Kontoauszüge sind das reinste Depressivum. Deshalb habe ich auch nicht gleich aufgelegt, als diese Isabelle Dujack anrief und mich bat, nach Frankfurt zu kommen.

Als ich dem Taxifahrer die Straße nenne, pfeift der anerkennend durch die Zähne. Die Adresse scheint etwas Besonderes zu sein. Das ist dann auch nicht zu übersehen. Noble Gegend, ein altes Patrizierhaus reiht sich an das nächste. Es riecht nach Geld, nach richtig viel Geld.

Wir halten vor einer großen, gelben Villa, die durch einen hohen Zaun und ein bombastisches Eingangstor von der Außenwelt abgeschirmt wird. Sehr einladend sieht das Ganze nicht gerade aus. Aber das Tor ist offen, und als ich die gekieste Auffahrt auf meinen neuen Pumps hocheiere, bin ich vom Ambiente so beeindruckt, daß ich sofort über mein Honorar nachzudenken beginne. Hatte ich mit der lieben Isabelle Dujack eigentlich schon über Geld gesprochen? Nein, ich glaube nicht. Vielleicht sollte ich siebenhundert Mark am Tag verlangen, oder würde sie das unverschämt finden? Reiche Menschen sind ja oft geizig. Aber sechshundert Mark müßte sie eigentlich akzeptieren. Nachdem ich einen Rover und einen Porsche passiert habe und beinahe mehrere sündhaft teure Terrakottatöpfe mit gigantischen Buchsbaumkugeln umgerannt hätte, entschließe ich mich doch wieder zu der Siebenhundert-Mark-Forderung. Mein Entschluß verfestigt sich beim Anblick der riesigen Eingangstür mit schwerem Messingklopfer. Ich klopfe, und tatsächlich, wer hätte es gedacht, ein Butler öffnet mir die Tür.

Wenn mich schon der Eingang begeistert hat, das Wohnzimmer, oder soll ich sagen die Wohnhalle, mit satten hundert Quadratmetern, einem offenen Kamin und Art-deco-Mobiliar vom Feinsten, haut mich fast aus meinen Dreihundert-Mark-Tretern. Vorsichtig lasse ich mich auf einem schwarzen Wildledersofa nieder und bewundere die Aussicht in den parkähnlichen Garten, dessen Größe ich gar nicht erst zu schätzen versuche.

Da geht auch schon die Tür auf, und meine neue Klientin kommt herein. Sehr groß, sehr blond, sehr jung und sehr hübsch. Eine einzige wandelnde Ungerechtigkeit. Ich versuche, mein leicht eingefrorenes Lächeln aufzutauen und zerre mein neununddreißigjähriges Selbstbewußtsein aus meiner hinteren Magenhälfte. Tapfer stelle ich mich vor und hoffe, daß sie den Mund aufmachen und etwas ganz besonders Dämliches sagen wird.

Den Gefallen tut sie mir nicht. Sie ist von ausgesuchter Höflichkeit und bedankt sich in wohlgesetzten Worten für mein Kommen. Die wird doch nicht studiert haben, schießt es mir durch den Kopf. Ich reiße mich zusammen und besinne mich auf meine Rolle als toughe Business-Frau. Ihren Anblick muß sie mir versüßen. Ich schlucke und nenne meinen nun auf siebenhundertfünfzig Mark angestiegenen Tagessatz, vergesse auch nicht, auf die Spesen hinzuweisen, und überreiche ihr meine Visitenkarte. Sie reagiert gelassen.

»Ja, das geht in Ordnung.«

Dabei betrachtet sie meine Karte.

»Warum heißt Ihre Firma denn P-Quadrat?«

Die Antwort kann ich auswendig runterbeten. »P-Quadrat ist eine Abkürzung für meinen Namen, Pia Petry, originell, nicht?«

Um weiteren Diskussionen über den Namen meiner Detektei vorzubeugen, leite ich schnell auf unser Telefonat über und frage, was es denn mit ihrer Mutter und diesem ominösen Unfall auf sich habe.

»Tja«, antwortet Frau Dujack, »das ist eine seltsame Geschichte.«

Als ich im Flieger zurück nach Hamburg sitze, lasse ich den Fall noch einmal Revue passieren. Nicht nur die Geschichte ist seltsam, auch meine Klientin ist ziemlich schräg drauf. Erst läßt sie mich nach Frankfurt kommen, und dann hat sie eigentlich gar keine Zeit.

»Eine halbe Stunde wird schon reichen«, hat sie allen Ernstes gesagt.

Wie sie auf die Idee gekommen ist, weiß ich wirklich nicht. Die Geschwindigkeit, mit der ich meine Fragen stellen mußte, war jedenfalls rekordverdächtig. Trotzdem sind eine Menge Punkte offengeblieben. Und das bei dieser Story, die das Skurrilste ist, was ich seit langem gehört habe.

Ich weiß nicht, ob es richtig gewesen ist, den Fall überhaupt angenommen zu haben. Eigentlich halte ich mich für einen aufgeschlossenen Menschen, der sich für vieles interessiert und vieles für möglich hält, aber ich bin definitiv kein Anhänger esoterischer Albernheiten.

Isabelle Dujack hat eine sogenannte Rückführung bei einer Heilpraktikerin gemacht. Mit dieser Methode soll herausgefunden werden, wer man in früheren Leben gewesen ist und was sich damals abgespielt hat. Nun hat sie in dieser Rückführung aber nichts über ein früheres, sondern etwas über ihr jetziges Leben erfahren.

»Möchten Sie etwas zu trinken?«

Die Stewardess lächelt mich freundlich an. So aus meinen Gedanken gerissen, begreife ich im ersten Moment überhaupt nicht, was sie von mir will.

»Ja, klar, äh ja sicher, geben Sie mir doch bitte einen Orangensaft«, antworte ich konfus.

Der Plastikbecher mit dem gelben Saft steht schon vor mir, als mir einfällt, daß ich wegen meiner Gastritis gar keinen Orangensaft trinken darf. Ich starre den Becher an und sehe wieder Isabelle Dujacks Gesicht vor mir. Ihre kurzen, blonden Haare, die großen, blauen Augen, die so unglaublich nachsichtig auf andere herabsehen können, und den etwas schmal geratenen Mund, der zu einem Strich verkommt, sobald sie ärgerlich wird.

Mit acht Jahren war sie von den Dujacks adoptiert

worden. Doch schon vier Jahre später bekam die neue Familienidylle einen bösen Riß. Frau Dujack fiel durch einen Stromschlag ins Koma und ist seither nicht wieder zu Bewußtsein gekommen.

Soweit ist die Story noch relativ normal. Doch dann wird's heikel. Neun Jahre später macht Isabelle diese Rückführung. Und was sie da sieht, beziehungsweise erlebt, gibt der Geschichte eine vollkommen neue, um nicht zu sagen bizarre Wende.

Ich höre noch ihre seltsam unbeteiligt klingende Stimme, als sie davon erzählte:

»Ich sah mich plötzlich wieder als Zwölfjährige im Badezimmer meiner Eltern, wo ich mir gerade die Hände wusch. Die Tür zum Elternschlafzimmer, in dem meine Mutter inmitten dieser ganzen medizinischen Geräte lag, stand offen. Ich war so mit mir beschäftigt, daß ich zuerst gar nicht richtig begriff, was passierte. Meine Mutter redete. Können Sie sich das vorstellen? Nicht lange, nur zwei, drei Sätze. Aber sie redete, und ich habe sie verstanden, ich habe sie ganz genau verstanden.«

Ich habe nur völlig verdutzt dagesessen und Isabelle Dujack angestarrt. Eine Frau, die im Koma redet, und eine Tochter, die neun Jahre und eine Rückführung braucht, um sich daran zu erinnern. Das an sich ist ja schon schaurig genug. Das Highlight kam aber noch. Isabelle berichtete nämlich, daß ihre Mutter nach Hilfe rief, weinte und Angst davor hatte, umgebracht zu werden.

Spätestens an diesem Punkt der Erzählung war ich hellwach. Gruselgeschichten sind ja mein wunder Punkt. Aber eigentlich stehe ich mehr auf Fiction und weniger auf Realsatire.

Jetzt quatscht mich die Stewardess schon wieder von der Seite an. Ich soll den Tisch vor mir hochklappen. Das geht aber nicht. Da steht nämlich ein Becher Orangensaft drauf. Daß einen die Leute beim Fliegen aber auch nicht in Ruhe lassen können. Soll sie den Saft doch mitnehmen.

Langsam beruhige ich mich wieder. Isabelle Dujack ist felsenfest von ihrer Geschichte überzeugt. Zweifel und nicht genehme Argumente bügelt sie gnadenlos ab. Über Wahrheitsgehalt und Wahrscheinlichkeit wird nicht diskutiert. Die Scheuklappen sind in Position gebracht, der Horizont endet an der Nasenspitze. Kein Argument zieht, keine Logik verfängt. Mit großen Kinderaugen habe ich das Unausweichliche auf mich zukommen sehen. Mein Schicksal war schneller besiegelt, als ich Gegenargumente vorbringen konnte: Ausgerechnet ich soll diesen ganzen Schlamassel aufklären.

Leicht frustriert starre ich aus dem Fenster. Mein neuer Fall. Eine tolle Sache, ein Unfall, der angeblich ein Mordversuch war, ein Opfer, das kein Wort sagen kann, und eine Zeugin, deren Erinnerungsvermögen esoterischen Nachhilfeunterrichts bedarf. Klar, diese Story würde sich kein Polizist auch nur eine Minute anhören, und unternehmen würde er deswegen schon gar nichts. Der spontane Reflex, Isabelle mit ihren verquasten Rückführungsphantasien allein zu lassen, wird durch die Erinnerung an meinen Kontostand schnell unterdrückt. Nun gut, mit dieser Heilpraktikerin kann ich ja mal reden und vielleicht auch mit der Krankenschwester, die Frau Dujack nach dem Unfall betreut hat. Für siebenhundertfünfzig Mark am Tag hab ich schon unangenehmere Dinge gemacht.

Der Flieger ist pünktlich, und ich hetze um halb zwei ins Parkhaus. Wo ist mein Auto? Ich finde es überraschend schnell. Kein Wunder, denn freundlicherweise leuchtet es mir auf Parkdeck P3 schon von weitem entgegen. Ich brauche keinen beleuchteten Frauenparkplatz, das macht mein Auto ganz allein. Einen Nachteil hat das Ganze allerdings, es springt nicht mehr an.

Als ich endlich in meinem Büro in Pöseldorf ankomme, sitzt mein Assistent, Martin Cornfeld, an meinem Schreibtisch und dekoriert ihn mit seinen unsäglichen Cowboystiefeln. Als er mich sieht, nimmt er die Füße vom Tisch, schält sich langsam aus meinem Stuhl und teilt mir mit, daß den ganzen Tag noch niemand angerufen habe.

Der Junge hat Betriebswirtschaft studiert und werkelt seit drei Jahren an seiner Doktorarbeit. Er ist jung, intelligent und nicht unattraktiv. Mit seiner schlaksigen Figur, den kinnlangen, rötlich-blonden Haaren und der futuristisch anmutenden Designerbrille könnte er einer boy group entsprungen sein. Leider fehlt es ihm etwas an jugendlicher Dynamik. Er verfügt über einen eher verlangsamten Bewegungsablauf und schleicht durch die Gegend, als habe er gerade das achtzigste Lebensjahr vollendet. Was mich aber am meisten nervt, ist sein ständiges »Ja, aber ...« Er gehört zu diesen Bedenkenträgern, die in jeder Suppe mindestens zwei Haare finden und die Probleme weitaus mehr faszinieren als die Lösungen.

Aber ich muß zugeben, daß diese Einstellung manchmal auch Vorteile hat. Da ich selber eher zu spontanen und nicht immer so ganz durchdachten Reaktionen neige, ist es gut, jemanden wie ihn in der Nähe zu haben, der meine tägliche Fettnäpfchenration in Grenzen hält. Doktorchen, wie ich ihn gerne nenne, ist auch für meine Buchhaltung und die Finanzen zuständig. Da er ein alter Erbsenzähler ist, hat er diesbezüglich mein volles Vertrauen.

Natürlich ist er neugierig und will wissen, was bei dem Frankfurter Termin herausgekommen ist. Ich erzähle es ihm und bitte ihn, uns ein paar Infos zum Thema »Koma« zu besorgen.

»Ist es theoretisch möglich, daß eine Frau, die im Koma liegt, aufwacht, spricht und dann wieder sanft entschlummert? Außerdem brauchen wir noch mehr Informationen über die Leute, die damals im Haus gelebt haben. Von ihrem Vater hat sie mir nur erzählt, daß er mit Immobilien-Spekulationen und Altenheimen in den siebziger und achtziger Jahren viel Geld gemacht hat. Jetzt ist er um die fünfzig und verbringt seine Tage auf den exklusivsten Golfplätzen der Welt. Außerdem gab es da noch eine Schwester namens Simone, die leibliche Tochter des Ehepaars Dujack. Die hat im Alter von elf Jahren Selbstmord begangen.«

Cornfeld sieht mich erstaunt an. »Ein elfjähriges Kind, das sich umbringt. Das ist ja heftig. Hat Isabelle Dujack was darüber erzählt?«

»Nein, hat sie nicht. Sie erwähnte diesen Selbstmord auch erst ganz zum Schluß, als ich nach Geschwistern gefragt habe. So ganz nebenbei. Als wär's nicht weiter wichtig. Das ist wohl so etwas wie der dunkle Fleck in der Familiengeschichte. Hab ich was vergessen?«

»Ja, wie ist der Unfall eigentlich passiert?«

»Das hat sie mir nicht gesagt.«

»Was?«

»Sie ist in Tränen ausgebrochen und hat gesagt, da

könne sie jetzt nicht drüber reden. Das würde sie immer noch zu sehr mitnehmen.«

Cornfeld schüttelt den Kopf. »Wie stellt die sich das denn vor? Die muß uns doch Infos über den Unfall geben.«

»Das hab ich ihr auch gesagt. Sie hat mich dann an die Krankenschwester verwiesen, die Frau Dujack die ersten Jahre nach dem Unfall zu Hause gepflegt hat. Eine gewisse Ramona Bouché.«

Cornfeld kichert. »Ramona Bouché? Klingt ja toll.«

Er kommt mit ausgestreckten Armen auf mich zu. »Ist das französisch, ma chérie ...? Oh, dann beiß misch, schlag misch, kratz misch, aber mach disch nackisch für misch.«

»Doktorchen, lassen Sie das, keine Vertraulichkeiten, wenn ich bitten darf.«

Angriffslustig bleibt er vor mir stehen. »Sie warten doch schon seit zwei Jahren auf einen sexistischen Übergriff.«

»Das stimmt. Seit ich mich ein Jahr lang mit Karate abgemüht habe, sehne ich den Moment herbei, in dem ich einem Knaben mal so richtig in die Eier treten darf. Das habe ich damals nämlich fleißig geübt.«

Cornfeld findet solche Angebote verständlicherweise nicht sehr komisch. Und ich komme darin auch lieber wieder aufs Geschäftliche zurück.

»Also, mit Ramona Bouché sowie der Heilpraktikerin, die diese Rückführung gemacht hat, sie heißt Monika Gelzer, möchte ich mal reden. Wäre nett, wenn Sie alles Notwendige veranlassen könnten. Ach, Doktorchen, seien Sie so lieb und schreiben Sie einen Kontaktbericht. Sonst hab ich das morgen alles wieder vergessen.«

Nachdem ich noch ein bißchen Schreibkram erledigt habe, fahre ich nach Hause. Es ist herrlich, wenn man sich eine hundert Quadratmeter große Altbauwohnung in Eppendorf leisten kann. Allerdings hin ich mit der Miete schon wieder im Verzug. Aber wer auf großem Fuß leben will, muß bluffen können. Und das kann ich – manchmal wenigstens. Leider hat die Wohnung einen Haken. Und das sind die Parkplätze. Unter einer Viertelstunde ergattere ich selten so eine Rarität. Heute habe ich Glück. Nach nur zehn Minuten Irrfahrt durch sämtliche Seitenstraßen der Umgebung und kaum drei Kilometer vom Haus entfernt klemme ich meinen Wagen zwischen einen Pick-up und einen alten Käfer. Prima, sitzt, paßt, hat keine Luft. Auch egal. Ich eile im Stechschritt nach Hause und auf der Treppe unserer ehrwürdigen Jugendstil-Mietskaserne direkt in Herrn Rebbelmeiers Arme. Meine Glückssträhne findet ein abruptes Ende.

»Frau Petry«, – na wenigstens nicht Madame –, »Sie glauben nicht, was passiert ist.«

Nein, nein, ich glaube es nicht. Vor allem: Ich will es auch gar nicht wissen. Wild mit seinen Händen gestikulierend, kommt er hinter mir die Treppe rauf gerannt.

»Es ist eine solche Unverschämtheit, eine solche Frechheit . . .«

Mein Gott, denke ich, hoffentlich bricht er mir jetzt nicht in Tränen aus.

»Man hat meine Schuhe . . .«

Weiter kommt er nicht. Ein tiefes Schluchzen erschüttert seinen immensen Speckbauch. Und mir wird angst und bang. Hat er etwa Schuhe gesagt? Der running gag in diesem Haus sind die Schuhe von Herrn Rebbelmeier, die zum Entsetzen sämtlicher Bewohner samt und sonders vor seiner Wohnungstür aufgereiht stehen. Ein wirklich ästhetischer Anblick, und der Geruch erst. Herb würzig, mit einer kleinen, kaum wahrnehmbaren Note von zerlaufenem Camembert. Für die Eppendorfer Yuppies ein unglaublicher Affront. »Wie lange wird es wohl dauern, bis er seine nassen Unterhosen in unserem Hausflur aufhängt?«

Nachdem Herr Rebbelmeier sich freundlichen Ermahnungen gegenüber leider nicht sonderlich aufgeschlossen gezeigt und sich mit dem Hinweis, in seiner Wohnung sei leider kein Platz für all die Schuhe, den Wünschen seiner Nachbarn rigoros entzogen hat, brach ein erbitterter Grabenkrieg aus. Es endete damit, daß Rebbelmeier jeden Morgen einen seiner Schuhe suchte. Mal lag er im Abfalleimer, mal im Keller, mal auf dem Speicher. Meine Nachbarn gingen nicht gerade zimperlich mit ihm um. Doch bisher haben diese Aktionen nicht viel bewirkt.

Mittlerweile sitzt Rebbelmeier auf der Treppe vor meiner Wohnung und jammert wie ein verwaistes Robbenbaby. Soweit ich ihn verstehen kann, hat wohl jemand rohe Eier in seine Schuhe gelegt, und er hat es erst gemerkt, als er schon drin stand. Ein voller Erfolg. Ich muß mich schwer zusammenreißen, um nicht loszulachen. So viel Kreativität hätte ich meinen Mitbewohnern gar nicht zugetraut.

»Frau Petry, Sie müssen mir helfen. Sie können doch bestimmt herausfinden, wer das war. Ich zahle Ihnen auch eine Belohnung.«

»Nein, danke, wirklich nicht. Ich habe im Moment so viel Arbeit und für solche Geschichten überhaupt keine Zeit.«

Bevor er groß widersprechen kann, bin ich in meiner Wohnung verschwunden. Schließlich will ich heute abend mit Michael ins Theater und muß mich dafür noch ein bißchen anhübschen. Doch kaum habe ich die Tür hinter mir zugemacht, poltert Rebbelmeier dagegen.

Entnervt öffne ich.

»Frau Petry, entschuldigen Sie, ich habe noch etwas vergessen.«

»Ja.«

»Im Keller, also wegen dem Damenhöschen«, er grinst, »Sie wissen schon, also da in der Nähe, wo das Höschen lag, hab ich heute so Blutstropfen gefunden.«

Oh, nein. Sherlock Holmes persönlich. Oder sollte ich sagen Doktor Watson? Genau, er mimt Dr. Watson, und ich soll die Rolle von Sherlock Holmes übernehmen. Ohne mich. Ich hätte ihm nie sagen dürfen, was ich beruflich mache. Jetzt kann ich nur versuchen, ihn zu beruhigen.

»Da hat sich vielleicht jemand geschnitten oder sonstwie verletzt. Sie wissen ja, die meisten Unfälle passieren im Haushalt. Das Höschen ist jemandem vom Wäschekorb gesegelt, und das Blut stammt wahrscheinlich von einem ungeschickten Heimwerker. Okay?«

Ganz zufrieden scheint er mit der Erklärung nicht zu sein. Aber er trollt sich. Gott sei Dank.

Um halb acht muß ich bei Michael in der Firma sein. Wir wollen uns modernes Tanztheater auf Kampnagel ansehen. Schließlich muß ich auch kulturell auf dem laufenden bleiben. Was zieh ich bloß an? Vielleicht mein langes Schwarzes? Nein, zu edel und zu konservativ. Wie wäre es mit meinem kurzen Schwarzen – paßt auch nicht so ganz, sieht ein bißchen aus wie Chanel für Arme. Modernes Tanztheater . . ., da gehen doch bestimmt eher junge Leute hin. Tja, wie ich Michael kenne, gehen da ganz bestimmt junge Leute hin, vor allem junge Mädels. Da wären darin eine Hose mit Schlag, Plateauschuhe und ein kurzer Glitzerpulli angesagt. Aber die Sachen hab ich schon vor zwanzig Jahren weggeworfen, und bei dem Versuch, sie mir im zarten Alter von neununddreißig

Jahren noch einmal zuzulegen, mußte ich mir die harsche Kritik meines langjährigen Wegbegleiters anhören: »Weiber, die auf jung machen, find ich einfach peinlich.«

Soviel zu Hosen mit Schlag und Plateauschuhen. Schließlich entscheide ich mich für eine schwarze Gaultier-Hose, einen schwarzen Pulli und eine grüne Satinjacke von Anna Sui. Ein kurzer Kontrollblick in den Spiegel zeigt, daß sich die Anstrengung gelohnt hat. Keiner käme auf die Idee, daß diese Frau mit den schulterlangen, braunen Haaren und den schrägstehenden, grünen Augen auf fast vier Jahrzehnte Lebenserfahrung zurückblicken kann. Allzuviel Weisheit hat sich in der Zeit allerdings nicht angesammelt. Sonst würde sie nicht seit sieben Jahren mit dem gleichen untreuen, nicht heirats- und schon gar nicht zeugungswilligen Knaben um die Häuser ziehen. Ich sehe mir selbst tief in die Augen und denke: »Liebe Pia, eine Frau, die so gut aussieht, hätte bei Gott etwas Besseres verdient. Zum Beispiel einen Mann mit viel Geduld, viel Liebe und viel Geld.«

Als ich sehe, daß es schon halb acht ist, beende ich die selbstkritischen Betrachtungen vor dem Spiegel und mach mich auf die Socken.

Michael ist Filmemacher, so bezeichnet er sich wenigstens selber, und da die großen Hollywood-Angebote im Moment gerade ausbleiben, produziert er mehr oder weniger gelungene Werbespots für Seife und Haferbrei. Nichtsdestotrotz ist er natürlich der begabteste Jungfilmer der deutschen Szene, auch wenn er schon satte vierundvierzig Jahre auf dem Buckel hat und bis dato relativ erfolglos war. Aber er schafft es, mit seinen hundertneunzig Zentimetern Körpergröße, seinem bodygebildeten Muskelspiel und seiner solariumgebräunten Strahlemimik, aller Welt den Erfolgsmenschen par excellence vorzugaukeln, der keinerlei finanzielle Probleme oder midlife-krisenhafte Anwandlungen kennt. Manchmal denke ich, er hätte Schauspieler oder noch besser Hochstapler werden sollen. Auch als Casanova wäre ihm eine glänzende Karriere beschieden gewesen. Warum ich mit ihm zusammen bin, weiß ich selber nicht. Nicht so richtig jedenfalls. Das Ganze fing gar nicht mal so schlecht an. In einem Wochenendhaus an einem traumhaft schön gelegenen See, mit einem leckeren Abendessen bei Kerzenschein. Im offenen Kamin loderte das Feuer, während wir es auf dem kuscheligen Eisbärfell trieben. Leider artete das Ganze dann in die von Michael so heißgeliebten Leibesübungen aus, was dazu führte, daß ich irgendwann nicht mehr das Eisbärfell, sondern das Kaminbesteck im Kreuz hatte. Ganz abgesehen von den kleinen Brandwunden an meinem Hinterteil, die mir das Sitzen für mindestens eine Woche total vermiesten. Kein gutes Omen. Die Fortsetzung dieser Bilderbuch-Lovestory war dann auch eher mäßig – so zwischen mittel- und saumäßig. Leider besitze ich nicht die Charakterstärke, diesem Schrecken ein Ende zu bereiten. Aber ich arbeite daran.

Als ich endlich in den Schneideraum rumpele, eine Viertelstunde zu spät und reichlich abgehetzt, schlägt mir die spannungsgeladene Stimmung in dem abgedunkelten Raum sofort auf den Magen. Auch wenn ich diese seltsamen Vibrationen zuerst nicht einordnen kann, empfinde ich mich doch eindeutig als unerwünschter Eindringling. Michael steht am Schneidetisch hinter einer Cutterin, die ich noch nie zuvor hier gesehen habe. Er rüffelt mich wegen meines Zuspätkommens und beginnt die ewig gleiche Leier mit dem Thema »Pias Unzuverlässigkeit im allgemeinen und in diesem speziellen Fall«.

Nicht sehr erfreut über diesen Empfang, mustere ich die etwa dreißigjährige Cutterin, die, eine Zigarette zwischen den Zähnen, eifrig den Film vor- und zurückspult, ihn immer wieder anhält und bestimmte Stellen mit einem weißen Fettstift markiert. Ganz in ihrer Arbeit aufgehend, tut sie so, als interessiere sie sich weder für mich noch für Michaels Ausführungen. Ihr kurzes Lächeln, das sie mir gnädig schenkt, nachdem Michael sie als »Das ist Ursula, unsere neue Cutterin« vorgestellt hat, erwidere ich mit einer winzigen Kopfbewegung. Mehr Engagement erschiene mir unehrlich, und verlogene Höflichkeiten haben mir noch nie gelegen.

Unsere gegenseitige Abneigung ist so eindeutig, daß weitere Kommunikationsversuche getrost entfallen können. Was ich von ihr in dem dunklen Raum erkennen kann, sind ein sehr schmaler Rücken, ein hübsches Profil mit einer ziemlich unreinen Haut und eine Flut dicker, stark naturgewellter, langer, blonder Haare.

Blond, denk ich, klar, sie ist blond. Michaels Mutter ist blond, nicht von Natur, sondern vom Friseur. Aber das spielt ja keine Rolle. Die unechten Blondinen sind laut Michael sowieso die hübscheren. Ja, und solche Erkenntnisse, im frühkindlichen Entwicklungsstadium erworben, prägen das idealtypische Frauenbild ein Leben lang. Durch die Bank waren alle Frauen, mit denen der Mistkerl mich innerhalb der letzten sieben Jahre betrogen hat, blond.

Ich weiß bis heute nicht, warum er sich eigentlich mit mir eingelassen hat. Vielleicht lag es an einer kurzfristig eingetretenen Farbenblindheit. Ich darf gar nicht daran denken, wie oft ich schon mit meinem Friseur das Thema »Blondieren oder nicht blondieren?« diskutiert habe. Aber wir sind beide immer wieder zu der gleichen Erkenntnis gekommen: Ich bin einfach keine Blondine. Gelb steht mir nicht.

Das einzige, was mich jetzt noch ein bißchen aufrechthält, sind Ursulas Pickel. Das ewige Rumsitzen in dunklen und verräucherten Schneideräumen ist ja bekanntlich auch der jugendlichen Haut nicht so zuträglich. Und auf Pickel steht Michael nun wirklich nicht. Während ich noch abschätze, ob dieser Krug wohl an mir vorübergehen wird, dränge ich zum Aufbruch. Schließlich sind wir schon ziemlich spät dran.

Das Tanztheater ist ein hartes Stück Arbeit. Für die Tänzer und fürs Publikum. In diesem Stück wird unglaublich viel gerannt, auf der Bühne mit Vorliebe im Kreis herum, und im Zuschauerraum, vor allem während der ersten zehn Minuten, stringent in Richtung Ausgang. Da haben sich wohl einige Zuschauer verhoben. Kultur ist eben anstrengend. Da reicht es nicht, sich regelmäßig die Schwarzwaldklinik und die Lindenstraße anzusehen. Das verweichlicht. Einem älteren Herrn, der an mir vorbeihastet, rufe ich leise »Feigling« hinterher und freue mich diebisch, daß ich diesem Weglaufreflex bisher so tapfer widerstanden habe. Während ich sämtliche Stationen des mir auferlegten Kunstgenusses durchleide, schläft Michael neben mir den Schlaf des Selbstgerechten. Als er anfängt, leise zu schnarchen, hau ich ihm meinen Ellenbogen in die Rippen. Er wacht kurz auf, verändert seine Sitzposition und versinkt sofort wieder in seinen Träumen. Mir ist das unbegreiflich. Während der ersten Szene brüllen und schreien die Tänzer auf der Bühne, daß mir fast das Trommelfell platzt. Dann explodieren die kleinen Säulen, auf denen die Tänzer sich wie Spielfiguren drehen, und ich krieg fast einen Herzinfarkt. Und Michael – keine Reaktion.

Als wir das Theater verlassen, bin ich klatschnaß geschwitzt und fast taub, während Michael ausgeruht und bester Laune den Wunsch nach einem schönen, kühlen Guinness äußert. Bei unserem anschließenden Zug um die Häuser, irgendwann zwischen zwei und drei Uhr nachts und nach zwei Guinness und drei Kilkenny, ist er dann witzig, zärtlich und verdammt unterhaltsam. Plötzlich weiß ich wieder, warum ich mir diesen Kerl schon so lange antue.

KAPITEL 3

Auf einen langen Tag folgt meistens eine kurze Nacht. Als ich am nächsten Morgen viel zu spät mit einem klitzekleinen Katerchen ins Büro komme, hat sich schon eine Menge dicker Luft angesammelt. Doktorchen ist sauer. Er haßt Unpünktlichkeit. Mein üblicher Hinweis auf die kapitalistische Ausbeutung im allgemeinen und meine Domina-Allüren im speziellen kann auch keine Abhilfe schaffen. Also versuche ich es auf die romantische.

»Sehen Sie mich doch nicht so traurig aus Ihren rehbraunen Augen an ...«

»Nein«, erwidert er erbittert, »die sind nicht rehbraun, die sind blau und grün und grau. Die sind wirklich alles, nur braun sind sie nicht. Das hätte Ihnen nach zwei Jahren Zusammenarbeit auch schon einmal auffallen können.«

Ich zeige mich zerknirscht, gebe vor, seine Augenfarbe zu studieren und angele dabei nach seinen Schokoladenplätzchen in der unteren Schreibtischschublade. Was wiederum zu einer gewissen körperlichen Nähe führt, die er heute gar nicht zu goutieren scheint. Mein Hinweis, daß ich nichts von ihm, sondern nur etwas von seiner Prinzenrolle wolle, führt endlich zum gewünschten Erfolg: Er lacht.

Während ich meinen Rausch ausgeschlafen habe, hat Cornfeld schon fleißig recherchiert. Die Krankenschwester, die Isabelles Adoptivmutter in den ersten Jahren nach ihrem Unfall betreut hat, lebt mittlerweile in Hannover. Sehr praktisch, da muß ich nicht nach Frankfurt, das spart mir eine Menge Zeit. Um mein schlechtes Gewissen zu beruhigen, entschließe ich mich, den Stier bei den Hörnern zu packen und die gute Frau gleich aufzusuchen. Cornfeld hat schon den Telefonhörer in der Hand, um mich bei Frau Bouché anzukündigen.

»Doktorchen, das lassen Sie mal lieber. Was soll ich denn machen, wenn die gute Frau gar nicht besucht werden möchte?«

»Ach, das ist kein Problem. Das krieg ich schon hin.«

»Sehen Sie, genau das glaube ich nicht. Wenn die nämlich nicht will, legt sie einfach auf. Schluß, aus, vorbei. Wenn ich aber vor Ort bin, sozusagen Aug in Aug mit ihr, wird sie meinem umwerfenden Charme und meiner bestechenden Argumentation schwerlich widerstehen können. Verstehen Sie? Dabei fällt mir gerade ein, wo sind eigentlich meine Autoschlüssel?«

Cornfeld grinst mich ironisch an. »Mit dem Kater wollen Sie Auto fahren, das ist nicht Ihr Ernst.«

Na ja, fahr ich eben mit der Bahn. Dann bin ich auch in eineinhalb Stunden da.

Ramona Bouché lebt nicht gerade im schönsten Viertel von Hannover – harmlos ausgedrückt. Schon die Straße ist ein Anschlag auf jedwedes positive Lebensgefühl. Das

Mietshaus, in dem sie wohnt, ist alt, schäbig und ungepflegt. Der Fassade täten ein neuer Verputz und frische Farbe gut, der Hausflur verströmt den Mief der letzten hundert Jahre. An einigen Stellen grüßt reichlich Salpeter von den Wänden und hat Krebsgeschwüren ähnliche Male hinterlassen. Wer in diesem Haus nicht depressiv ist, wird es bestimmt in kürzester Zeit.

Ich steige die Treppe hinauf, halte mir vorsichtig die Nase zu und bemühe mich, es zu keinerlei körperlichem Kontakt mit den Wänden kommen zu lassen. Im dritten Stock finde ich endlich das gesuchte Namensschild. Gerade als ich klingeln will, sehe ich, daß die Tür nur angelehnt ist. Ich klopfe. Nichts rührt sich. Ich blicke mich im Hausflur um, niemand zu sehen. Soll ich einfach reingehen? Vielleicht ist Frau Bouché ja nur kurz runter, um den Abfall rauszubringen, und erschrickt sich zu Tode, wenn ich in ihrer Wohnung herumgeistere. Oder sie sitzt vor dem Fernseher und hat noch gar nicht bemerkt, daß die Tür offen ist. Ich rufe leise ihren Namen und warte. Keine Antwort. Ich bin Privatdetektivin. Ich muß da jetzt rein, denke ich. Das bin ich meinem Berufsstand schuldig. Während ich mich innerlich selbst anfeuere und mir Mut zuspreche, betrete ich vorsichtig die Wohnung. Das ist Hausfriedensbruch, geht es mir kurz durch den Kopf. Aber die berühmten Fernsehdetektive lassen sich von solchen juristischen Spitzfindigkeiten auch nie beeindrucken. Also vorwärts, hinein in die Höhle des Löwen.

Die Wohnungseinrichtung ist von einer unglaublichen Spießigkeit. Der Hang zu kitschigem Nippes und dekorativen Elementen wie vergoldeten Spiegeln, künstlichen Blumen und kleinen Filethäkeldeckchen raubt mir fast den Atem. Mittlerweile bin ich im Wohnzimmer angekommen. Sehr beeindruckend der raumfüllende Wandschrank in gediegenem Eichendekor und die pastellig geblümten Polstersessel Marke frühes Karstadt. Auch das Schlafzimmer mit dem riesigen Doppelbett, der darüber ausgebreiteten rüschenbesetzten Tagesdecke, dem halben Dutzend bestickter Kissen, und, natürlich, der halbnackten Zigeunerin in Öl über dem Bett, machen die Persiflage auf die frühen Fünfziger perfekt. Nur, daß diese Idylle von der hier waltenden Hausfrau absolut nicht ironisch gemeint ist.

Leise Frau Bouchés Namen rufend und auf Geräusche vom Treppenflur lauschend, nähere ich mich der Küche. Als ich die Tür öffne, sehe ich sie. Sie sitzt am Küchentisch, vor sich eine Tasse Kaffee, und sieht mich an. Aus ruhigen, großen dunklen Augen. Ich brauche zwei Sekunden, bis ich realisiere, was ich da sehe. Die grauhaarige, etwa fünfzig Jahre alte Frau mit dem kleinen, feingeschnittenen, leicht verhärmten Gesicht kann mir nichts mehr erzählen. Sie ist tot, mausetot. Mich trifft fast der Schlag. Eigentlich hatte ich immer gedacht, daß ich in solchen Situationen ganz cool bleiben würde. Ruhig und beherrscht sozusagen. Ich bin weit davon entfernt. Mein Herz rast und droht, meinen Brustkorb zu sprengen. Mir ist schlecht. Ich versuche krampfhaft meine sieben Sinne wieder zum Funktionieren zu bringen. Was muß ich jetzt tun? Was wäre jetzt der nächste logische Schritt? »Abhauen«, antwortet mein Hirn. »Das war mit der Dujack nicht so ausgemacht. Von toten Leuten ist da nie die Rede gewesen. Und schon gar nicht für lächerliche siebenhundertfünfzig Mark am Tag.«

Meinen spontanen Impulsen sollte ich lieber mißtrauen, das habe ich in in den letzten vier Jahrzehnten gelernt. Erst einmal tief durchatmen und ruhig nachdenken. Also: Abhauen ist nicht. Ich hab ja schon überall Fingerabdrücke hinterlassen. Vielleicht sollte ich Doktorchen anrufen. Der alte Korinthenkacker weiß garantiert, was als nächstes zu passieren hat. Aber das geht nicht, ich mache mich ja absolut lächerlich, wenn ich ihm jetzt meine Hilflosigkeit und Panik vorführe. Nein, ich schaff das schon. Zuerst muß ich nachsehen, ob sie vielleicht doch noch lebt. Ob es Mord oder Selbstmord war? Ich berühre Frau Bouché vorsichtig an der Schulter. Sie ist kalt, um nicht zu sagen eiskalt. Dann sehe ich die nasse Stelle an ihrem Hinterkopf. Ohohh! Das sieht gar nicht gut aus. Das hier ist eindeutig Mord. Mord, schießt es mir durch den Kopf. Mord bedeutet, es muß einen Mörder geben. Und der könnte noch in der Wohnung sein. Schon wieder überflutet mich eine Panikwelle. Wahrscheinlich sterbe ich ganz von allein, ohne jede Fremdeinwirkung an einer Adrenalinvergiftung. Ich reiße mich jetzt endgültig zusammen. Bei Frau Bouché ist schon die Totenstarre eingetreten, das heißt, sie ist schon eine ganze Weile tot. Außerdem stand die Haustür offen, das spricht für einen schnellen Abgang des Mörders. Ich muß die Polizei anrufen. Für einen Arzt ist es ganz offensichtlich zu spät.

Während ich durch die Wohnung laufe und das Telefon suche, fallen mir wieder die von mir so heißgeliebten Krimis im Fernsehen ein. Da wird vor dem Anruf bei der Polizei noch schnell und geflissentlich die Wohnung auf brauchbare Hinweise durchsucht. Vielleicht sollte ich das auch tun. Ich beginne wahllos Schubladen und Schranktüren aufzureißen und mache eine erstaunliche Entdeckung: Das Innenleben der Schränke und Kommoden steht im krassen Gegensatz zu dem peinlich sauberen und aufgeräumten Rest der Wohnung. Dieses Durcheinander von Pullis und Schals, von Unterwäsche, Socken und Strumpfhosen, diese wild durcheinander gewirbelten Papiere und

Unterlagen in dem kleinen Schreibtisch wollen so gar nicht zur Wohnungsinhaberin passen. War da schon irgend jemand vor mir auf der Suche nach irgend etwas? Und vor allem, hat er es auch gefunden? Oder war das Ganze ein simpler Einbruch, und Frau Bouché hat den Fehler gemacht, den Einbrecher zu überraschen?

Nein, das paßt nicht so ganz zu den Todesumständen. Sie saß vor ihrer Tasse Kaffee in der Küche, als der Mörder ihr eins übergebraten hat. Das sieht nicht nach einer Überraschung für den Einbrecher, sondern eher nach einer Überraschung für Frau Bouché aus. Ich gehe noch einmal zum Eingang und kontrolliere die Tür. Sie ist unversehrt, da hat sich niemand gewaltsam Eintritt verschafft. Frau Bouché hat ihren Mörder hereingelassen, vermutlich hat sie ihn sogar gekannt.

Vielleicht hat sie ihm auch einen Kaffee angeboten, geht es mir durch den Kopf. Zurück in der Küche, untersuche ich den ganzen Raum. Aber es gibt keine zweite Kaffeetasse – nicht auf dem Tisch und nicht in der Spüle. Na ja, wer sich die Mühe macht, die Tasse abzuwaschen, der stellt sie auch wieder zurück in den Schrank. Ich beginne alle Küchenschränke zu kontrollieren. Sieh da, da ist sie doch, genau die gleiche Tasse, wie sie vor Frau Bouché auf dem Tisch steht, das berühmte Zwiebelmuster der Firma Hutschenreuther. Nur, daß sie zwischen den großen Tellern ein bißchen verloren aussieht. Klar, da gehört sie auch gar nicht hin. Sie gehört ins Wohnzimmer in den repräsentativen Eichenschrank, da hab ich wenigstens den Rest dieses Services gesehen. Unser Mörder muß es verdammt eilig gehabt haben.

Als ich die Polizei alarmiere, fällt mir ein blondes Haar auf dem Teppichboden auf. Tja, Frau Bouché, Blondies bringen Unglück, das weiß ich aus eigener Erfahrung.

Die Bullen waren natürlich nicht sehr erfreut, eine Privatdetektivin am Tatort vorzufinden. Da passiert in Hannover schon mal ein Mord, und dann hat es eine Hamburger Privatschnüfflerin als erste gemerkt. Daß ich mich weigere, über den Grund meines Hierseins sowie über meine Klientin und deren Auftrag zu reden, verbessert die Stimmung nicht gerade. Und dann fällt den Jungs tatsächlich nichts Besseres ein, als mich nach Hause zu schicken.

Ich bin entsetzt. Niemand will wissen, ob ich etwas Besonderes bemerkt und welche genialen Schlüsse ich daraus gezogen haben könnte. Mein ganzes hart erarbeitetes Know-how ist absolut nicht gefragt. Ich spiele weder als Privatdetektivin noch als Verdächtige irgendeine Rolle. Ganz im Gegenteil, sie nehmen mir die Fingerabdrücke ab, telefonieren kurz mit Doktorchen und lassen sich meine Bahnfahrkarte zeigen. Damit halten sie meine Unschuld für ausreichend bewiesen. Schließlich mutiere ich sogar zum Störfall. Nachdem sie mich mit wachsender Gereiztheit darauf aufmerksam gemacht haben, daß ich dem Fotografen im Bild, der Spurensicherung im Licht und dem Arzt im Weg stehe, begreife sogar ich, daß ich nicht weiter erwünscht bin, und gehe.

KAPITEL 4

Eine Zugfahrt von eineinhalb Stunden kann sich unendlich lang hinziehen – vor allem, wenn man etwas Spannendes erlebt hat und es unbedingt loswerden will. Ich sitze im ICE, und die Landschaft, die an mir vorbeirast, will überhaupt nicht mehr aufhören. Wahrscheinlich stehe ich immer noch unter Schock. Mein Gott, ich habe zum ersten Mal in meinem Leben eine Tote gesehen. Ich habe sie gefunden, und ich habe sie sogar angefaßt. Wer träumt nicht davon, einmal eine Leiche zu finden; die berühmte Hand, die aus dem Moor ragt; verdächtige Kleidungsstücke, die im Wald liegen (da fällt mir gerade ein, was macht eigentlich der grüne Damenslip von Herrn Rebbelmeier), oder der ominöse Wandschrank, aus dem einem ein bleiches Skelett grauselig grinsend entgegenfällt.

Das Makabere hat mir ja immer schon gelegen. Bereits im zarten Kindes- und Teenageralter zeigte ich für Bücher und Filme nur dann Interesse, wenn es um Blut, Angstschweiß und Tränen ging. Gruseln fand ich echt cool. Kurzzeitig durch ein Jurastudium und darauffolgende Jobs in verschiedenen Rechtsabteilungen abgelenkt, verlor ich mein Lieblingsthema aus den Augen. Doch dann starb Onkel Rudi und vermachte mir seine Schulden und seine runtergewirtschaftete Detektei. Was nicht mehr war, als ein Büro mit gammeligem Mobiliar und ein paar zerdepperten Taschenuhren. Uhren, die er nachts vor die Autos von zu observierenden Personen legte und morgens zermatscht von der Straße aufklaubte, um festzustellen, wann besagtes Auto über die Uhr gerollt war.

Beim Anblick dieser Uhren hatte ich begriffen, daß sie das Zeichen waren, auf das ich schon so lange wartete. Hier lag meine Chance, meine eigentliche Berufung. Der Gutenachtkrimi als Einnahmequelle. Alle meine schlechten Charaktereigenschaften könnten nutzbringend, und von der Öffentlichkeit quasi legitimiert, zur Vermehrung schnöden Mammons genutzt werden. Das Spannertum nicht als perverse Neigung, sondern als Profession. Das Ausspionieren nichtsahnender Mitmenschen kein Mobbingdelikt, sondern wichtiger Teil detektivischer Spurensuche. Das Wühlen in fremder Leute schmutziger Wäsche keine profane Neugier, sondern absolut notwendige Recherche fallrelevanter Fakten. Das war die Lösung. Das Ei des Kolumbus.

Ich hatte endlich einen Ausweg aus meinem beruflichen Frust gefunden. Vorbei war es mit dem alltäglichen Einheitstrott, den ewig gleichen Problemstellungen und den grauen Mausgesichtern der Kollegen. Gestohlen bleiben konnte mir auch mein lieber Chef, durch dessen umsichtige Personalpolitik das Betriebsklima immer schön auf dem Gefrierpunkt gehalten wurde und der mit Vorliebe Parasiten und Schmeißfliegen in seiner Führungsmannschaft versammelte, die sich in kürzester Zeit neben den größten Büros auch die dicksten Firmenautos zu sichern wußten.

Was mich aber am meisten genervt hatte, waren die tausend Meetings, Telefon- und Videokonferenzen, die weniger der Klärung sachlicher Inhalte als der Zurschaustellung peinlicher Eitelkeiten dienten und meine Leidensfähigkeit so strapazierten, daß ich zuletzt ein nettes kleines Magengeschwür vorzuweisen hatte. All das konnte ich auf einmal wegzappen, wie einen schlechten Film. Das hatte nichts mehr mit mir zu tun. Das Erbe meines verstorbenen Anverwandten hatte mir endlich den Weg aus diesem Fegefeuer intriganten Karrierestrebens gewiesen. Den Tag meiner Kündigung erlebte ich als den schönsten meines Lebens. Ab morgen würde nur noch passieren, was ich wollte, und wenn es der größte Schwachsinn wäre. Und die Entscheidung war richtig gewesen, auch wenn sie sich finanziell bisher nicht ausgezahlt hat. Aber das kommt noch. Da bin ich mir sicher.

Als ich endlich im Büro eintreffe, bin ich schwer enttäuscht. Die Räume sind verwaist. Doktorchen hat mir einen Zettel hinterlassen, auf dem steht, daß er leider nicht bis zu meinem Eintreffen dableiben könne, er müsse einen Termin wahrnehmen. Einen privaten, versteht sich. Ich merke, daß diese Nachricht eine langsam aufkommende und zusehends eskalierende Säuernis in meinem Magen hervorruft. Termin. Ha, daß ich nicht lache. Dieser elende Besserwisser, dieser verschlafene Spätpubertierende ist der schlimmste Womanizer seit Casanova. Der stellt sogar Michael in den Schatten. Und das will was heißen. Dieses Ungeheuer hat so eine hilflos verträumte Tour drauf, daß jede Frau glaubt, sie müsse ihm über die Straße helfen, ihm sagen, wie ein Spiegelei gebraten wird und wo beim Auto das Benzin reinkommt.

In den zwei Jahren, die er jetzt hier arbeitet, hatte er sage und schreibe sechs feste Freundinnen, und das zum Teil parallel. Ganz zu schweigen von den Onenight-stands, die zahlenmäßig im zweistelligen Bereich liegen dürften. Und die Mädels rufen alle hier im Büro an. Halten ihn und mich von der Arbeit ab. Eigentlich könnte es mir ja egal sein, wen er jetzt gerade anbaggert oder bumst. Aber ich komme ins Büro, um eine sensationell tolle Geschichte zu erzählen, und da erwarte ich, daß er verdammt noch einmal hier ist. Er benimmt sich gerade so, als wären seine Hühner wichtiger als ich. Ich muß mich setzen. Die Aufregung ist zu viel. Mist! Was mach ich jetzt bloß? Michael anrufen! Der ist garantiert wieder nicht zu Hause.

Bevor ich mich aber bei Michael melde, gewinnt mein Pflichtbewußtsein die Oberhand, und ich versuche erst einmal meine Auftraggeberin zu erreichen, um ihr von dem Mord zu erzählen.

»Frau Dujack hat gerade das Haus verlassen«, teilt mir der Butler am Telefon kühl mit. »Versuchen Sie es doch morgen früh noch einmal.«

Ja, das werde ich tun. Als ich dann Michael anbimmele,

meldet sich der Anrufbeantworter. Der Tag fing so spannend an, und jetzt wollen mich auf einmal alle nur noch ärgern. Ich weiß, was ich mache, ich fahr zu ihm nach Hause und warte dort auf ihn.

Die Wohnung von Michael paßt ins Bild. Auf der richtigen Elbchausseeseite, stadtauswärts links, gelegen, mit einem tollen Blick auf den Fluß und den Hafen, komplettiert sie mit hundertfünfzig Quadratmetern sonnendurchfluteter Wohnfläche und spärlicher, japanisch angehauchter Einrichtung das klischeelastige Yuppie-Image, das Michael verkörpern möchte. Den crfolgreichen, individuell geprägten, intellektuell versierten und künstlerisch ambitionierten Filmemacher, vom Leben verwöhnt, vom Glück verfolgt. Trotz allem mag ich die Wohnung. Sie hat mit ihren hellen, hohen Räumen und den zurückhaltenden Holzmöbeln eine angenehm beruhigende Ausstrahlung. Und im Badezimmer gibt es eine freistehende Wanne, die ich ganz besonders liebe. Eigentlich könnte ich nach diesem Tag ein schönes, entspannendes Bad gut gebrauchen. Als ich das Wasser einlaufen lasse, irritieren mich die vielen langen, stark gewellten blonden Haare, die überall herumfliegen. Meine Stimmung sinkt rapide auf den Nullpunkt. Als ich in der Wanne liege, sitzt meine Freundin, die kleine Depression, am Rand und läßt die Füße baumeln. Sie grinst mich frech an, und ich weiß schon, was sie mir sagen wird: »Michael kommt heute nacht nicht nach Hause.«

Natürlich ist er nicht nach Hause gekommen. Noch nicht einmal zum Frühstück. Und ich bin zu feige gewesen, ihn im Schneideraum anzurufen. So genau wollte ich es nun auch wieder nicht wissen. Die kleine Depression sitzt jetzt neben mir im Auto und hat kräftig an Größe zugelegt. Es regnet. Das ist auch gut so. So sehen die anderen Autofahrer an der Ampel neben mir wenigstens nicht, daß ich heule.

Im Büro angekommen, renne ich erst einmal aufs Klo, um mir das Gesicht zu waschen. Aus dem Spiegel starrt mich eine Frau an, der die Wimperntusche übers Gesicht läuft. Flennen macht alt, denke ich und höre sofort damit auf. Ich tue ja gerade so, als wäre es das erste Mal. Schließlich habe ich eine Menge Erfahrung im Betrogenwerden. Ich sollte es sportlich nehmen. Aber dazu tut es zu weh.

Ich suche in meiner Tasche nach den Johanniskrauttropfen, einem pflanzlichen Mittel, mit dem ich meine kleine Freundin vertreiben kann. Außerdem hilft Kaffee. Und davon mach ich eine große Kanne. Diesmal kommt Doktorchen zu spät und hat ein schlechtes Gewissen. Das geschieht ihm recht. Ich verhalte mich so kühl wie möglich und lasse ihn so richtig auflaufen. Soll er doch schönes Wetter machen. Ich kann im Moment verdammt viel schönes Wetter gebrauchen.

Als ich Isabelle Dujack endlich an die Strippe bekomme, ist sie entsetzt, zurückhaltend entsetzt, wie es sich anläßlich des Ablebens einer ehemaligen Angestellten gehört, aber ich habe doch das Gefühl, daß sie auf ihre kühl distanzierte Art Anteil nimmt. Wir vereinbaren, uns in Frankfurt zu treffen, wenn ich die Heilpraktikerin besuche. Ich brauche einfach noch mehr Informationen über den Unfall ihrer Adoptivmutter. Da Frau Bouché ihrer Rolle als Informantin nicht mehr so ganz gerecht werden konnte, muß Isabelle jetzt doch in den sauren Apfel beißen und mir die Geschichte selbst erzählen. Das paßt ihr gar nicht. Aber da kann ich ihr auch nicht helfen, ohne die Infos geht es nun mal nicht.

Doktorchen kümmert sich um die Termine und bucht auch gleich eilfertig meinen Flug. Davon lassen sich meine grauen Stimmungswolken aber nicht vertreiben. Sensibel wie er ist, merkt er das und lädt mich zum Mittagessen ein. Meine kleine Depression weicht einer kleinen Melancholie, und die ist doch erheblich leichter zu ertragen.

Als ich abends heimkomme, kommt mir Rebbelmeier auf der Treppe entgegen.

»Na, Herr Rebbelmeier, was haben Sie denn heute Schönes in Ihren Schuhen gefunden?«

Um die Schuhe geht es diesmal nicht. Nein, er war mal wieder als Doktor Watson unterwegs und hat heute nacht verdächtige Schleifgeräusche aus dem Keller gehört. Und zwar aus genau jenem kaum genutzten Abstellraum, in dem auch der verdächtige Damenslip gelegen hat. Ah, ja, sehr interessant.

»Und was folgern Sie daraus?«

Rebbelmeier blickt sich verstohlen um.

»Frau Petry, ich sag's Ihnen, die haben die Leiche beseitigt.«

Als ich ihn entsetzt anstarre und frage »Was denn für eine Leiche?« antwortet er mir doch tatsächlich: »Von der jungen Frau, die die umgebracht haben.«

O nein. Ein Mord pro Woche reicht mir. Als ich ihn nach möglichen Spuren oder Indizien frage, ist er beleidigt. Der grüne Damenslip und das schon zuvor erwähnte Blut sind Beweis genug. Als ich ihm erkläre, daß das leider gar nichts beweist, wird sein Blick bös und abweisend.

»Sie sind ja gar keine richtige Detektivin«, schimpft er und schlurft davon.

Michael ist auf dem Anrufbeantworter. Ob ich bei ihm übernachtet hätte? Das würde ihn ja freuen. Aber eigentlich wäre ihm lieber, ich würde solche Aktionen vorher ankündigen. Er habe leider die ganze Nacht arbeiten müssen.

Ich wußte gar nicht, daß horizontales Work out unter den Begriff »arbeiten« fällt. Ich weiß, daß es falsch ist, aber ich versuche mir einzureden, daß ich ihm glaube. Natürlich tue ich es nicht.

KAPITEL 5

Am nächsten Tag hat mich Frankfurt wieder. Das schöne Wetter und die Aussicht auf das gelbe Patrizierhaus versüßen mir die Reise doch erheblich. Ich sitze im Taxi, ganz gelassen im Hier und Jetzt, und genieße es, durch eine mir kaum bekannte Stadtlandschaft kutschiert zu werden. Dieses Gefühl, nichts tun zu müssen, für nichts verantwortlich zu sein, ist herrlich, aber nicht von langer Dauer. Als ich wieder vor dem schönen, altehrwürdigen Haus stehe und klingele, öffnet mir der Butler die Tür. In seiner unbeweglichen Mimik spiegelt sich keinerlei Wiedererkennen, so daß ich getrost auf das Absondern von Höflichkeitsfloskeln verzichten kann. Wie bei meinem ersten Besuch führt er mich durch die große Eingangshalle. Doch diesmal höre ich ein Geräusch auf der Galerie und sehe einen Mann die Freitreppe herunterkommen.

Ganz offensichtlich handelt es sich hier um den Herrn des Hauses. Diese Autorität und diesen Anspruch trägt er geradezu vor sich her. Er ist sehr groß, sportlich durchtrainiert, teuer und geschmackvoll gekleidet, leicht gebräunt und wie seine Adoptivtochter sehr blond. Sein kantiges Gesicht, die dichten Augenbrauen und der kräftige Unterkiefer verraten Durchsetzungsvermögen. Für meinen Geschmack sind die Rolex an seinem Handgelenk eine Spur zu protzig und seine Haare eine Spur zu lang. Auch die an seinem Hals aufblitzende Goldkette ist typisch für den zu Geld gekommenen Underdog und kein Insignium alten Familienvermögens. Er kommt direkt auf mich zu.

»Frau Petry?«

»Ja.«

»Guten Tag. Dujack, ich bin Isabelles Vater. Sie sind also diese Privatdetektivin, die meine Tochter engagiert hat.«

Er grinst mich amüsiert an, so als hielte er meine Berufsbezeichnung für einen schlechten Witz.

»Kein angenehmer Auftrag, was?«

»Wieso?«

»Na, Sie wissen doch so gut wie ich, daß das alles Schwachsinn ist. Diese Mordtheorie ist absurd. Warum hätte jemand meine Frau umbringen wollen?«

»Ja, aber diese Rückführung ...«

»Glauben Sie etwa an diesen esoterischen Quatsch?« Bevor ich antworten kann, spricht er schon weiter. »Meine Frau hatte einen Unfall. Verstehen Sie. Sie hat hin und wieder ein Glas zuviel getrunken. Da kann so etwas schon mal passieren. Wie ich meine Tochter kenne, hat sie Ihnen das nicht erzählt.«

»Nein, hat sie nicht.«

»Sehen Sie.«

Während ich noch überlege, ob das gerade der Versuch einer subtilen Einflußnahme war, lächelt er mich mit seinen unglaublich blauen Augen an. Ich kann mich des Gefühls nicht erwehren, daß ich das Kaninchen bin und er die Schlange. Seine ganze Erscheinung und seine direkte

Art schüchtern mich ein und machen mich ziemlich verlegen. Der millionenschwere Immobilienhai weiß genau, welchen Eindruck er auf Frauen macht. Er ist ein Winner, ganz klar, und gewohnt, andere mit seinem Charme und seiner Souveränität schachmatt zu setzen. Daß ich zu seiner Zielgruppe gehöre, hat er sofort gemerkt. Machos konnte ich noch nie widerstehen.

In diesem Moment kommt Isabelle aus dem Wohnzimmer.

»Frau Petry, ich warte.«

»Oh, Entschuldigung, ich hatte gerade mit Ihrem Vater ...«

Ohne mich auch nur anzusehen oder auf meine Bemerkung zu reagieren, wendet sie sich an ihren Adoptivvater.

»Ich dachte, du bist längst weg. War der Termin doch nicht so dringend?«

Ihr vorwurfsvoll-mißtrauischer Ton und die Art, wie sie ihn ansieht, läßt nicht gerade auf ein besonders inniges Vater-Tochter-Verhältnis schließen.

»Ich hatte noch etwas zu erledigen.«

»Das seh ich.«

Er lächelt und schüttelt resigniert den Kopf.

»Meine Tochter hat ganz recht, ich muß weg. Vielleicht sehen wir uns ja mal wieder, Frau Petry?«

»Wohl kaum«, zischt ihn seine Tochter da an. Der Ton, den sie ihrem Vater gegenüber anschlägt, ist wirklich unglaublich.

Diesmal ignoriert Dujack ihre Bemerkung. Er nickt mir kurz zu, und ohne seine Tochter noch eines Blickes zu würdigen, verläßt er das Haus.

Mein Gott, denke ich, während ich ihm nachsehe: Rhett Butler in blond. Mich hat doch noch nie ein blonder Mann beeindruckt. Du bist auch nicht beeindruckt, echot es in meinem Hirn. Selbstverständlich nicht. Ich schreite gelassen hinter der davoneilenden Isabelle Dujack einher und versuche den dümmlichen Ausdruck und dieses peinliche Pink aus meinem Gesicht zu vertreiben.

Meine Klientin ist so jung und so schön wie beim letzten Mal. Leider. Höflich wie ich bin, mache ich ihr ein paar nette Komplimente. Schließlich kostet es eine Menge Arbeit, diesen Grad an äußerlicher Perfektion zu erreichen. Als wir uns gesetzt haben, bringt der Butler eine Etagère mit Petit Fours. Das hätte er nicht tun sollen. Ich räume innerhalb von fünf Minuten den ganzen Teller ab. Isabelle beobachtet mich amüsiert und ordert gleich Nachschub. Sie scheint jetzt wieder bessere Laune zu haben. Die werde ich ihr schon noch verderben. Aber sie ist schneller. Während ich auf den phantastischen Schokotrüffeln herumkaue, fragt sie mich doch allen Ernstes nach den polizeilichen Ermittlungsergebnissen im Fall Ramona Bouché.

Mir bleiben die Krümel im Halse stecken. Wie kommt sie denn auf diese Frage? Verdammt. Ich habe keine Ahnung, was die Bullen in Hannover bisher rausgekriegt haben. Wie ich die kenne, wahrscheinlich gar nichts. Während ich an den Trüffeln würge, denke ich über eine effiziente »Wie-komme-ich-aus-dieser-Scheiße«-Strategie nach. Ich habe zwei Möglichkeiten: Wie eine Kuh auf dem Glatteis herumschlittern oder den Schaden durch gezielte Ablenkung begrenzen. Bei Kindern soll Letzteres ja ganz gut funktionieren. Also entscheide ich mich fürs Ablenken und falle beherzt mit der Tür ins Haus.

»Wie war eigentlich Ihr Verhältnis zu Ihrer Adoptivschwester?«

Es funktioniert. Einen Moment ist sie irritiert. Dann scheint sie ihre Frage aber vergessen zu haben.

»Wissen Sie, meine Schwester hat mir das Leben gerettet. Welches Verhältnis hat man zu einem Menschen, der so etwas getan hat?« Sie lächelt mich an. »Man liebt ihn, oder?«

Eindrucksvolle Antwort. Das muß ich zugeben.

»Das heißt, Sie haben sich sehr gut mit Ihrer Schwester verstanden?«

»Ja, natürlich.«

Isabelle greift nach ihren Zigaretten, die vor ihr auf dem Tisch liegen. Sie zündet sich eine davon an, und ich habe Gelegenheit, ihre gepflegten, schmalen Hände mit den exakt lackierten Fingernägeln zu bewundern. Die Ringe, die sie trägt, sind von erlesenem Geschmack und dürften das Jahresgehalt eines Spitzenmanagers verschlungen haben. In der Zwischenzeit verschlinge ich ein paar Pralinés mit einer ganz hervorragenden Krokantfüllung. Während Isabelle den Rauch ihrer Zigarette tief inhaliert, erzählt sie weiter.

»Sie wissen doch, daß ich adoptiert worden bin. Ich war eins dieser unehelichen Kinder, deren Väter plötzlich unauffindbar sind und deren Mütter kein Geld haben, um allein ein Kind aufzuziehen. Ich war gerade einmal drei Jahre alt, als ich in eines dieser hübschen Kinderheime gesteckt wurde. Ich glaube, bis zu meinem achten Lebensjahr habe ich drei solcher Etablissements kennengelernt. Ich sage Ihnen, Oliver Twist hatte eine traumhafte Kindheit dagegen.«

Unbeherrscht knallt sie das Feuerzeug auf den Tisch, und die Petit Fours hüpfen fast von der Etagère.

»Entschuldigung.«

Sie hält sich kurz die Hand vor den Mund, so als wäre sie über ihren eigenen Gefühlsausbruch erschrocken.

»Entschuldigen Sie, aber dieses Thema nimmt mich immer noch ziemlich mit.«

Nervös fährt sie sich mit den Händen durch ihre perfekte Kurzhaarfrisur.

»Waren Sie schon einmal in einem Waisenhaus? Ich meine, haben Sie schon einmal eins von innen gesehen?«

Ich schüttele den Kopf.

»Nun ja, da haben Sie auch nicht viel verpaßt. Wissen Sie, als Kind habe ich mich immer nach der heilen Welt gesehnt. Nach Mama, Papa und Geschwistern. Was ich hatte, waren Erzieher, Sozialpädagogen oder katholische Schwestern. Fremde Menschen, die kamen und gingen und die kraft Gesetzes das Recht hatten, mir zu sagen, was ich zu tun und zu lassen hatte. Dieses Herumgeschubstwerden, dieses ständige Fremdbestimmtsein, hat mich rasend gemacht. – Verstehen Sie das?«

Die Heftigkeit, mit der sie die halbgerauchte Zigarette im Aschenbecher ausdrückt, hat etwas Theatralisches.

»Wissen Sie, daß ich keine Ahnung habe, wie meine Mutter aussieht. Ich weiß nichts von dieser Frau. Als ich ins Waisenhaus kam, war ich so klein, daß ich mich nicht mehr an sie erinnern kann. Ich habe nie ein Foto von ihr besessen. Nichts, woran ich mich hätte halten können. Keine Ahnung, ob meine Großeltern noch leben, ob ich Geschwister habe.«

»Ach wissen Sie, die Familie kann einem auch ganz schön auf den Wecker gehen«, rutscht es mir heraus.

Sie sieht mich entsetzt an.

»Sorry. Ich meinte nur, man vermißt immer das, was man nicht hat. Es gibt ja auch Leute, die wären froh, wenn sie ihre leiblichen Eltern nie kennengelernt hätten.«

»Ja, das kann schon sein. Bei mir ist das allerdings anders. Ganz anders. Das können Sie mir glauben.«

»Lassen Sie uns doch noch mal auf Simone zurückkommen. Wie hat sie Ihnen das Leben gerettet?«

»Ganz einfach, sie hat mich da rausgeholt.«

»Wie denn das?«

»Simone war ein sehr ungewöhnliches Kind. Vielleicht ein bißchen altklug. Sie hat immer ein Schwesterchen haben wollen, und als das nicht klappte, eröffnete sie ihren Eltern eines Tages, daß sie dann wohl ein Schwesterchen adoptieren müßten. Ganz offensichtlich funktioniere es ja auf dem konventionellen Weg nicht.«

Sie lacht.

»Da war Simone sechs Jahre alt, wie schon gesagt, ein bißchen altklug das Kind. Zuerst haben meine Adoptiveltern sich darüber amüsiert und die ganze Geschichte für einen Scherz gehalten, die vorübergehende Laune eines kleinen Mädchens eben. Aber Simone gab nicht auf, und nach einem Jahr hatte sie die beiden dann tatsächlich soweit.«

Isabelle unterbricht ihre Erzählung und zündet sich eine neue Zigarette an. Sie läßt sich Zeit und mich zappeln. Die Geschichte wird häppchenweise serviert. Immerhin ist das die Story ihres Lebens, der Dreh- und Angelpunkt ihrer Biographie, und da kann sie auf keine Einzelheit verzichten, da kommt jedes Detail, und sei es noch so unbedeutend, zu seinem Recht, wird jede dramaturgische Möglichkeit zur Spannungssteigerung genutzt.

»Ja, und eines Tages kam dieses kleine Mädchen mit seinen Eltern in das Heim, in dem ich damals lebte. Simone muß genau gewußt haben, was sie wollte. Sie marschierte in unser Spielzimmer und blieb mitten im Raum stehen. Es war ganz klar, das war keine von uns. Dafür war sie viel zu fein angezogen und wirkte auch viel zu selbstbewußt. Sie stand einfach nur da und musterte die Kinder, eins nach dem anderen. Ich saß etwas abseits auf einem Stuhl und rührte mich nicht von der Stelle.

Pardon, ich habe Sie ja noch gar nicht gefragt, ob Sie etwas trinken wollen.«

»Ich bin nicht durstig, ich bin neugierig. Erzählen Sie nur weiter.«

»Also, mir war damals sofort klar, daß da etwas ganz Wichtiges passiert und daß ich unbedingt ihre Aufmerksamkeit erregen müßte. Ich konnte mich aber vor lauter Aufregung nicht bewegen. Also hab ich sie angestarrt und gebetet, daß sie zu mir kommen solle.«

»Und, kam sie?«

»Ja, sie kam. Sie sagte: Ich heiße Simone und wer bist du? Und ich antwortete nur: Isabelle. Mehr habe ich nicht herausgebracht. In der Zwischenzeit waren auch ihre Eltern und die Waisenhausdirektorin in das Zimmer gekommen. Sie drehte sich zu ihnen um und sagte: Das ist Isabelle, die kommt jetzt mit uns. Können Sie sich das vorstellen? Das ist Isabelle, die kommt jetzt mit uns. Diesen Satz werde ich in meinem ganzen Leben nicht mehr vergessen.«

Isabelle hat Tränen in den Augen, die sie schnell wegwischt. »Wissen Sie, wenn Simone mich da nicht rausgeholt hätte, ich weiß nicht, was passiert wäre. Lange hätte ich es da drin nicht mehr ausgehalten.«

Mein Gott, denke ich, das ist ja eine hinreißende Geschichte. Ich bin beeindruckt. Sowohl von der Story als auch von der Erzählerin, die zum ersten Mal so etwas wie Emotionen zeigt. Die Frau könnte einem ja beinahe sympathisch werden.

In der Zwischenzeit hat die Dämmerung eingesetzt, und der riesige Garten beginnt langsam in der Dunkelheit zu verschwinden. Mir ist ein bißchen übel von dem vielen süßen Zeug. Ich weiß nie, wann ich aufhören muß. Da kommt mein Freund, der Butler, herein, Gott sei Dank ohne Petit Fours, und zündet das Holz im offenen Kamin an. Als er den Raum verlassen hat, sitzen Isabelle und ich uns schweigend gegenüber. Mir liegen noch eine Menge Fragen auf der Zunge. Zum Beispiel wüßte ich gern, weshalb ihre Adoptivschwester sich das Leben genommen hat.

Die Frage ist nicht nett, ich gebe es zu. Sie kratzt am Bild des soeben geschilderten Schwesternglücks, und als ich sie ausspreche, ist es schlagartig vorbei mit der lockeren Atmosphäre. Als Isabelle antwortet, ist ihrer Stimme eine deutliche Anspannung anzumerken, und sie spricht so leise, daß ich sie kaum verstehen kann.

»Simone hat den Unfall unserer Mutter nicht verkraftet. Sie wurde depressiv, war deswegen auch in Behandlung. Das hat aber nicht viel geholfen.«

Mittlerweile raucht sie die fünfte halbe Zigarette. Aus irgendeinem Grund scheinen die Dinger ihr nach der ersten Hälfte nicht mehr zu schmecken. Sie bläst den Zigarettenrauch zur Seite.

»Wir haben diese Krankheit wohl alle unterschätzt. Ich war ja noch ein Kind und habe gar nicht begriffen, wie sehr sie litt. Wir haben geglaubt, das gibt sich mit der Zeit schon. Sie wird darüber hinwegkommen. Aber das hat sie nicht geschafft.«

»Fehlt Ihnen Ihre Schwester?«

»Ja, sehr sogar.«

Isabelle putzt sich die Nase und drückt die halbgerauchte Zigarette aus. Bevor ich die Stimmung mit weiteren Fragen auf den Nullpunkt treibe, bitte ich jetzt doch lieber um eine Tasse Tee.

Während ich dann an der chinesischen Tasse nippe, habe ich deutlich das Gefühl, daß sie mir etwas verheimlicht. Sie beantwortet meine Fragen. Okay. Aber das macht sie so wohlüberlegt, als verteile sie mundgerecht vorbereitete Infohäppchen. Dabei werde ich den Eindruck nicht los, daß diese Familienchronik noch eine ganze Menge mehr zu bieten hat. Als ich den Unfall ihrer Mutter anspreche, entpuppt sich auch diese Frage als Stimmungskiller. Isabelle drückt sich in die Couchpolster, als könne sie da Zuflucht finden und eine möglichst große Distanz zu mir aufbauen. Langsam werde ich sauer.

»Es tut mir leid, daß ich fragen muß, aber das ist nun mal mein Job. Ich wirbele hier den Dreck der letzten fünfzehn Jahre auf. Das ist mir schon klar. Sorry. Aber ich muß das tun, sonst kommen wir nämlich nicht weiter. Verstehen Sie mich?«

Das wirkt. Sie gerät in die Defensive.

»Ja natürlich, Sie haben recht. Allerdings ist das für mich auch nicht so ganz einfach.«

Nervös schlägt sie die Beine übereinander, verschränkt die Arme vor der Brust und sieht an mir vorbei in das offene Kaminfeuer.

»Also, meine Mutter ist in der Badewanne verunglückt. Das hört sich grotesk an, ich weiß, aber es war so.«

Ich schaue sie erstaunt an. »In der Badewanne?«

»Ja, sie hat versucht, das kaltgewordene Badewasser mit einem Tauchsieder aufzuwärmen. Der Tauchsieder war leider defekt. Ich weiß auch nicht, wie sie auf diese Idee kam.« Isabelle schüttelt den Kopf. »Ich habe es nie begriffen.«

»Aber warum hat sie denn nicht einfach warmes Wasser nachlaufen lassen?«

»Sehen Sie sich doch um. Das hier ist ein altes Haus. Erst vor fünf Jahren ist es komplett saniert worden. Als der Unfall passierte, waren die sanitären Anlagen alles andere als auf dem neuesten Stand. Damals war in diesem

Moment einfach kein warmes Wasser mehr da. Tja, und dann kam sie auf diese Schnapsidee.«

»Das hab ich ja noch nie gehört, daß sich jemand einen Tauchsieder in die Badewanne hängt. Da hätte ich viel zuviel Angst, mich zu verbrennen.«

Isabelle lächelt verlegen.

»Ja, das ist richtig. Ich habe es auch nie so ganz verstanden. Das hat sie anscheinend öfter gemacht, aber es ist nie jemandem aufgefallen. Das Ganze ist ja auch schon so lange her. Das war eine andere Zeit, wissen Sie. Das können wir wahrscheinlich gar nicht mehr so richtig nachvollziehen.«

Im Taxi, auf dem Weg in mein Hotel, denke ich ständig über diesen Unfall nach, und als ich im Hotel ankomme, beschließe ich, mit den Ärzten zu reden, die Frau Dujack betreuen. In welchem Krankenhaus sie wohl liegt? Meine Klientin erzählt mir das bestimmt nicht. Also versuche ich Trick siebzehn, schnappe mir das Telefonbuch und telefoniere die Frankfurter Krankenhäuser durch.

»Guten Tag, mein Name ist Müller. Können Sie mich bitte mit Frau Dujack verbinden?«

Bei den ersten drei Krankenhäusern ist Fehlanzeige. Die Pförtner haben keine Patientin namens Dujack in ihren Unterlagen. Aber das vierte Krankenhaus ist ein Volltreffer. »Dujack? Marlies Dujack?«

»Genau«, antworte ich selbstbewußt. Keine Ahnung, wie Frau Dujack mit Vornamen heißt. Aber Marlies wird schon stimmen. Begeistert reibe ich mir die Hände.

»Frau Müller, es tut mir sehr leid, ich kann Sie nicht verbinden. Möchten Sie den zuständigen Arzt sprechen?«

Nein, das möchte ich nicht. Ich versuche erst gar nicht, mich rauszureden, sondern lege gleich wieder auf.

KAPITEL 6

Meine gute Laune hält nicht lange an. Das Hotel, in dem Cornfeld mich untergebracht hat, ist unter aller Kanone. Mitten in Frankfurts Rotlichtmilieu in Bahnhofsnähe gelegen, strahlt dieser Fünfziger-Jahre-Kasten den Charme eines miesen kleinen Stundenhotels aus. Mein Zimmer ist winzig, die Beleuchtung in Form einer Glühbirne suizidgefährdend, und die Möblierung grenzt an Körperverletzung. Das Bett ist schmal und wackelig und die Matratze in der Mitte so durchgelegen, daß sich mir die Spiralfedern in den Rücken bohren. Die Schranktür hat sich beim Öffnen erst einmal von der oberen Angel verabschiedet und ist mir leise knirschend gegen die rechte Schulter gekracht. Der Teppichboden weckt in Farbe und Konsistenz Erinnerungen an das unappetitliche Ergebnis durchzechter Nächte. Der Höhepunkt aber ist das Badezimmer. Als ich das Licht angemacht habe, konnte ich Dutzende von Kakerlaken und Kellerasseln auf der Flucht in die erreichbaren Abflüsse und Wandritzen beobachten. Konrad Lorenz hätte seine helle Freude gehabt.

Ich entschließe mich, Cornfeld bei nächster Gelegenheit zu entlassen, allerdings nicht, ohne ihn vorher stundenlang mit glühenden Stricknadeln und sechsschwänzigen Peitschen gefoltert zu haben.

Einen Fernseher gibt es in dem Loch natürlich nicht, dafür aber ein Telefon. Immerhin. Ich brauche jetzt tröstende Worte. Also rufe ich Michael an. Eine Frauenstimme nuschelt mir ein »Hallo?« ins Ohr. Was ist das denn?

»Ist Michael zu Hause?« frage ich tapfer. Mit dem Ergebnis, daß aufgelegt wird. Habe ich mich verwählt? Ich versuche es noch einmal. Nichts rührt sich. Keiner daheim. Scheiße. Das war Ursula. Garantiert. Die muß sich aber erschreckt haben! Ich wähle noch einmal Michaels Nummer. Wieder nimmt keiner ab. Ich könnte heulen. Ich fühle mich so verdammt verarscht. Wo sind meine Johanniskrauttropfen? Ich kippe die halbe Flasche runter. Nichtsdestotrotz ist es mit meiner Ruhe vorbei. Was denken die beiden jetzt? Lachen sie sich tot über die dämliche Pia, der sie später wieder etwas von Überstunden im Schneideraum erzählen werden? Die Decke kommt bedrohlich näher. Bevor sie mir auf den Kopf fällt, sollte ich vielleicht noch ein bißchen spazierengehen. Ich hole meinen Mantel und mache mich auf, Frankfurts schmutzige Seite kennenzulernen.

Das mit dem Spaziergang war keine gute Idee. Die Gegend ist wirklich das Letzte. Eine Bumsbar neben der anderen. Ich bleibe auf den größeren, gut beleuchteten Straßen und hoffe, daß mich keiner anspricht. Die Angst ist unbegründet. Mein Jahrgang ist in der Branche nicht mehr so gefragt. Ich überlege gerade, ob ich mir noch irgend etwas zu essen besorgen soll, als mir ein junges Mädchen auffällt, das am Straßenrand sitzt. Sie hat ihren Kopf in beiden Händen vergraben. Wie ein kleines, hospitalisiertes Äffchen wiegt sie sich vor und zurück. Geh bloß weiter, denke ich. Sich da einzumischen, bringt nur Ärger. Aber ich kann meinen Blick nicht von ihr lassen. Die Art, wie sie da sitzt, hat so etwas unglaublich Rührendes, Hilfloses. Ich beschließe, meine sozialen fünf Minuten zu haben und meinen ungelebten Muttergefühlen freien Lauf zu lassen. Beherzt setze ich mich neben sie. Erschrocken sieht sie mich an. Ihr Gesicht ist von einer geradezu makellosen Schönheit. Ich schätze sie auf vierzehn, fünfzehn Jahre und kann nicht umhin, ihren Bilderbuch-Teint, die langen rötlichen

Haare und ihre hinreißend blauen Augen zu bewundern. Sie ist wirklich bildhübsch, das muß ich neidlos anerkennen. Auf meine Frage, ob ich ihr helfen könne, reagiert sie abwehrend.

»Nein, nein, wirklich nicht. Ich sein in Ordnung. Müssen Sie sich keine Sorgen machen«, antwortet sie in gebrochenem Deutsch.

»Wo kommen Sie denn her?«

»Tschechien. Aber müssen Sie sich wirklich nicht um mich kümmern. Ich hier warten. Ich von meinem Freund abgeholt.«

»Wie lange warten Sie denn schon?«

Sie lächelt verlegen. »Seit um ein Uhr.«

»Verdammt, das sind ja schon neun Stunden. Was ist das denn für ein Freund? Spinnt der?«

»Nein, nein.« Jetzt strahlt sie mich an. »Ist große Liebe. Er ist wunderbar. Ich weiß ganz genau, er kommen. Ich weiß im Herzen. Er bestimmt kommen und mich holen.«

Mein Gott, denke ich, wenn der Knabe aus dieser feinen Gegend hier stammt – dann aber gute Nacht.

»Wie alt bist du denn?«

»Achtzehn Jahre.«

Ich glaube ihr kein Wort. Nie im Leben ist sie schon achtzehn Jahre alt. Nun gut, mit Gewalt kann ich sie nicht von hier wegschleppen.

»Paß auf, ich gehe jetzt noch eine Kleinigkeit essen. Vielleicht willst du ja mitkommen. Ich lade dich ein.«

»Nein danke, ich keinen Hunger.«

Nach neun Stunden Warten auf der Straße hat sie keinen Hunger.

»Wenn ich vom Essen zurückkomme und du immer noch da bist, dann kommst du mit mir, und ich bezahl dir ein Zimmer in meinem Hotel. Es ist hier um die Ecke.«

»Das sein sehr lieb, aber mein Freund kommen mich holen. Bestimmt.«

Ich gebe es auf, verabschiede mich von ihr und schlendere die Straße hinunter. Jedesmal, wenn ich mich umblicke, sehe ich sie auf diesem Bordstein sitzen. Ein kleines, verlorenes Häufchen Elend. Schließlich finde ich eine Kneipe, die sich nicht dem horizontalen Gewerbe verschrieben hat. Ich bestelle ein Bier und Spiegeleier mit Bratkartoffeln. Ein kulinarischer Genuß ist das Ganze nicht, aber ich werde satt. Dann mache ich mich auf den Weg zurück ins Hotel.

Wie erwartet, sitzt das Mädchen immer noch da. Ich besorge ihr von einer Imbiß-Bude ein paar Pizza-Stücke. Und siehe da, das Mädchen, das keinen Hunger hat, verschlingt die Pizza in absoluter Rekordzeit. Aber auch jetzt läßt sie sich nicht überreden, ihre Wartestellung aufzugeben. Ich sage ihr, wie mein Hotel heißt, und bitte sie, dahinzukommen, falls ihr Freund wider Erwarten doch nicht mehr auftauchen sollte. Sie verspricht es. Kurz bevor ich die Straßenecke erreiche, höre ich, wie ein Auto mit quietschenden Reifen hält. Als ich mich umdrehe, sehe ich, wie das Mädchen in einen großen, anthrazitfarbenen S-Klasse-Mercedes einsteigt. Na, wenigstens keine Corvette, denke ich, als der Wagen an mir vorbeirauscht. Instinktiv versuche ich, das Kennzeichen zu entziffern. Aber mehr als F-KD 4 . . . kann ich nicht erkennen.

Die Nacht ist der reine Horror. Ich tue kein Auge zu. Die Geschichte mit der kleinen Tschechin läßt mir keine Ruhe. Die ganze Zeit versuche ich mir einzureden, daß ihr Freund nicht aus dem Rotlichtmilieu stammt und sie tatsächlich einen Mann gefunden hat, der es gut mit ihr meint. Natürlich glaube ich das nicht. Aber theoretisch, rein theoretisch, könnte es doch so sein. Ich neige ja immer zum Dramatisieren. Vielleicht hätte ich doch lieber die Polizei holen sollen. Das Mädchen war garantiert noch minderjährig. Aber auf die Idee bin ich erst gekommen, als ich schon im Hotel war. Und da war es zu spät.

Wie dem auch sei, ich wache morgens mit Kopfschmerzen und richtig schlechter Laune auf. Und dann fällt mir auch Michael wieder ein, den Arsch hatte ich ganz vergessen. Spätestens jetzt sinkt meine Laune auf den absoluten Tiefpunkt. Und ausgerechnet heute bin ich richtig im Stress. Um zehn Uhr muß ich bei dieser Heilpraktikerin antanzen. Als ich in der Praxis anrufe, um mir den Termin bestätigen zu lassen, erlebe ich eine herbe Enttäuschung. Frau Gelzer hat es vorgezogen, sich mit einer Grippe und ihrer Wärmflasche ins Bett zu legen. Da es sich um einen schweren Infekt handelt, ist sie für mindestens eine Woche außer Gefecht gesetzt. Jetzt muß ich wegen dieser Geschichte extra noch mal nach Frankfurt kommen. Das ist zwar ärgerlich, aber vielleicht gar nicht so schlecht. Denn so mies, wie ich heute drauf bin, hätte ich bei dem Termin sowieso keine gute Figur gemacht.

Ich beschließe, die Zeit zu nutzen und mir etwas Gutes zu tun. Also gehe ich einkaufen. Dem Taxifahrer sage ich, er solle mich zu Frankfurts teuerster Shopping-Meile bringen. Mir ist nach Geldausgeben. Nach Dior, nach Armani, nach Hermès. Nach »Geld spielt keine Rolle«. Irgendwie hat mich das Outfit meiner Klientin gestern angefixt. Ihre Klamotten sahen verdammt edel und verdammt teuer aus. So was finde ich garantiert nicht auf den Wühltischen und Kleiderständern, die mit dem Wort SALE gekennzeichnet sind, von dem Michael geradezu magisch angezogen wird.

»Schau Schatz, so ein hübscher Pullover, und kostet nur noch die Hälfte.«

Ich gehe jede Wette ein, daß Isabelle Dujack nicht einmal weiß, was SALE bedeutet. Wahrscheinlich wird sie von erstklassigen Boutiquen zu kleinen, intimen Modeschauen eingeladen, auf denen sich die Frankfurter Gesellschaft ein Stelldichein gibt. So unter dem Motto: »Die neue Kollektion ist eingetroffen. Beehren Sie uns doch einmal auf ein Glas Champagner.« In den Läden, in denen ich einkaufe, gibt es keinen Schampus. Da gibt es noch nicht einmal ein Glas Wasser, es sei denn, man fällt in Ohnmacht.

Heute bekomme ich Champagner. Und zwar reichlich. Zuerst trinke ich mir in einem kleinen Bistro etwas Mut an. Dann stolpere ich bei Jil Sander rein. Mit einer Hose, einer Rechnung von knapp achthundert Mark und einem kleinen Schwips verlasse ich den Laden wieder. Jetzt ist Versace dran. Auch hier werde ich fündig. Diesmal lasse ich sechshundert Mark da und bemerke kleinere Gleichgewichtsstörungen. Allerdings nur beim Treppensteigen. Am besten schmeckt der Schampus aber bei Chanel. Dafür habe ich mich dann mit einem Tausend-Mark-Scheck bedankt. Als ich merke, daß ich anfange zu lallen, gehe ich doch lieber wieder in das nette kleine Bistro und trinke einen Kaffee. Dann wird mir schlecht.

Kotzen macht keinen Spaß. Schon gar nicht, wenn man nichts im Magen hat. Ich vertrage leider überhaupt keinen Alkohol. Noch nicht mal so ein bißchen Edelbrause.

Nach drei Cappuccini und einer Karaffe Wasser fühle ich mich langsam wieder in der Lage, eine Ortsveränderung ins Auge zu fassen. Es dauert ein bißchen, bis ich in den rechten Ärmel meiner Jacke hineinfinde, aber es geht schon. Da ich kein Taxi erwische, entscheide ich mich für die Straßenbahn. Keine gute Idee. Von dem Gewackele werde ich richtig seekrank. Ich versuche den Horizont zu fixieren, was bei Übelkeit ja helfen soll. Und es funktioniert tatsächlich. Langsam beruhigt sich mein Magen wieder. Gott sei Dank. Während ich mich von der Straßenbahn durchschütteln lasse, versuche ich mich auf meine spärlichen Rechercheergebnisse zu konzentrieren.

Also: Die Mutter einer adoptierten und einer leiblichen Tochter fällt ins Koma, nachdem sie ihr Badewasser mit einem defekten Tauchsieder hatte aufwärmen wollen. Die leibliche Tochter begeht ein Jahr später Selbstmord. Die Adoptivtochter macht neun Jahre später eine Rückführung und glaubt jetzt, daß die Mutter ermordet werden sollte. Das hieße, daß Frau Dujack den Tauchsieder nicht selbst ins Wasser gehalten hat. Irgend jemand hätte nachgeholfen und die Wehrlosigkeit der vielleicht betrunkenen Frau ausgenutzt.

Die Krankenschwester, die Frau Dujack in den ersten Jahren nach dem Unfall betreut hat, wird, kurz nachdem die Adoptivtochter in der Sache wieder aktiv wird, ermordet. Und der Mörder hat etwas bei ihr gesucht. Vielleicht belastende Beweise. Hat die Krankenschwester gewußt, wer der Täter war? Wenn ja, warum hat sie ihn dann so lange gedeckt? Und warum hat er sie dann jetzt erst ermordet, und wonach hat er gesucht? Fragen, Fragen, Fragen.

Ich beobachte drei spielende Kinder in einer Hofeinfahrt und denke mir: Wäre ich doch bloß Hellseherin geworden. Dann würde ich jetzt gemütlich daheim sitzen, Tarotkarten legen, im Kaffeesatz rühren oder mit meiner Katze auf der Schulter die Glaskugel befragen und könnte mir den ganzen mühsamen Recherche-Mist hier sparen.

Das Krankenhaus, in dem Isabelles Mutter liegt, ist einer dieser scheußlichen Kästen, die so abstoßend aussehen, daß sogar ein Hypochonder bei ihrem Anblick schnell wieder gesund würde. Da ich nicht einfach reinmarschieren und Auskünfte über die Krankengeschichte von Frau Dujack verlangen kann, habe ich mich entschlossen, die allseits bewährte Journalistennummer abzuziehen.

»Ich komme von der Frankfurter Rundschau und recherchiere eine Geschichte über Komafälle.«

Das erzähle ich erst einmal der Dame am Empfang. Sie ist irritiert. Ob ich einen Termin hätte.

»Nein, sorry, den hab ich leider nicht.«

Ihr Gesicht sieht so formalinsauer aus, wie der ganze Bunker riecht. Sie telefoniert mit dem zuständigen Arzt, einem Dr. Bayer. Der ist natürlich alles andere als erfreut und hat auch gar keine Zeit. Ich lasse mir den Telefonhörer geben und rede so lange auf ihn ein, bis er kapituliert.

»Okay, ich gebe Ihnen fünf Minuten, aber keine Minute länger.«

Dr. Bayer erweist sich als ausnehmend nett, wenn er auch optisch etwas aus dem Rahmen fällt. Groß, ziemlich korpulent, mit reichlich Pomade im weißen Haar und einer Brille auf der Nase, die ihm ständig aus dem Gesicht zu fallen droht. Die opulente Brustbehaarung wird von einem viel zu engen und nur schlampig geschlossenen Hemd freizügig offengelegt, der umfangreiche Bauch hat den sechsten Hemdenknopf weggesprengt, so daß auch der Bauchnabel begutachtet werden kann. Ich bin verwirrt. So hatte ich mir einen weisen Medizinmann eigentlich nicht vorgestellt. Aber wahrscheinlich ist er viel zu sehr mit den Geheimnissen der menschlichen Anatomie beschäftigt, als daß er sich um Kleidungsstil und Lebensart kümmern könnte. Dazu paßt auch sein Büro. Sämtliche Wände sind bis zur Decke mit Mahagoniregalen vollgestellt, die von Büchern, Fachzeitungen und -zeitschriften nur so überquellen. Der Schreibtisch sieht aus, als habe ihn jemand zur Mülldeponie umfunktioniert, und der Aschenbecher ist eine Provokation für jeden Lungenspezialisten. Über allem liegt eine feine Schicht jener Asche, die das Inhalieren von sechzig Zigaretten am Tag so mit sich bringt. Wenn Chaos ein Symbol für Kreativität und Wissen ist, dann ist Dr. Bayer ein Genie.

Er lächelt mich aus freundlichen, kleinen, braunen Augen an und beantwortet brav meine Fragen.

»Wieviel Komapatienten betreuen Sie denn zur Zeit?«

»Im Moment haben wir nur einen Fall. Eine Wachkoma-Patientin.«

»Wachkoma?« frage ich ihn erstaunt.

»Ja, der Begriff Wachkoma ist eigentlich ein Widerspruch in sich selbst. Entweder ein Mensch liegt im Koma, dann ist er ohne Bewußtsein, oder er ist wach, dann ist er natürlich bei Bewußtsein. Wir Mediziner reden deshalb auch lieber vom apallischen Syndrom beziehungsweise von Apallikern. Also von Menschen, von denen wir glauben, daß sie subjektiv nichts mehr erleben.«

»Woher wollen Sie das denn wissen?«

Auf die Antwort muß ich erst einmal warten. Schon während des Gesprächs war Dr. Bayer nervös auf seinem Stuhl hin- und hergerutscht, hatte zuerst mit der linken, dann mit der rechten Hand auf seine Jackentaschen geklopft und mit den Augen jeden Quadratzentimeter seines Schreibtisches abgetastet. Mir war relativ schnell klar, was der Onkel Doktor da so dringend suchte.

»Ja, woher wir das wissen ... sagen Sie mal, hätten Sie vielleicht eine Zigarette für mich?«

Ich muß mir ein schadenfrohes Grinsen verkneifen. »Sorry, ich bin Nichtraucherin.«

Ächzend erhebt er sich aus seinem Stuhl. »Ich will es mir ja abgewöhnen. Aber es gibt Tage, da geht es einfach nicht ohne.«

Das glaube ich ihm sofort. Er schlurft zur Tür und ruft nach seiner Sekretärin.

»Sabine, besorgen Sie mir bitte eine Zigarette.«

Als er an seinen Schreibtisch zurückkommt, wandern seine Augen wieder suchend über die vollbeladene Tischplatte.

»Wenn Sie Feuer brauchen, ich hab ein Feuerzeug dabei.«

»Nein, nein, ich brauch 'ne Mark.«

»Eine Mark?«

»Ja, Sabinchen kriegt für jede Zigarette, die ich schnorre, eine Mark. So versuche ich mir das Rauchen abzugewöhnen. Tolle Strategie. Funktioniert nur leider nicht immer.«

Sabinchen kommt herein und bringt ihrem Chef die ersehnte Zigarette.

»Danke, schreiben Sie sich die Mark gut, ich finde gerade keine.«

Leise seufzend läßt er sich in seinen Stuhl sinken, dreht die Zigarette zwischen seinen Fingern und sieht mich fragend an. »Wo waren wir stehengeblieben?«

»Sie wollten mir erklären, wieso Apalliker subjektiv nichts mehr erleben.«

»Stimmt. Also bei Apallikern liegt eine vollständige Unterbrechung der Nervenleitungen im oberen Hirnstamm vor. Das heißt, die Informationen aus der Körperperipherie werden nicht mehr ans Großhirn weitergeleitet. Und diese Informationen – das nehmen wir zumindest an – sind für die subjektiven Empfindungen zuständig.«

Dr. Bayer bricht das Filterstück seiner Zigarette ab und steckt sich den ausgefransten Glimmstengel zwischen die gelben Zähne.

»Aber wieso wird dieser Zustand dann als Wachkoma bezeichnet?«

»Weil Apalliker die Augen öffnen. Allerdings nicht als Reaktion auf Außenreize wie Licht, Geräusche oder Schmerz, sondern völlig spontan. Man muß aber aufpassen. Denn es gibt auch ein apallisches Durchgangssyndrom. Das durchlaufen Patienten, die wieder aufwachen. So gibt es eine ganze Reihe von scheinbaren Apallikern, die später wieder einem Beruf nachgehen können. Wenn sich das apallische Syndrom beim Patienten zeigt, hoffen die Angehörigen natürlich immer, daß es ein Durchgangssyndrom ist. Aber leider verbessert sich der Zustand vieler Patienten nicht mehr, und sie bleiben Apalliker . . . Hatten Sie nicht gesagt, Sie hätten ein Feuerzeug?«

»Ja, in meiner Handtasche. Einen Moment . . .«

Ich gebe ihm Feuer und beobachte amüsiert seinen zutiefst befriedigten Gesichtsausdruck, nachdem er seiner Lunge die erste Teerladung verpaßt hat.

»Wissen Sie denn genau, daß diese Apalliker nichts mehr von ihrer Umwelt mitkriegen?«

»Das wird zur Zeit sehr kontrovers diskutiert. Es gibt Kollegen, die behaupten, daß bis zu dreiundvierzig Prozent der Apalliker gar keine sind. Sondern sogenannte Locked-in-Patienten.«

»Locked-in? Was ist das?«

»Ja, das sind Patienten, die quasi bei vollem Bewußtsein in ihrem eigenen Körper eingesperrt sind. Da sie über keinerlei Motorik mehr verfügen, können sie sich weder bewegen noch sprechen. So etwas kann zum Beispiel durch einen Schlaganfall oder durch einen Unfall verursacht werden.«

Das Telefon klingelt. Er sieht mich fragend an. »Soll ich da jetzt dran gehen?«

»Ich weiß nicht? Vielleicht ist es ja wichtig?«

Seelenruhig zieht er an seiner Zigarette und bequemt sich dann langsam, den Telefonhörer abzuheben.

»Ja? ... Sabinchen, tun Sie mir einen Gefallen, wimmeln Sie ihn ab. Ich rufe später zurück.«

Er legt auf und wendet sich mit einem Kopfschütteln an mich. »Diese Verwaltungsheinis stehlen einem nur die Zeit. Wenn ich mich ständig mit deren Zeug befassen würde, käme ich überhaupt nicht mehr zu meiner Arbeit. Apropos Arbeit: Unsere fünf Minuten sind jetzt um.«

»Noch nicht ganz. Eine Frage habe ich noch. Könnten Sie denn nicht mit Hilfe eines EEG herausfinden, ob jemand Apalliker oder Locked-in-Patient ist?«

»So einfach ist das leider nicht. Das EEG spiegelt nämlich nur die Aktivität des Großhirns wider. Die Prozesse, die zum Locked-in- beziehungsweise zum apallischen Syndrom führen, finden aber im Hirnstamm statt. Die kann das EEG nicht zeigen.«

»Ist es realistisch, daß ein Apalliker irgendwann wieder aufwacht?«

»Je länger ein Patient im Koma liegt, um so unwahrscheinlicher ist es, daß er wieder zu sich kommt. Passiert das wider Erwarten doch einmal, dann sind die Patienten sehr oft körperlich und geistig behindert. Allerdings nicht immer. Es gibt Fälle, da haben sich Menschen trotz jahrelangen Komas wieder ganz erholt. Das dauert dann aber sehr lange und bedarf einer intensiven Reha-Betreuung.«

Er sieht auf seine Uhr. »Frau Petry, die fünf Minuten sind um, definitiv.«

»Okay. Vielen Dank, daß Sie mir so viel erzählt haben. Das ist wirklich unglaublich spannend. Irgendwie ist es allerdings auch sehr gruselig. Im eigenen Körper eingesperrt zu sein, stell ich mir furchtbar vor. Da wäre ich doch lieber tot, glaube ich.«

Dr. Bayer erhebt sich langsam von seinem Stuhl, sammelt einige Papiere von seinem Schreibtisch auf und legt sie bedächtig in eine graue Mappe.

»Das würde ich so nicht sagen. Man hat festgestellt, daß Locked-in-Patienten sehr ausgeglichen wirken und einen großen Lebenswillen haben. Es gibt da eine Theorie, wonach solche Krankheiten einen chemischen Prozeß im Gehirn auslösen, der Verzweiflung und Angst unterdrückt. Vielleicht erlangen solche Patienten aber auch nur eine größere Reife durch ihr Leid, wachsen sozusagen an ihrer Krankheit. So, jetzt muß ich aber wirklich gehen.«

Er marschiert mit seiner Mappe unter dem Arm Richtung Tür. So einfach kommt er mir nicht davon. Ich nehme meinen ganzen Mut zusammen und frage ihn, ob ich diese Wachkoma-Patientin kurz sehen dürfe. Das gefällt ihm gar nicht. Schlagartig ist es vorbei mit lustig. Die Idee findet er überhaupt nicht gut. Ich muß all meinen Charme aufbieten, um ihn umzustimmen. Schließlich willigt er ein.

»Aber nur einen Augenblick, ich habe noch eine Menge zu tun.«

Das Krankenzimmer von Frau Dujack ist circa zehn Quadratmeter groß und so steril wie eine frisch verpackte Einwegspritze. Um es hier auszuhalten, muß man schon Komapatient sein. Bei vollem Bewußtsein würde man innerhalb kürzester Zeit klaustrophobische Anfälle bekommen und aus dem Fenster springen. Immerhin gibt es ein Fenster. Allerdings ist die Aussicht auf den Parkplatz auch nicht gerade ermutigend. Niemand hat sich die Mühe gemacht, den Raum mit Blumen oder anderen dekorativen Dingen ein bißchen wohnlicher zu gestalten. Wann die liebe Verwandtschaft das letzte Mal hier war, möchte ich lieber nicht wissen.

Als Dr. Bayer und ich den Raum betreten, ist eine Krankenschwester gerade dabei, das Oberbett der Patientin frisch zu beziehen. So ohne Decke, nur in ihrem Nachthemd, liegt Frau Dujack da wie eine aufgebahrte Leiche, eine lebende Leiche allerdings. Als ich mich ihr vorsichtig nähere, passiert etwas Unglaubliches. Sie öffnet plötzlich die Augen. Entsetzt springe ich zurück und schmeiße fast den Ständer des Infusionstropfs um. Meine Reaktion löst bei Dr. Bayer und der Krankenschwester Heiterkeit aus.

»Haben Sie sich erschreckt, Frau Petry?«

Die beiden amüsieren sich königlich. Die Schwester hört gar nicht mehr auf zu kichern.

»Natürlich habe ich mich erschreckt. Ich dachte, sie ist aufgewacht.«

»Nein, das ist sie leider nicht. Das, was Sie da gerade gesehen haben, hat mit dem apallischen Syndrom zu tun, von dem ich Ihnen erzählt habe. Die Patientin öffnet spontan die Augen, aber sie fixiert nicht. Das heißt, sie sieht nichts.«

»Was stellt sie denn sonst noch so an?«

Dr. Bayer lacht. »Manchmal spricht sie auch.«

»Wie bitte?«

»Ja wirklich. Das macht sie erst seit kurzer Zeit. Sehr außergewöhnlich nach so vielen Jahren. Vielleicht haben wir es ja doch mit einem Durchgangssyndrom zu tun.«

»Was sagt sie denn so?«

»Einfache Worte, wie ja, nein oder auch einmal einen Namen. Zum Beispiel Klaus, das ist der Vorname ihres Mannes. Aber ihre Äußerungen machen keinen Sinn. Zumindest ergeben sie für uns keinen.«

Langsam traue ich mich wieder ein bißchen näher an sie heran. Sie hat die Augen immer noch offen, starrt aber rechts an mir vorbei an die Wand. Auch aus allernächster Nähe läßt sich nicht erahnen, was für ein Mensch sie gewesen ist, wie sie auf andere gewirkt, wie sie ausgesehen hat. Eine Hülle, von der niemand weiß, ob da noch jemand drin ist, und wenn ja, ob er sich je wieder meldet.

Dr. Bayer hält, ohne auf mich zu achten und wie es scheint vollkommen ungerührt, einen Vortrag über die Behandlung von Komapatienten. Da ist die Rede von künstlicher Ernährung, Nasen-und Magensonden, Blasenkathetern, Massagen, Krankengymnastik und was weiß ich noch alles. Die Frage ist nur, ob Frau Dujack von dem ganzen Zirkus auch so begeistert ist, oder ob sie nicht schon lange ihre Ruhe haben will.

Seine Ausführungen finden ein abruptes Ende, als er von einem Krankenpfleger zu einem dringenden Fall gerufen wird.

Ich bleibe mit der Schwester allein zurück. Das ist meine Chance. Sofort beginne ich, sie mit Fragen zu bombardieren.

»Wissen Sie, wieso die Frau im Koma liegt?«

Sie lächelt mich verlegen an. »Da kann ich Ihnen nicht allzuviel sagen. Es ist ja schon ziemlich lange her. Aber ich glaube, sie hat einen Stromschlag bekommen.«

»Besteht denn die Chance, daß sie wieder aufwacht?«

»Das weiß ich nicht«, antwortet die Schwester einsilbig.

Während ich angestrengt überlege, was ich sie noch fragen könnte, kommt mir eine Idee.

»Gab es je Komplikationen?«

»Bei ihr wohl am Anfang.«

»Was war da?«

»Die hatten ziemliche Probleme mit den Entzugserscheinungen.«

»Wieso Entzugserscheinungen?«

»Alkohol«, antwortet sie knapp.

Ach, sieh mal einer an, dann hat Herr Dujack also die Wahrheit gesagt. Nur, daß es mehr war, als ab und zu ein Gläschen zuviel. Ganz offensichtlich hat sie nicht in der Amateur-, sondern in der Profiliga gespielt. Klar, daß Isabelle davon nichts erzählt hat. Ist ja auch zu peinlich. Eine besoffene Mutter, die sich im Delirium tremens ihr Badewasser mit einem Tauchsieder aufwärmt. So macht die Geschichte schon mehr Sinn.

Die Krankenschwester hat inzwischen den Ständer mit dem Infusionstropf neben das Bett von Frau Dujack geschoben. Sie kontrolliert die Kanüle und die Einlaufgeschwindigkeit, mit der die klare Flüssigkeit in die Armvene der Patientin läuft.

»Würden Sie jetzt bitte das Zimmer verlassen, ich muß wieder an die Arbeit«, teilt sie mir geschäftig mit.

Ich wüßte aber zu gern, was in diesem Infusionstropf ist. Auf einem kleinen Beistelltisch am Fußende des Bettes liegt ein leeres Medikamenten-Fläschchen. Schwungvoll fege ich es mit meiner Handtasche vom Tisch. Als ich es aufhebe, kann ich gerade noch das Wort »H-Insulin« entziffern, bevor die Krankenschwester es mir aus der Hand nimmt.

KAPITEL 8

Das Taxi bleibt im Stau stecken, und ich verpasse meinen Flieger. Frustriert mache ich mich auf den Weg ins Flughafenrestaurant. Und wie der Zufall es will, treffe ich dort meine alte Schulfreundin Katja, die auf ihren Anschluß nach München wartet. Ihre Haare sind immer noch feuerrot, und auch ihr sommersprossiges Gesicht hat noch diesen unwiderstehlichen Lausbubentouch, der früher eine geradezu magische Anziehungskraft auf das männliche Geschlecht ausgeübt hat. Jetzt lebt sie mit Mann und zwei Kindern in der Nähe von München in einem schmucken Einfamilienhaus und hat sich vollkommen ihren Hausfrauen- und Mutterpflichten verschrieben.

Wie sich herausstellt, galt ihr Besuch in Frankfurt einem kranken Onkel, der hier im Altersheim lebt. Natürlich kann ich meine Klappe nicht halten und frage sie, ob es sich zufällig um den Erbonkel handele und was denn finanziell für solch aufwendige Besuchstermine herausspringe. Den Spruch findet sie gar nicht gut.

»Sei doch nicht immer so zynisch. Du hast dich doch noch nie für andere eingesetzt.«

Da mag sie recht haben. Aber ihre soziale Ader hat garantiert auch erst kürzlich das Licht der Welt erblickt.

Wir zwei sind alte Freundinnen, aber das hat uns noch nie daran gehindert, in passenden und unpassenden Momenten, von Eifersuchtsgefühlen überwältigt, aufeinander loszugehen. Weil wir gleichgewichtige Sparringspartner waren, gab es nie einen eindeutigen Winner, so daß die Karten jedesmal neu gemischt wurden und der Spielausgang immer offen blieb. Unsere unterschiedlichen Lebensläufe haben auch nicht gerade zu einer Entkrampfung der Situation beigetragen. Nichtsdestotrotz mag ich sie natürlich.

Wir wechseln das Thema, und ich werde über die neuesten Anekdoten und Highlights aus dem Leben der lieben Kleinen informiert. Natürlich sind sie in der Schule die Besten, auch im Sport glänzen sie mit überdurchschnittlichen Leistungen, und selbstverständlich sondern sie vierundzwanzig Stunden am Tag geistreiche Bonmots ab. Wie gewöhnlich bricht bei ihr der Mutterstolz und bei mir der kalte Neid aus, so daß ich froh bin, als sie sich kurz in Richtung Toilette verabschiedet.

Die kleine Verschnaufpause kann ich gebrauchen. Mein Gesicht ist schon ganz verspannt von so viel geheuchelter Begeisterung. Da piepst es auf einmal. Nicht bei mir, das ist klar, ich besitze kein Handy. Nie würde ich mir von so einem Ding die Birne weichkochen lassen. Nach meiner akustischen Peilung müßte es sich in Katjas Reisetasche unter dem Tisch befinden. Wahrscheinlich der liebende Ehegatte, der die Ankunft seiner Gemahlin gar nicht mehr erwarten kann.

Ich krieche unter den Tisch, durchwühle die Tasche nach dem Handy, finde es und hauche ein etwas atemloses »Ja, bitte ...« ins Gerät. Eine Männerstimme meldet sich.

»Hallo Katja, Schatz, das war eine geile Nacht. Ich habe es wirklich genossen ... Katja? Hallo ... Katja? ...«

Ich erstarre. Die Stimme kenne ich nicht. Aber eins ist sicher, die Stimme des liebenden Gatten ist das ganz bestimmt nicht. Geistesgegenwärtig blaffe ich ein »Sorry, falsch verbunden« in den Hörer und klappe das Handy ganz schnell zu.

Sieh mal einer an. Das Muttertier Katja, das sich für die Familie aufopfert, befindet sich auf amourösen Abwegen.

Von wegen kranker Onkel. Die perfekte Welt mit perfektem Mann und perfektem Nachwuchs – doch nicht so perfekt. Ich verstaue das Handy, das schon wieder piepst, in der Tasche und setze mich. Katja, der gefallene Engel. Eigentlich gefällt sie mir in dieser Rolle viel besser. Vielleicht sollte ich ein bißchen an der Fassade kratzen, auf der Suche nach der verruchten, ehebrechenden Katja, die mal so eben ein paar gesellschaftliche Konventionen über Bord wirft. Das könnte spannend werden.

Als sie zurückkommt, strahle ich sie an, und diesmal kommt es von Herzen. Der kleine Zwischenfall hat meine Stimmung beflügelt. Wir bestellen eine Flasche Prosecco und schaffen es, weit ab vom üblichen Geprahle und Geprotze ein richtig gutes Frauengespräch miteinander zu führen. Wie in alten Zeiten, als sie meine beste Freundin war und Jungs noch keine Rolle spielten.

Als ich in meiner Hamburger Wohnung ankomme, bin ich in Hochform und so aufgekratzt, daß an Schlaf überhaupt nicht zu denken ist. Ich schnappe mir meine Lieblings-CD, schmeiße sie in den Player und drehe den Verstärker bis zum Anschlag auf. Leider habe ich übersehen, daß es zwölf Uhr nachts ist und ich beim Einzug in diese Wohnung eine Hausordnung zur Kenntnis genommen habe, die eine solche Lärmentwicklung um diese Zeit ausdrücklich untersagt.

Es dauert auch nicht lange, und mein Freund Rebbelmeier donnert gegen die Tür. Ich öffne vorsichtig und sehe ein knallrot angelaufenes, vor Wut schäumendes Ungeheuer. Er platzt schier vor selbstgerechter Empörung. Endlich kann er es mir heimzahlen. Wo ich doch so gar kein Interesse für seine Räuberpistolen von verlorenen Höschen und ermordeten Jungfrauen gezeigt habe. Heute ist der Tag der Rache. Und er nutzt seine Chance – das kann ich nicht anders sagen. Er brüllt aus Leibeskräften. Sollte in diesem Haus noch jemand geschlafen haben, spätestens jetzt ist er hellwach. Als ich versuche, ihn zu beruhigen, schreit er mich plötzlich an: »Sie haben wohl noch nie etwas vom Kategorischen Imperativ gehört?«

Ich bin fassungslos. Was führt dieser Mensch für Wörter im Mund? Woher weiß dieser hirnverbrannte Analphabet, was ein Kategorischer Imperativ ist? Dabei realisiere ich langsam, daß ich es selbst nicht so genau weiß. Nun ja, eine vorübergehende Gedächtnislücke aufgrund leichter Alkoholprobleme. Jetzt fällt es mir wieder ein. War das nicht so etwas Ähnliches wie »Was du nicht willst, das man dir tu, das füg auch keinem anderen zu?«

Rebbelmeier brüllt gerade etwas von den Rechten meiner Mitbewohner auf ungestörten Schlaf, als genau diese, die sich mittlerweile im Treppenhaus eingefunden haben, auf ihn losgehen. Er habe seiner Pflicht Genüge getan und solle jetzt gefälligst Ruhe geben. Die Rumschreierei mache die Sache auch nicht besser. Er reduziert sein Stimmvolumen, und während er mir noch ein paar Bösartigkeiten zuzischt, zieht er endlich Leine.

Ich bleibe verdutzt mit meiner schönen Musik zurück und bin entsetzt über die Intoleranz und Ignoranz meiner Mitmenschen. Bitteschön, mach ich diese wundervolle Musik eben aus. Sie paßt auch nicht mehr so ganz zu meiner Stimmung. Mein Alkoholspiegel muß sich schlagartig halbiert haben. Schade eigentlich.

Ich rolle mich auf meinem Sofa zusammen und philosophiere im Einschlafen noch ein bißchen über den Kategorischen Imperativ. Kurz bevor das Kaleidoskop meiner verarbeitungswürdigen Erinnerungen mich in süße Träume entführt, fällt mir noch ein, daß ich gar nicht so scharf darauf bin, daß sich alle an diesen komischen Imperativ halten. Dann wäre ich nämlich arbeitslos.

KAPITEL 9

Am nächsten Tag bin ich ausnahmsweise einmal pünktlich im Büro. Dafür kommt Cornfeld schon wieder zu spät. Als er um Viertel nach neun mein Zimmer betritt, trifft mich fast der Schlag. Er trägt rote Bermudashorts, die, dem Grauton nach zu urteilen, schon so an die zweihundert Waschgänge erlebt haben dürften. Die freiliegenden, kaum behaarten Männerwaden münden sockenlos in einem Paar ausgelatschter Tod's. Das Ganze wird von einem weißen Hemd und einem grünen Jackett gekrönt. Sehr chic auch der Drei-Tage-Bart und die gegelten Haare, die aussehen, als hätten sie schon seit Wochen kein Wasser mehr gesehen.

Was denkt der sich eigentlich? Das hier ist eine professionelle Detektei und nicht die Außenstelle von Ochsenzoll. Was sollen denn die Klienten denken, wenn meine Mitarbeiter in einem solchen Aufzug herumlaufen?

Natürlich ist er jetzt beleidigt. Er wirft mir mangelndes Modebewußtsein und unüberwindbare Spießigkeit vor.

»Sie sind doch diejenige, die sich immer über die grauen Streifenhörnchen im Flugzeug aufregt. Jetzt, wo ich mal Kreativität und Mut beweise, ziehen Sie sich auf lächerliche und altbackene Konventionen zurück.«

»Das hat nichts mit Konventionen zu tun«, fauche ich ihn an. »Hier gebt es um Geschmack. Und der ist Ihnen heute morgen ganz offensichtlich abhanden gekommen.«

Es hat keinen Sinn, mit ihm zu streiten. Über dieses Thema schon gleich gar nicht. Also schicke ich ihn mit der

Bitte um ein möglichst spießiges Outfit nach Hause und überlege mir, ob ich ihn ärgern soll, indem ich ihm einen richtig schönen Nadelstreifen-Anzug spendiere. Später vielleicht. Wenn meine Finanzen solche Extravaganzen zulassen.

Ich setze mich an Cornfelds Schreibtisch und sehe seine Unterlagen durch. Mal sehen, was er recherchiert hat. Ich muß mit diesem Fall vorankommen und kann mich nicht ständig von privaten Turbulenzen ablenken lassen. Wenn ich so weitermache, krieg ich den Laden nie aus den roten Zahlen. Die Rechnungen, die sich auf dem Schreibtisch türmen, schiebe ich erst einmal beiseite und schreibe Cornfeld einen Zettel: »Bitte erste Teilrechnung für Dujack fertigmachen«. Irgendwo muß ja Geld herkommen.

Dann finde ich endlich einen Hefter mit Rechercheergebnissen. Da wird es dann gleich richtig professionell: »Handbook of Clinical Neurology Vol. 3 P. J. Vinken und G. W. Bruyn, eds. North-Holland Publishing Company. Amsterdam. Chapter 5: Coma and other disorders of consciousness.« Das ist ja klasse. Siebenundzwanzig Seiten englische Fachliteratur zum Thema »Koma« frisch aus dem Internet. Ich beginne mit der Lektüre, um nach fünf Minuten entnervt aufzugeben. Das versteht ja keine Sau. Vielleicht sollte ich die Unterlagen heute abend mit nach Hause nehmen und sie mir als schlaffördernde Bettlektüre einverleiben. Ich suche nach weiteren, etwas leichter verdaulichen Informationen. Aber entweder Cornfeld tut den ganzen Tag nichts, oder er hat die Ergebnisse seiner Arbeit so gut versteckt, daß sie kein Mensch findet.

Schließlich entdecke ich doch noch etwas. Doktorchen hat anscheinend mit einem Polizisten aus Hannover telefoniert. Seiner Telefonnotiz entnehme ich, daß Frau Bouché an einem Schädelbasisbruch gestorben ist. Herbeigeführt durch einen schweren, stumpfen Gegenstand, der noch nicht näher identifiziert werden konnte. Die Bullen gehen davon aus, daß es sich um einen Raubüberfall handelt, da ihr gesamtes Bargeld verschwunden ist. Allerdings glauben auch die Hannoveraner, daß Frau Bouché ihren Mörder gekannt haben muß. Cornfelds Aufzeichnungen werden leider immer unleserlicher. Seine Handschrift entwickelt sich rasant in Richtung Fliegendreck. Eigentlich bräuchte ich ein Mikroskop, um dieses winzige, schwarze Gekrakel als Schrift identifizieren zu können. Mit Müh und Not kann ich die nächste Zeile erkennen: »Ramona Bouché – Künstlername – in den sechziger und siebziger Jahren . . .« Und dann setzt es aus. Das letzte Wort ist bei aller Liebe nicht mehr zu entziffern.

Und dann finde ich Aufzeichnungen über Isabelle Dujack. Seit wann spionieren wir denn unseren Klienten nach? Aber diese Notizen sind wenigstens lesbar, und ich kann sie schnell überfliegen. Als erstes kommt die Adresse des Frankfurter Kinder- und Jugendheimes, in dem Isabelle als Kind zuletzt untergebracht war. Es folgt die Adoption und die Einschulung in der ISF, der Internationalen Schule Frankfurt. Studiert hat sie an der amerikanischen Elite-Uni Wellesley. Wo sonst. Und wenn ich gehofft hatte, daß sie in Höhere-Töchter-Fächern wie Kunstgeschichte oder Kommunikationswissenschaften dilettiert hat, werde ich enttäuscht. Nein, sie hat sich für Mathematik und Philosophie entschieden. Wahrscheinlich verfügt sie über einen IQ von hundertfünfzig, schreibt nachts nobelpreisverdächtige Romane, malt wie Picasso und hat das absolute Gehör. Die Welt ist ungerecht, aber das wußte ich ja schon.

Als Doktorchen endlich wieder ins Büro kommt, hat er Jeans, Turnschuhe und ein kariertes Baumwollhemd an.

»Schon viel besser«, begrüße ich ihn. Er überhört meine Bemerkung und trägt einen beleidigten Gesichtsausdruck zur Schau.

»Es riecht nach Wurst, Herr Cornfeld.«

»Was?«

»Nach Leberwurst.«

»Wieso das denn?«

»Nach beleidigter Leberwurst.«

Er muß grinsen.

»Erwischt«, pruste ich los. »Jetzt hören Sie schon auf. Sie sehen in diesen Jeans und diesem Baumwollhemd zum Anbeißen aus. Wirklich. Das einzige, was jetzt noch fehlt, ist ein freundlicher Gesichtsausdruck und ein bißchen gute Laune.«

»Die haben Sie mir verdorben.«

»Ach Quatsch. Jetzt seien Sie bloß nicht so empfindlich.«

»Ich kündige.«

»Was?«

»Ich kündige.«

»Cornfeld, das ist nicht komisch.«

»Das ist auch nicht komisch.«

»Cornfeld, ich will nicht, daß Sie kündigen. Ich bin zufrieden mit Ihnen, sehr zufrieden sogar. Ich brauche Sie.«

»Dann behandeln Sie mich auch so.«

»Was wollen Sie? Soll ich mich entschuldigen?«

»Wäre nicht schlecht.«

»Sie sind ein Ungeheuer.«

»Soll das eine Entschuldigung sein?«

»Nein. Also ich entschuldige mich hiermit. Es tut mir

leid. Okay? Ich meine, eigentlich tut es mir nicht leid. Aber wenn Sie wollen, dann tut es mir eben leid. Ja?«

»Hat das jetzt etwas mit weiblicher Logik zu tun?«

»Wieso, verstehen Sie es nicht?« Sein Gesichtsausdruck verfinstert sich schon wieder. »Sorry. Sorry. Das war nicht so gemeint. Ich habe eine Idee. Ich lade Sie heute abend in mein Lieblingslokal ein. Da können wir ja die Friedenspfeife rauchen.«

»Ich rauche nicht.«

»Cornfeld, vielleicht essen Sie ja etwas?«

»Das wäre möglich.«

Er hat gegessen. Und getrunken hat er auch. Und das nicht zu knapp. Er studierte die Speisekarte keine fünf Minuten, und schon wußte er genau, was er wollte. Das Teuerste, wie sich herausstellen sollte. Ganz nach der Devise, wenn wir die Chefin schon schädigen können, dann aber richtig. An der Lachsconsommé mit Kaviar mäkelte er zwar ständig rum, aß sie aber ratzeputz auf. Die halbe Vierländerente auf Lauchgemüse mit Kartoffelgratin war ihm nicht kross genug, aber selbstredend blieb auch von ihr nicht ein Fitzelchen übrig. Und dann war da noch die Variation von schwarzer und weißer Schokoladenmousse mit frischen Himbeeren, die er so radikal wegputzte, daß der Teller gar nicht mehr hätte gespült werden müssen. Der Spaß hat mich inklusive Wein zweihundertsechzig Mark gekostet. Eine teure Entschuldigung. Aber einen Personalwechsel kann und will ich mir im Moment nicht leisten.

Mit der Einladung zum Essen war es dann aber nicht getan. Doktorchen wollte noch in einen Szeneschuppen. »Auf einen kleinen Absacker«, wie er sich ausdrückte.

Jetzt sitzen wir schon seit einer Stunde in der Havanna-Bar am Fischmarkt. Während der süßliche Sahnegeschmack meiner Pina Colada mir langsam Magenprobleme bereitet, konsumiert Cornfeld genüßlich seinen zweiten Mojito.

»Doktorchen, ich muß Sie loben. Daß Sie mit der Polizei in Hannover telefoniert haben, finde ich ziemlich klasse.«

Er grinst selbstzufrieden.

»Nur leider habe ich Ihre Notizen nicht ganz entziffern können. Da stand irgend etwas von Ramona Bouché und Künstlername.«

»Ja, genau. Ich wollte wissen, ob Frau Bouché Französin war.«

»Und?«

»Der Bulle in Hannover war ziemlich gut drauf und fand meine Frage äußerst komisch. Er sagte, er sei ziemlich sicher, daß sie Französisch konnte. Aber aufgewachsen ist sie im Schwäbischen.«

»Schwäbisch mit französischem Akzent. Muß ja grauenhaft klingen.«

»Sie hat viel Geld damit verdient.«

»Sie hat Geld damit verdient?«

Cornfeld beobachtet mich amüsiert. Ganz offensichtlich werde ich hier gerade verarscht.

»Doktorchen, was soll das? Hab ich was verpaßt, hab ich was nicht mitgekriegt? Jetzt kommen Sie schon, wo ist die Pointe?«

Er zieht die Augenbrauen hoch und blinzelt mir zu. »In der Zweideutigkeit bestimmter deutscher Wörter.«

»Was? Sie hat mit Französisch Geld verdient. Na und.«

Langsam dämmert mir aber doch, was er mir da gerade erzählen will.

»Sie meinen, sie war eine Hure. Meinen Sie das? Meinen Sie das wirklich? Das glaube ich nicht.«

»Doch, doch. Ramona Bouché war ihr Künstlername.

Sie hat getanzt und gestrippt und gepeept und was man sonst noch so alles in der Branche macht. Volles Programm sozusagen.«

»Du lieber Himmel. Dujack hat eine Hure als Krankenschwester eingestellt. Das gibt es doch gar nicht.«

»Sie war voll ausgebildete Krankenschwester, mit allem, was dazugehört. Aber in dem Job wird nicht so wahnsinnig viel verdient. Und da sie sehr gut aussah, hat sie sich offensichtlich auf andere Einnahmequellen verlegt.«

Das muß ich erst einmal verdauen. Wenn ich an diese spießige Wohnung denke. An dieses feingeschnittene, hübsche, kleine Gesicht. Eine Hure. Eine Frau, die für Geld mit Männern schläft. Da wäre ich ja im Leben nicht drauf gekommen. Sie sah so verdammt seriös aus. So brav, fast schon bieder.

»Aber wie ist der Dujack denn auf sie gekommen?«

»Das weiß ich auch nicht. Vielleicht hat er eine Anzeige geschaltet? Und sie hat sich gemeldet.«

»Warum sollte sie?«

»Nun ja, der Job ist ja nicht gerade für die Ewigkeit gemacht. Da ist dann irgendwann Schluß. Vielleicht hatte sie auch nur die Nase voll und wollte raus aus dem Milieu? Was weiß ich?«

»Und das ist ganz sicher? Frau Bouché war eine Prostituierte. Da ist die Polizei sich hunderprozentig sicher?«

»Ja, ja. Sie war registriert. Ganz offiziell.«

»Ramona Bouché. Klingt ja auch schon so ein bißchen verdächtig. Wie war eigentlich ihr richtiger Name?«

»Karin Maierhöfer.«

»Da hat sie sich aber verbessert.«

Wir müssen beide kichern. obwohl es eigentlich gar nicht komisch ist.

Mittlerweile ist es in der Havanna-Bar richtig voll geworden. Am Nachbartisch haben sich drei durchgestylte Mädels niedergelassen, die Cornfeld begeistert anstrahlen. Er spreizt seine Flügel wie ein Gockel auf der Balz und fletscht seine Zähne, daß man es mit der Angst kriegen könnte.

»Passen Sie nur auf, daß Ihnen das Gebiß nicht rausfällt.«

»Eifersüchtig?«

»Auf Sie? Wirklich nicht.«

Mein Gott, wie liebe ich Männer, die in meiner Anwesenheit mit anderen Frauen flirten. Das schreit nach Rache. Bitteschön, wenn er Anmache braucht, kann er Anmache haben.

»Was ich Sie noch fragen wollte, Herr Cornfeld: Können Sie mir erklären, warum Sie Informationen über Isabelle Dujack eingeholt haben? Falls es Ihnen entgangen sein sollte: Sie ist unsere Klientin.«

»Ja, das ist richtig. Aber den Fall kriegen wir nur geknackt, wenn wir uns einen Informationsvorsprung verschaffen.«

»Lieber Herr Cornfeld, das bezahlt uns aber keiner. Sollen wir Isabelle etwa eine Rechnung über die Recherche ihrer Vergangenheit schreiben? Die erklärt uns für verrückt.«

»Ja, aber meinen Sie nicht, daß wir rauskriegen sollten, ob es sich bei unserer Klientin um eine intellektuell unterbelichtete Esoterik-Anhängerin oder um einen intelligenten und logisch denkenden Menschen handelt?«

»Vielleicht hätte ich Ihnen nicht erzählen sollen, daß sie so gut aussieht. Vielleicht hat das ja in Wirklichkeit ihre Neugier beflügelt?«

»Das ist eine Unterstellung. Und eine ziemlich üble dazu.«

Bevor er schlechte Laune bekommt, bestelle ich ihm lieber noch einen Mojito. Die Mädels vom Nachbartisch sind jetzt ohnehin erst einmal abgemeldet.

»Wie sieht es denn mit Herrn Dujack aus? Konnten Sie über den noch etwas in Erfahrung bringen?«

»Er hat eine Immobilien- und Anlageberatungsfirma mit ungefähr fünfundzwanzig Mitarbeitern in der Frankfurter City. Der Laden scheint ganz gut zu laufen. Ach ja, außerdem betreibt er noch drei Altenheime.«

»Also ein klassischer Spekulant. Wie sympathisch.«

Meine Pina Colada liegt mir mittlerweile wie ein Stein im Magen. Ich bestelle mir ein Glas Mineralwasser, um die Sahnebombe ein bißchen zu verdünnen. Cornfeld will unterdessen wissen, was denn in Frankfurt so los war. Also erzähle ich ihm von Isabelle Dujacks Kindheitserinnerungen, von Dr. Bayer und der im Koma liegenden Frau Dujack, von meiner kleinen tschechischen Freundin und ihrem Hang zu halbseidenen Männern sowie von den wunderbaren, entzückenden, gemütlichen, liebenswerten Stadt-Hotels, die es in Frankfurt rund um den Bahnhof herum gibt.

»Das nächste Mal bring ich Ihnen eine Kakerlake mit. Und zwar eine lebende. Als kleines Souvenir.«

Er zeigt sich zerknirscht und gelobt Besserung. Das wäre jetzt eine gute Gelegenheit, meinen bescheidenen Einkaufsbummel in Frankfurts teurer Goethestraße anzubringen. Jetzt ist er so schön in der Defensive. Aber dann trau ich mich doch nicht. Es würde nichts ändern. Wenn er die Kontoauszüge mit den hübschen, kleinen Abbuchungen in die Finger kriegt, gibt es ohnehin Zoff. So oder so.

Cornfeld hat kein Auto. Ob aus Prinzip, Geldmangel oder Bequemlichkeit, das weiß ich nicht so genau. Manchmal vergesse ich diese Tatsache. So auch heute abend, als ich ihn frage, wo er denn geparkt hat.

»Nirgends«, antwortet er mir.

»Klasse. Ich habe also mal wieder das Vergnügen, Sie nach Hause bringen zu dürfen. Richtig?«

»Richtig!«

Während wir mit dem Auto durch das nächtliche Hamburg kurven, veranstalten wir ein kleines Brainstorming zum Thema »Wer hat Frau Bouché umgebracht, und was hat er sich dabei gedacht?« Alkohol soll für die Kreativität ja manchmal ganz gut sein. Aber bei uns beiden ist das heute abend nicht der Fall. Cornfeld entwickelt gigantische Denkmodelle, die hinreißend logisch und unglaublich kompliziert sind. Komisch sind sie auch. Nur sonderlich wahrscheinlich sind sie leider nicht. Er fabuliert von Mafiageschäften, in die Herr Dujack verwickelt ist, von fiesen Gesellen, die sich an ihm rächen wollen und deshalb seine Frau umgebracht haben. Frau Bouché war ein von der Cosa Nostra eingeschleuster IM, der Herrn Dujack überwachen sollte.

»Und wer hat aus welchem Grund Frau Bouché umgebracht?«

»Außerirdische, Aliens«, kichert Cornfeld.

»Warum das denn?«

»Die mögen keine Frauen.«

Er kringelt sich vor Vergnügen. Ich sehe schon, mit dem ist heute abend keine seriöse Unterhaltung mehr möglich.

Kaum bin ich zu Hause, klingelt das Telefon. Michael. Wie es in Frankfurt war? Bla Bla Bla. Was ist er nett. Und was sülzt er mir ins Ohr. Das kleine Arschloch. Sag ich jetzt was von Ursula, die sich unter seiner Nummer meldet? Bring ich ihn in Verlegenheit? Laß ich ihn die große Märchenstunde abhalten? Treib ich ihm den Verlegenheitsschweiß auf die Stirn? Besser nicht. Er wird sich schon irgend etwas zurechtgelegt haben. Wahrscheinlich war ich einfach nur zu doof, um die richtige Telefonnummer zu wählen. Irgend so was kommt bestimmt. Was soll's. Ich bin nett und freundlich zu ihm. Berichte von meinen Frankfurter Erlebnissen. Mime das brave Mädchen.

Mir ist klar, daß ich langsam an einer Radikallösung arbeiten muß. Der hundertprozentige Ausstieg zum Zeitpunkt X. Die innere Immigration, ein verdeckter Ablösungsprozeß, diskret und versteckt, im innersten Herzenswinkel langfristig vorbereitet. Und dann der große Show-down: »Schätzchen, übrigens es ist Schluß. Aus und vorbei. Reg dich jetzt bloß nicht auf. Du wirst schon darüber hinwegkommen.« Bis dahin habe ich allerdings noch ein bißchen Zeit. Zeit genug, um mit Michael am Wochenende zum Golfspielen zu gehen. Man soll die Dinge ja nicht überstürzen. Als ich mir im Bad die Zähne putze, fällt mir wieder ein, daß ich in einem Monat vierzig werde. Mein Spiegelbild sieht auf einmal ganz grau aus.

»Macht doch nichts«, sag ich zu ihm. »Echt. Das haben schon so viele Menschen geschafft. Das schaffst du auch.«

Jetzt wird mein Spiegelbild wehleidig und jammert mir etwas von »Verlorener Jugend, schwindender Attraktivität, Falten und Haarausfall« vor.

»Blödsinn, Frauen in unserem Alter, die haben ihre besten Jahre doch noch vor sich.«

»Quatsch«, kreischt das Spiegelbild. »Absoluter Quatsch, jetzt beginnt die Noch-Ära.«

»Die was?«

»Die Noch-Ära. Verstehst du. Noch siehst du gut aus, noch kannst du Kinder und vielleicht auch noch den Mann fürs Leben kriegen. Noch bist du fit, und noch klappt's auch beruflich.«

»Noch krieg ich jeden Mann ins Bett«, sage ich leise.

»Bist du sicher?« höhnt es aus meinem Spiegel.

Aber ich habe keine Lust, mich von dieser Jammer-Tussi runterziehen zu lassen.

»Schönheit kommt von innen. Und Jugend ist eine Frage des Herzens und keine des Aussehens«, erkläre ich selbstbewußt.

Mein Spiegelbild beginnt hämisch zu kichern.

»Hast du dir schon einmal überlegt, daß du heute auf die Vierzig und am Tag nach deinem Geburtstag auf die Fünfzig zugehst? Wie klingt das in deinen Ohren: Fünfzig? Das mußt du dir mal auf der Zunge zergehen lassen. Fünfzig. Wonach klingt das? He? Nach alt, nach unattraktiv, nach Abstellgleis, nach ready for take off.«

»Du bist widerlich, richtig widerlich.«

»Quatsch, ich bin realistisch. Glaub mir, in spätestens fünf Jahren bist du unsichtbar. Kein Autofahrer wird deinetwegen an einem Zebrastreifen halten. Das Risiko, im Straßenverkehr ums Leben zu kommen, wird sich verzehnfachen.«

»Das glaube ich nicht, ich werde leuchten. Von innen heraus leuchten. Meine Schönheit wird von innen kommen.«

»Ja, vielleicht kannst du dich ja als Straßenbeleuchtung

nützlich machen. Dann erfüllst du wenigstens noch einen sozialen Zweck.«

Jetzt reicht es. Ich gehe mit der Nasenspitze bis ganz dicht an den Spiegel heran und sage ganz, ganz leise: »Hatte ich dir schon erzählt, daß ich mir einen neuen Spiegel kaufen will?«

Das wirkt. Endlich ist Ruhe.

Es ist zwölf Uhr nachts, und ich bin kein bißchen müde. Mein vierzigster Geburtstag geistert mir immer noch durch den Kopf. Ich könnte doch eine richtige tolle Fete machen. Mit vielen netten Leuten. Ein Fest auf einem Alsterschiff zum Beispiel. Wir würden geruhsam durch die wunderschönen Kanäle Hamburgs fahren, uns die Jugendstilvillen von hinten begucken und dabei kleine Leckereien und eine Menge Schampus konsumieren. Ein schöner Traum. Aber zu teuer, viel zu teuer. Ich sitze auf meinem Sofa und starre aus dem Fenster. Vierzig zu werden ist ja schon traurig, aber kein Geld zu haben, um es richtig zu feiern, das ist geradezu trostlos.

Plötzlich habe ich eine Idee. Vielleicht könnte jemand eine Überraschungsparty für mich organisieren. Das wäre doch nicht schlecht. Aber wen könnte ich in diese Falle tappen lassen? Katja? Genau! Die Ideal-Besetzung. Die kennt auch die ganzen anderen Mädels von der Schule, die ich gerne dabei hätte. Irgendwie müßte ich Katja mit Cornfeld zusammenspannen. Er ist ein Organisationsgenie und könnte Katja unter die Arme greifen. Und ich würde ihnen indirekt ein paar Tips geben, wo das Ganze stattfinden könnte, wer eingeladen werden sollte, und so weiter und so weiter ... Je länger ich darüber nachdenke, um so besser gefällt mir die Idee.

Wenn ich nur wüßte, wo ich Katjas Telefonnummer gelassen habe. Bei unserem Treffen am Flughafen hatte ich sie mir doch extra noch mal aufgeschrieben. In meiner Handtasche ist sie nicht, auf dem Schreibtisch liegt sie nicht. Verdammt. Ich beginne, in meinem Arbeitszimmer die Regalwand durchzuflöhen. Als ich aus einem oberen Fach ein paar Unterlagen herausziehen will, fällt mir der ganze Stapel auf den Kopf. Vorneweg ein kleines rotes Büchlein. Gerührt hebe ich es auf. Mein altes Tagebuch. Mein Gott, ist das lange her. Zwischen meinem fünfzehnten und achtzehnten Lebensjahr habe ich Tagebuch geführt. Danach nie wieder. War ja auch nie wieder so spannend.

Ich fange an, in dem Buch zu blättern und einzelne Passagen zu lesen. Unglaublich, wie naiv ich damals war. Aber auch unglaublich, was da so alles passiert ist. Während ich am Boden hocke und meine Teenagererlebnisse wieder Gestalt annehmen, bekomme ich auf einmal eine Gänsehaut. Meine Gesichtshaut fängt an zu prickeln, meine Halsmuskulatur verkrampft sich. Das kenn ich. Mich gruselt's. Das passiert immer, wenn mein Unterbewußtsein etwas begriffen hat, was langsam in mein Bewußtsein einzusickern beginnt. Meine Beine fangen an zu kribbeln. Meine Nackenhaare sträuben sich wie bei einer angriffslustigen Katze. Und jetzt ist es da. I got the message. Mir wird vor Aufregung ganz schlecht. Das Tagebuch. Das Tagebuch, hämmert es in meinem Kopf. Ich muß nach einem Tagebuch suchen. Frau Bouché wurde ermordet, weil sie ein Tagebuch besaß, in dem irgend etwas Belastendes stand. Danach hat der Mörder gesucht. Ich bin mir ganz sicher. Kein Notizbuch, kein Adressbuch. Ein Tagebuch. Ich sag's ja – weibliche Intuition ist durch nichts zu ersetzen.

KAPITEL 11

»So ein Blödsinn«, sagt Cornfeld am nächsten Morgen. »Weiberkram. Kein Beweis. Kein Indiz. Aber ein Kribbeln in den Beinen. Oder war es zwischen den Beinen?«

»Cornfeld, ich warne Sie.«

»Ja, ja. Ist ja schon gut. Ich nehme alles zurück. Wir streichen es aus dem Protokoll.«

»Jetzt hören Sie auf, hier herumzualbern. Mir ist das verdammt ernst.«

»Okay, okay. Wir suchen jetzt also nach einem Tagebuch. Richtig?«

»Richtig!«

»Und wer soll das geschrieben haben?«

»Simone.«

»Das haben Sie heute nacht geträumt, oder wie?«

»Nein, das ist weibliche Intuition, gepaart mit messerscharfer Logik.«

»So etwas gibt es nicht.«

Manchmal könnte ich ihn für seine Macho-Sprüche ungespitzt in den Boden rammen.

»Das Tagebuch muß jemand geführt haben, der entweder wußte oder ahnte, daß mit dem Unfall von Frau Dujack etwas nicht stimmte. Also kann es nicht von Isabelle sein. Bleibt Simone.«

»Ja, aber Frau Dujack kommt doch genauso in Frage. Vielleicht hat sie sich bedroht gefühlt und das in einem Tagebuch festgehalten?«

»Das stimmt, aber trotzdem – ich glaube eher, daß ein Kind, dem es so schlecht geht, daß es sich umbringt, Tagebuch führt. Daß es so versucht, seine ganzen Erlebnisse und Ängste aufzuarbeiten.«

»Gut, nehmen wir einmal an, Simone hat Tagebuch geführt. Und Frau Bouché hat dieses Tagebuch nach Simones Tod an sich genommen. Warum? Warum sollte sie das getan haben? Was hat sie damit bezweckt?«

»Sie wußte, wer den defekten Tauchsieder in Frau Dujacks Badewasser geschmissen hat. Und sie wußte, daß es Simone auch wußte. Deshalb hat sie das Tagebuch verschwinden lassen. Aus irgendeinem Grund hat sie den Täter gedeckt.«

»Und aus lauter Dankbarkeit hat der sie dann umgebracht. Also das macht doch überhaupt keinen Sinn. Davon abgesehen, daß wir nicht den geringsten Beweis dafür haben. So leid es mir tut, aber ihr Tagebuch bringt uns keinen Schritt weiter.«

»Es sei denn, wir finden es.«

»Das glauben Sie doch selbst nicht.«

Wir einigen uns darauf, den schwarzen Peter an Isabelle weiterzugeben und telefonisch nachzufragen, ob je eines ihrer Familienmitglieder Tagebuch geführt habe. Sie müßte es ja wissen. Leider ist sie mal wieder nicht zu Hause. Und den Butler kann ich schlecht fragen. Also vertage ich das Ganze auf Montag, packe meinen Krempel zusammen und fahre nach Hause in mein wohlverdientes Wochenende.

Samstag morgen. Der Wecker klingelt. Es ist Viertel nach sechs. Wie grauenhaft. Ich weiß nicht, warum Michael immer zu so beknackten Zeiten abschlagen muß. Acht Uhr. Der spinnt. Kein Mensch ist um diese Zeit fit. Kein Mensch will um diese Zeit Golf spielen. Mit einer Ausnahme: Michael. Weil der Platz morgens so schön leer und ruhig ist. Der Morgentau noch auf dem Gras glitzert und die Sonnenstrahlen wunderschöne Muster auf den Rasen zeichnen, die Vögel zwitschern, der Fuchs durch die Büsche schleicht und die Kaninchen über das Fairway hoppeln. Entzückend. Natur pur und nur für uns.

Aber auch an diesem Morgen habe ich nicht viel davon. Ich bin müde, mein Kreislauf liegt noch zu Hause im Bett, und meine Körperkoordination kann sich nicht daran erinnern, je etwas von Golf gehört zu haben. Der erste Abschlag ist dann auch eine Katastrophe. Wie ein Rohrkrepierer rast der Ball schräg über das Gras, um in einem stacheligen Verhau aus Büschen und Bodendeckern zu verschwinden. Widerwillig latsche ich zu der Stelle, wo ich glaube, daß mein kleiner weißer Freund verschwunden ist, und krieche ins Unterholz. Ich finde ein paar hübsche Pilze, eine tote, von der Natur schon halb verdaute Maus und einen orangefarbenen Ball. Gehört nicht mir. Eindeutig. Aber Ball ist Ball. Da kenne ich keine falschen Vorurteile. Orange ist auch eine hübsche Farbe. Also zurück aufs Fairway, wo Michael schon wartet und sichtlich genervt vor sich hin schimpft.

»Wie lange brauchst du denn noch? Ich hab dir schon hundertmal gesagt, man sucht einen Ball nicht länger als fünf Minuten. Ich schlag hier langsam Wurzeln.«

Das ist typisch, mein Ball wird nie länger als fünf Minuten gesucht, seine Bälle, alles teure, gewickelte Drei-Schalen-Balata-Bälle für sieben Mark das Stück, suchen wir, bis wir schwarz werden. Ganz klar. Das sind ja auch seine Bälle. Und die Deppen im Flight hinter uns, die sollen ruhig warten, die können ohnehin nicht spielen, das hat er ja schon lange bemerkt. Da ist seine Geduld dann plötzlich grenzenlos. »Ich lasse doch so einen teuren Ball nicht im Unterholz vergammeln. Der nächste Idiot findet ihn womöglich.« Das Schlimmste beim Golfspielen ist, Bälle zu verlieren, das Schönste, Bälle zu finden. Speziell, wenn es gute, also teure Bälle sind.

In der Zwischenzeit habe ich schon zwei ganz ordentliche Schläge mit meinem 7er-Holz, vom Fairway geschafft. Meine Laune verbessert sich. Der orangefarbene Ball scheint mir Glück zu bringen. Bei Michael klappt gar nichts. Er ist zwar der weitaus bessere Spieler von uns beiden, aber mittlerweile haut er die Dinger so weit raus, daß sie kräftig verziehen. Das heißt, sie gehen hoch in die Luft, beschreiben eine leidlich gerade Linie und drehen dann plötzlich ab. Zur Zeit am liebsten nach rechts. Das gibt ziemlich unschöne Töne, wenn der Ball dann gegen einen Baum knallt oder leise raschelnd durch die Büsche rauscht. Und das Ganze wird auch nicht melodischer, wenn es ständig wiederholt wird.

Es kommt, wie es kommen muß. Nach neun Löchern brechen wir ab. Daß ich heute ganz gut gespielt habe und nach langer Zeit einmal mit meinem Score zufrieden bin, spielt keine Rolle. Michael hat schlechte Laune. Schuld sind die Schläger. Sein 3er-Holz taugt einfach nichts, und der Driver ist ohnehin für den Eimer. Beides nagelneue Schläger von renommierten Firmen versteht sich. Aber, nun ja, das haben wir ja heute gesehen, sie bringen's nicht. Konsequenz? Wir gehen in den Pro-Shop.

Während Michael sich einen Titanium-Driver von Callaway für schlappe achthundertneunzig Mark zeigen läßt, liebäugle ich mit den Bällen in Orange. Eigentlich gehört sich das nicht. Ein Golfer, der Stil hat, spielt weiße Bälle. Gelbe, pink- und orangefarbene Bälle benutzen im Sommer nur Anfänger und Neureiche. Das wurde mir wenigstens erzählt. Orange bringt mir aber Glück. Und das ist ausschlaggebend. In dem Laden gibt es eine große Schale mit preiswerten Golfbällen in allen Farben. Also beginne ich, die orangefarbenen rauszuklauben und sie mühevoll in meiner Armbeuge zwischenzulagern. Gerade als mir durch den Kopf geht, daß ich ja dann auch noch farblich passende Tees dazu brauche, ertönt eine Männerstimme hinter mir.

»Sie werden doch nicht diese Schrottbälle kaufen, Frau Petry?«

Das Ergebnis ist, daß meine kleine orange Pyramide kläglich zusammenbricht und fünfzehn Bälle über den frisch gewienerten Parkettboden in alle Richtungen davonhüpfen.

Während ich mich langsam umdrehe, ahne ich schon, was da auf mich zukommt: Rhett Buttler in blond. Seine strahlendblauen Augen treiben mir mal wieder das verhaßte Rosé ins Gesicht. Ausgerechnet jetzt läuft mein Kreislauf zur Hochform auf und pumpt alle vorhandenen Blutreserven in Richtung der Leuchtdiode, die mal mein Kopf war. Ich grinse Herrn Dujack hilflos an und stottere etwas von Glücksbringern und rassistischen Vorurteilen gegenüber farbigen Golfbällen. Er amüsiert sich. Das freut mich. Und er sieht wieder blendend aus.

Das hat auch Michael bemerkt. Sofort steht er neben mir, legt den Arm um mich und demonstriert Besitzerstolz. Die Art, wie die beiden Männer sich mustern, erinnert an zwei Platzhirsche, die sich mit gesenktem Geweih gegenüberstehen. Fest entschlossen, ihre Revieransprüche durchzusetzen. Sympathie kommt da keine auf. Bevor sie sich die Fehde-Handschuhe vor die Füße werfen und sich mit Golfschlägern duellieren, versuche ich die feindselige Stimmung ein bißchen zu entkrampfen. Erst einmal stelle ich die Jungs einander vor, damit sie auch wissen, wer ihnen da gerade so unsympathisch ist. Mein Bestreben, ein bißchen Small talk in Gang zu bringen, gestaltet sich allerdings mühsam.

»Was machen Sie denn in Hamburg, Herr Dujack?«

»Geschäfte.«

»Waren Sie schon oft hier?«

»Ein paarmal.«

»Wie lange spielen Sie denn schon Golf?«

»Seit fünfzehn Jahren.«

»Oh, da sind Sie bestimmt ziemlich gut. Was haben Sie für ein Handicap?«

»Sechs. Und Ihr Handicap?«

»Steht neben mir«, rutscht es mir raus. Was Michael natürlich gar nicht witzig findet.

»Sie hat überhaupt kein Handicap«, zischt er wütend.

Na, ja, denke ich, wenn man mal von meinem nächsten Geburtstag absieht. Als dann geklärt ist, daß Michael Handicap achtzehn hat, bildet Herr Dujack überraschenderweise doch noch ganze Sätze und fragt uns, ob wir nicht Lust hätten, eine Runde mit ihm zu spielen. Ich bin natürlich sofort dafür, Michael natürlich sofort dagegen. Mit dem Spruch »Wir haben leider noch etwas vor«, schmettert er das Angebot kurzerhand ab. Daß er mich ausbremst und ausgerechnet jetzt einen auf traute Zweisamkeit macht, paßt mir überhaupt nicht.

Dujack grinst. Mein genervter Gesichtsausdruck scheint ihm zu gefallen. Langsam findet er zu seiner alten Souveränität zurück und geht zum Angriff über. »Das ist schade. Aber vielleicht sehen wir uns ja noch, Frau Petry.«

Er strahlt mich an.

Ich strahle zurück.

»Stehen Sie im Telefonbuch?«

»Ja, klar. Pia Petry, Husumer Straße.«

»Schön. Ich melde mich.«

Da geht er hin, mein Held. Was für ein Mann. Der meine hat jetzt schlechte Laune. Dujack hat ihn kühl lächelnd abtropfen lassen. Ihn und seine Besitzansprüche ignoriert und sich quasi über seinen Kopf hinweg mit mir verabredet. Eins zu Null für Rhett Buttler. Das kommt davon, wenn man mit Leuten in den Ring steigt, die die falsche Gewichtsklasse haben.

»Du wirst doch nicht mit dem Affen da ausgehen«, knurrt mein Liebster.

»Warum nicht. Er ist der Adoptivvater meiner Klientin. Vielleicht kann er mir ja etwas Interessantes erzählen.«

»Quatsch. Der will nichts erzählen. Der will was ganz anderes.«

Michael ist stocksauer. Eine solche Niederlage hat er schon lange nicht mehr einstecken müssen. Wut und Frust sitzen tief. Das schreit geradezu nach Kompensation. Und das Objekt der Begierde ist auch schnell gefunden. Michael kauft den Achthundertneunzig-Mark-Schläger. Ohne mit der Wimper zu zucken, füllt er zwei Euroschecks aus. Jetzt reicht's mir.

»Bist du noch ganz bei Trost?«

»Wieso?«

»Darf ich dich daran erinnern, daß ich in zwei Monaten vierzig werde.«

»Ja und?«

»Wenn du denkst, du kannst mir wieder ein Waschbrett schenken, auf dem steht, daß du dich freuen würdest, wenn wir auch in Zukunft unsere schmutzige Wäsche gemeinsam waschen, dann hast du dich geschnitten.«

»Ich dachte, das Geschenk hat dir gefallen.«

»Doch, sicher, sehr originell. Sehr einfallsreich. Und in der Anschaffung so preiswert.«

»Auf den Preis kommt es doch nicht an.«

»Nein, Geld spielt keine Rolle. Das sieht man ja an dem schwachsinnigen Schläger hier. Du glaubst doch nicht ernsthaft, daß du deinen Slice damit weg kriegst?«

»Aber sicher.«

»Aber ganz sicher nicht. Mit ein paar Trainerstunden wäre das Problem billiger und effektiver zu lösen. Das weißt du so gut wie ich. Aber wenn du Frustkäufe so liebst und bereit bist, so viel Geld dafür auszugeben, dann erwarte ich, daß du dir für meinen nächsten Geburtstag etwas ganz Besonderes einfallen läßt. Und ich meine nicht besonders originell, ich meine besonders teuer. Hast du mich verstanden? Sonst kannst du in Zukunft deine schmutzige Wäsche alleine waschen.«

Auf der Heimfahrt haben wir kein Wort mehr miteinander geredet. Ich dachte die ganze Zeit an Rhett Buttler, der bei diesem herrlichen Wetter allein über den Platz ging. Wie schön wäre es gewesen, jetzt bei ihm zu sein. Beflügelt von seiner Anwesenheit, hätte ich sicher grandios gespielt. Er hätte mir den Schwung noch einmal erklärt, sämtliche Bewegungsabläufe in Zeitlupe für mich wiederholt und dicht hinter mir stehend, quasi im Vollkörperkontakt, meinen Bewegungsrhythmus kontrolliert. Wir wären zusammen ins Unterholz gekrochen, um meine verlorenen Bälle zu suchen. Und was auch immer wir da gefunden hätten, nachfolgende Flights hätten uns nicht im mindesten irritiert. Mein Gott, könnte Golfspielen schön sein.

Als ich nach Hause komme, liegt ein Brief auf meiner Fußmatte. Reppelmeier ist vierzehn Tage in Urlaub gefahren und bittet mich, seine Zimmerpalme zu versorgen. Entsorgen wäre mir zwar lieber, aber das kann ich ihm nicht antun. Vor zwei Jahren hat er diese Katastrophe von einer Pflanze aus dem Müllcontainer gezogen und sie liebevoll wieder aufgepäppelt. Seither erzählt er mir immer etwas von seinem grünen Daumen. Nur wenn er auf mein Grünzeug aufpassen soll, dann sind meine Pflanzen anschließend entweder halb ersoffen oder halb vertrocknet. Da ist rein gar nichts von seinem grünen Daumen zu spüren. In seinem Brief schreibt er mir außerdem, daß er die Besitzerin des grünen Damenslips ausfindig gemacht habe. Es handelt sich um die sechzehnjährige Tochter von Frau Hoppe aus dem dritten Stock. Gott sei Dank, damit wäre die Mordtheorie ja wohl endgültig vom Tisch.

Am Sonntag schlafe ich erst einmal richtig aus. Bis zwölf Uhr. Herrlich. Dann mache ich es mir mit einer Tasse Tee und meinen Zeitungen im Bett gemütlich. Nachdem ich mich wieder ausgiebig über die Ungerechtigkeiten dieser Welt echauffiert habe, hat mein Kreislauf genug Schwung, daß ich ungefährdet den Weg in mein Badezimmer antreten kann. Die nächsten zwei Stunden gehören ganz allein mir. Mir und meiner Schönheitspflege. An solchen Tagen genieße ich mein Single-Dasein. Kein Mann, der mich mit frühmorgendlichen, hektischen Aktivitätsgelüsten aus meinem heimischen Badezimmer vertreibt. Der den Frühnebel beim Joggen genießen, die Matinee-Vorstellung im Kino oder Dutzende von Kunst-Ausstellungen sehen will. Der ganze Tag gehört mir. Und ich kann damit machen, was ich will. Zum Beispiel um drei Uhr zu Mittag essen. Oder um fünf Joggen gehen. Und um sechs auf der Couch einschlafen.

Punkt sieben klingelt das Telefon, Total verschlafen robbe ich durchs Zimmer und suche den Apparat. Unter der Couch werde ich fündig.

»Petry.«

»Dujack.«

Jetzt bin ich wach, hellwach und tierisch aufgeregt.

»Hallo, Herr Dujack. Das ist aber nett, daß Sie anrufen.«

Oh, bitte, lieber Gott, mach, daß er mich zum Essen einlädt.

»Ich dachte, Sie hätten vielleicht Lust, mit mir zu Abend zu essen.«

»Aber klar«, rutscht es mir heraus.

Zurückhaltung war ja noch nie mein Ding. Wir verabreden uns um zwanzig Uhr im »Opus«. Während ich ihm erkläre, wie er von seinem Hotel aus dorthin kommt, überlege ich schon fieberhaft, was ich anziehen soll. Eins ist klar: Die Entscheidung wird nicht leicht werden.

KAPITEL 12

Es ist Montag morgen, und es geht mir gut. Obwohl es mir montags eigentlich nie gutgeht. Die vor mir liegende Woche steht meistens wie ein speiendes Ungeheuer in meinem Badezimmer und starrt mich drohend aus rotgeränderten Augen an. Arbeit, Hektik und Stress verheißend. Doch heute ist das Ungeheuer nicht erschienen. Und auch der Spiegel ist heute nett zu mir und zeigt mir ein entspanntes, ausgeruhtes, glücklich strahlendes Gesicht.

Im Büro erwartet mich ein bestens gelaunter Cornfeld. Das paßt ja prima. Sein Wochenende war einsame Spitzenklasse. Er hatte eine Begegnung der dritten Art. Weiblich, zwanzig Jahre jung, Sportstudentin, bildhübsch und wahnsinnig intelligent. Die Frau ist so schlau – und das spricht echt für sie –, daß sie von Doktorchen nichts, aber auch überhaupt nichts wissen will. Damit hat sie alle Voraussetzungen, um die absolute Nummer Eins zu werden. Die Frau seines Lebens. Auf nichts hat sie reagiert. Weder auf seinen künftigen Doktortitel noch auf seine angeblich glänzenden Karriereaussichten. Sein sonst unschlagbarer Charme prallte an ihr ab wie ein Squashball von der Betonwand. Sie hat sich geweigert, ihre Telefonnummer rauszurücken, hat seine in den nächsten Mülleimer verfrachtet und am Schluß etwas gesagt, das nach »piss off« klang. Mein Gott, Cornfeld ist hin und weg. Welches Temperament, welche Klasse. Diese Frau gilt es zu erobern, das ist das weibliche Wesen, das die künftigen kleinen Cornfelds auf die Welt bringen soll. Es ist mal wieder von langfristigen Perspektiven und tiefgreifenden Gefühlen die Rede.

»Ach Cornfeld, das hatten wir doch alles schon mal. Und zum Schluß hat es dann doch nur für die kleine Liebe am Nachmittag gereicht.«

Bevor ich ihn wieder auf den Boden der Tatsachen zurückholen kann, klingelt es an der Tür. Wir erstarren zu Salzsäulen.

»Kunde, Auftrag«, wispert Cornfeld.

»Geld, Umsatz, Wachstum«, flüstere ich.

Wir starren uns an. Dann rasen wir gleichzeitig los. Cornfeld schafft es als erster. Er reißt die Tür auf. Vor uns steht ein Blumenstrauß. Der größte und gigantischste, den ich je gesehen habe. Unten gucken zwei Beine raus. Dann fängt der Blumenstrauß an zu reden.

»Ich habe hier was für Frau Petry.«

Ehe ich mich versehe, habe ich das Blumenmonster im Arm. Die beiden Beine komplettieren sich zu einem jungen Mann, der Cornfeld einen Brief in die Hand drückt und abwartend in der Tür stehenbleibt.

»Trinkgeld«, zische ich Cornfeld zu.

Der guckt mich verständnislos an.

»Trinkgeld. Geben Sie ihm was.«

Während Cornfeld umständlich in seinen Hosentaschen herumkramt, fallen mir unter der Last der Blumen fast die Arme ab. Nach einer Ewigkeit befördert er mehrere Zehn- und Fünf-Pfennig-Stücke hervor, die er dem Blumenkurier in die Hand drückt. Der nuschelt ein Dankeschön, wünscht uns einen schönen Tag und ist verschwunden.

Ich muß die Blumen loswerden, weiß aber nicht wohin. Während ich mich hilflos im Büro umsehe und nach einer Unterbringungsmöglichkeit suche, sehe ich plötzlich durch die Gladiolen, Rosen und Gerbera hindurch, daß Cornfeld meinen Brief öffnet.

»He! Lassen Sie das! Das ist meine Post.«

Ungerührt nimmt er die Karte heraus.

»Vielen Dank für den schönen Abend«, liest er genüßlich vor. »Ihr Klaus Dujack. Dujack? Wieso Dujack?«

»Jetzt reicht es aber.« Ich laß die Blumen fallen und reiße ihm die Karte aus der Hand. »Das ist meine Privatpost. Das geht Sie überhaupt nichts an.«

»Dujack ist privat? Ich dachte, das ist der Adoptivvater unserer Klientin?«

»Ja, ich meine, so halb privat. So ein bißchen privat.«

»Ohoh! Was haben Sie mir immer erzählt? Privates und Berufliches soll man schön auseinanderhalten.«

»Es war ja auch gar nicht so privat. Es war schon beruflich. Also, wenn ich es so recht bedenke, war es sogar sehr beruflich.«

»Und das hier ist der berufliche Blumenstrauß?«

»Ja, wenn Sie so wollen.«

»Was macht Dujack denn in Hamburg? Und wieso sind Sie mit ihm zum Essen gegangen?«

»Ist das ein Verhör?«

»Nein. Ein rein berufliches Interesse.«

»Dujack war geschäftlich hier. Und am Sonntag hat er mich angerufen und zum Abendessen eingeladen. Das war alles.«

»Und?«

»Nichts und.«

»Hat er was erzählt?«

»Er hat eine Menge erzählt. Aber so wahnsinnig spannend war es nicht. Also nicht für den Fall, meine ich.«

»Und, was war's?«

»Nun, er hat von seiner Frau erzählt. Die hat mit dem Trinken angefangen, weil er nie zu Hause war. Während er seinen Laden aufbaute, hat sie ihre Langeweile in Whiskey ersäuft. Er sagte, zum Zeitpunkt des Unfalls sei seine Ehe schon ziemlich ramponiert gewesen. Und dann Simone. Von ihr hat er das gleiche gesagt, was ich von Isabelle auch schon gehört habe. Daß sie den Unfall der Mutter nicht verkraftet hat. Die Geschichte hat ihn wohl ziemlich mitgenommen.«

»Hat er was über Isabelle erzählt?«

»Die scheinen ein ziemlich angespanntes Verhältnis zu haben. Er sagte, sie fange alles mögliche an, bringe aber nichts zu Ende. Auch ihr Studium hat sie nicht abgeschlossen. Aber nicht, weil sie überfordert gewesen wäre, sondern, so hat er wenigstens behauptet, aus purer Langeweile. Ich glaube, er hält sie für ziemlich verwöhnt und launisch.«

Cornfeld fällt mir ins Wort. »So Mädels kenne ich auch. Verbringen ihr Dasein in einer Art Schonhaltung und warten darauf, daß ihnen irgendein Mann das Leben apportiert.«

»Werden Sie nicht schon wieder frauenfeindlich. Es gibt auch reiche Söhne, die so etwas tun.«

»Reiche Söhne eifern ihren Vätern nach und vervielfachen das Vermögen.«

»Das glauben Sie doch selber nicht.«

Er grinst mich hinterhältig durch seine Designerbrille an. »Haben Sie ihn eigentlich auch nach Frau Bouché gefragt?«

»Logisch. Er hatte keine Ahnung von ihrem Vorleben. Er war vollkommen entsetzt. Geradezu aufgebracht. Sie war ihm von einem Bekannten empfohlen worden. Als Krankenschwester hat sie ihren Job wohl ganz gut gemacht. Aber er hätte sie nie eingestellt, wenn er gewußt hätte, wie sie ihren Lebensunterhalt früher finanziert hat.«

»Sieh mal einer an. Die moralischen Vorbehalte eines Spekulanten. So hält doch jeder das bißchen Ethik hoch, das ihm in den Kram paßt.«

Während ich anfange, die Blumen wieder vom Boden aufzusammeln, fällt mir das Tagebuch ein.

»Übrigens, ich hab ihn auch nach dem Tagebuch gefragt. Er hat keine Ahnung, ob seine Frau oder die Mädchen je Tagebuch geführt haben. Ich hatte allerdings auch den Eindruck, daß ihn dieses Thema nicht sonderlich interessierte.«

»Tagebücher sind ja auch Weiberkram«, doziert Cornfeld und klaubt drei Rosen vom Boden auf.

»Liebe Frau Petry, nichts gegen Ihren Dujack. Aber dieser Blumenstrauß ist unanständig. So etwas monströs Übertriebenes, Uferloses habe ich noch nie gesehen. Das ist peinlich. Geschmacklos und neureich. Absolut kein Stil, der Mann.«

»Er hat zuviel Geld, und Sie sind eifersüchtig.«

»Ach Quatsch . . .«

Weiter kommt er nicht, weil ich ihm einen Teil der Blumen in den Arm drücke und ihn bitte, sie in die Badewanne zu legen. Als ich mit den restlichen Rosen ins Badezimmer komme, sitzt Cornfeld am Wannenrand und läßt Wasser einlaufen.

»Wir sollten mehrere Sträuße daraus machen. Und die im Büro verteilen.«

»Toll. Und das sieht dann so aus, als wäre hier einer gestorben.«

Cornfeld sieht mich überrascht an.

»Genau. Das ist doch kein schlechter Werbegag. P-Quadrat, die Detektei, die jedes Opfer bringt, um ihren Fall zu lösen.«

»Oh, Cornfeld.«

»Nun, ich könnte Sie ja auch entlasten und einen Strauß mit nach Hause nehmen.«

»Doktorchen, das vergessen Sie mal ganz schnell. Die Blumen für Ihre neue Flamme werden nicht von Herrn Dujack gesponsert. Die zahlen Sie schön selbst.«

»War ja nur so eine Idee.«

Nachdem die Blumen versorgt sind, machen wir uns wieder an die Arbeit. Ich rufe Isabelle an. Wieder einmal ist der Butler dran. Er hat gute Nachrichten für mich.

»Frau Dujack ist zu Hause. Ich verbinde.«

Ein bißchen Schiß habe ich schon. Vielleicht findet sie meine Tagebuch-Story ja komplett bescheuert. Nicht jeder, der so viel Geld abdrückt, möchte mit Visionen und weiblichen Intuitionen belästigt werden. Was, wenn Sie auf sauber recherchierten Resultaten besteht?

Meine Stimme klingt dann auch ziemlich unsicher, als ich ihr von meinem Verdacht erzähle. Im ersten Moment stutzt sie. So, als müsse sie diese Nachricht erst einmal verdauen. Dann reagiert sie aber erstaunlich positiv.

»Ich glaube, Sie haben recht. Daran hab ich ja überhaupt nicht mehr gedacht. Simone hat tatsächlich Tagebuch geführt. Es gab eine Reihe von Schulheften, die sie eifrig vollgeschrieben hat. Diese Hefte hielt sie allerdings streng unter Verschluß. Ich durfte da nie reinschauen. War alles sehr geheim. Aber das sind Tagebücher ja immer.«

»Haben Sie eine Ahnung, wo diese Tagebücher sein könnten?«

»In ihrem Zimmer.«

»In ihrem Zimmer?«

»Ja. Simones Zimmer gibt es noch. Es wurde nach ihrem Tod so belassen, wie es war. Da haben wir nie etwas verändert.«

»Das heißt, rein theoretisch könnten die Tagebücher noch irgendwo in diesem Zimmer sein?«

»Ja, natürlich. Allerdings hat sie sie versteckt. Da bin ich mir ziemlich sicher.«

Ihre Stimme klingt jetzt aufgeregt und hektisch. »Ich werde gleich mal raufgehen. Das kann aber dauern, bis ich alles durchgesehen habe. Wie lange sind Sie im Büro?«

»Bis neunzehn Uhr.«

»Okay. Ich melde mich.«

Triumphierend sehe ich Cornfeld an. »Na, was hab ich gesagt. Es gibt ein Tagebuch.«

»Es soll vollgeschriebene Schulhefte geben. Und kein Mensch weiß, was da drinsteht. Vielleicht war sie nur eine fleißige Schülerin und hat ihre Hausaufgaben gemacht.«

»Quatsch. Wenn Isabelle sagt, sie hat Tagebuch geführt, dann hat sie Tagebuch geführt.«

»Gut. Und was passiert, wenn sie dieses Tagebuch findet, Simone etwas wußte und alles brav aufgeschrieben hat?«

»Dann sind wir unter Umständen den Job los.«

»Sehr richtig.«

Zwei Stunden später ruft Isabelle zurück. Sie ist ganz außer Atem. Die Schulhefte sind tatsächlich aufgetaucht. Sie waren in Simones Kleiderschrank hinter den Pullovern versteckt. Aber sie sind wohl nicht vollständig. Die letzte Eintragung wurde ein Vierteljahr vor dem Unfall ihrer Mutter gemacht. Isabelle glaubt nicht, daß Simone plötzlich das Interesse an ihrem Tagebuch verloren hat.

»Sie hat gern geschrieben. Das hat ihr Spaß gemacht. Warum hätte sie plötzlich damit aufhören sollen?«

»Sie glauben also, daß jemand die übrigen Hefte gestohlen hat?«

»Ich denke ja. Obwohl, solche Verdächtigungen sind ja immer ein bißchen problematisch.«

»Wer hätte denn die Möglichkeit gehabt, an die Hefte ranzukommen?«

»Da kommen eine Menge Leute in Frage. Zur Zeit leben hier ...«

»Stop, Frau Dujack, ich glaube, da müssen wir ein ganzes Stück zurückgehen. Wenn tatsächlich etwas Belastendes in diesen Heften stand, dann sind sie garantiert kurz nach Simones Tod verschwunden.«

»Ja, da könnten Sie recht haben. Lassen Sie mich mal überlegen, wer damals hier war. Mein Vater, meine Mutter, Frau Bouché, die Köchin – allerdings ist die vor zwei Jahren gestorben. Damals hatten wir noch keinen Butler, aber eine Putzfrau und eine Hilfe für den Garten. Ach so, den hätte ich jetzt fast vergessen. Der Arzt, der sich um meine Mutter gekümmert hat, Herr Dr. Bayer, war damals natürlich auch häufig im Haus.«

»Okay, sortieren wir mal. Also Ihre Adoptivmutter scheidet aus. Die Köchin ist schon verstorben. Bleiben Ihr Vater, Dr. Bayer, Frau Bouché, die Putzfrau und der Gärtner. Richtig?«

»Ja. Genau.«

»Dann hätten wir fünf Verdächtige. Aber trotzdem, ich glaube, daß es Frau Bouché war.«

»Warum?«

»Weil im Gegensatz zu Frau Bouché keiner von den anderen ermordet worden ist – soweit wir das wissen.«

Nachdem ich den Telefonhörer aufgelegt habe, sieht mich Cornfeld mit seiner unnachahmlichen Besserwissermiene an. Diesen Gesichtsausdruck kenne ich nur zu gut, und er verheißt nichts Gutes.

»Sie haben etwas vergessen.«

»Was?«

»Vielleicht hätten Sie in einem kleinen Nebensatz, in einem ganz kleinen, winzigen Nebensatz, wirklich nur so am Rande, ganz leise, ohne die geringste Betonung unser bisher größtes, bestes und phantastischstes Rechercheergebnis anbringen können. Nur, damit die Frau weiß, wofür sie uns eigentlich bezahlt.«

»So bin ich eben, viel zu bescheiden, um mit unseren Erfolgen auf den Putz zu hauen.«

»Ja, so kann man es auch ausdrücken.«

Also rufe ich Isabelle noch einmal an und informiere sie darüber, daß Frau Bouché früher als Hure unterwegs gewesen ist.

Genau wie ihr Adoptivvater ist sie fassungslos und schockiert. Natürlich macht ein solcher Background die Krankenschwester noch verdächtiger. Wer aus so einem Milieu kommt und seine Vergangenheit hinter einer Fassade biederer Spießigkeit versteckt, der kann ja nicht sauber sein.

Ich vereinbare mit Isabelle, daß ich noch einmal nach Frankfurt komme, um mir die Tagebücher anzusehen, die sie in Simones Zimmer gefunden hat. Außerdem gibt es da ja immer noch diese Heilpraktikerin, der ich endlich einen Besuch abstatten sollte.

Cornfeld macht die Termine für mich. Die Heilpraktikerin, Monika Gelzer, ist wieder gesundet und kann befragt werden. Doktorchen vereinbart ein Date für neun Uhr vormittags. Bei unserer Klientin muß ich um vierzehn Uhr antreten. Die Zeitspanne zwischen neun und vierzehn Uhr bereitet meinem Herrn Assistenten allerdings heftige Magenschmerzen. Da er nicht annimmt, daß ich vier Stunden bei der Heilpraktikerin verbringen werde, befürchtet er finanzielle Ausfälle in Form von enthemmten Frustkäufen.

»Ich glaube, Sie sollten die Euroschecks und die Kreditkarte lieber hier lassen.«

»Wirklich nicht. Wie kommen Sie denn darauf? Buchen Sie mir lieber ein ordentliches Hotel, dann halten sich mein Frust und damit zusammenhängende Kompensationsgelüste auch im Rahmen.«

»Halbpension? Kommt günstiger.«

»Nein, nur Frühstück.«

»Soll ich einen Termin für ein gemeinsames Abendessen mit Herrn Dujack arrangieren? Das könnte ich doch gleich miterledigen.«

»Nein danke, den Termin mache ich selbst.«

»Dachte ich es mir doch.«

»Sie sind eifersüchtig.«

»Und Sie blind.«

»Wieso?«

»Weil Sie sich total auf Frau Bouché eingeschossen haben. Als Frau Dujack diesen ominösen Unfall hatte, war Frau Bouché überhaupt noch nicht im Haus. Das heißt, sie kommt nicht als verhinderte Mörderin, sondern höchstens als Diebin der Tagebücher in Frage. Und mit diesem Diebstahl wollte sie jemanden decken. Und wer das gewesen sein könnte, wissen wir doch beide.«

»Jetzt spinnen Sie aber komplett. Klaus Dujack hat nichts mit der Sache zu tun. Wenn seine Tochter das auch nur im mindesten annehmen würde, hätte sie uns nie engagiert. Die wird doch nicht ihren eigenen Adoptivvater hinhängen.«

»Warum nicht? Wenn er es war. Er hatte die Möglichkeiten und ein Motiv.«

»Ein Motiv?«

»Ja sicher. Er selbst hat Ihnen erzählt, daß seine Ehe nicht mehr viel getaugt hat. Ein so gutaussehender und erfolgreicher Mann hat doch keine Lust, den Rest seines Lebens mit einer Schnapsdrossel zu verbringen. Davon abgesehen, war die gute Frau ja vielleicht auch versichert.«

Cornfeld hat sich so richtig in Rage geredet. Seine Theorie hat allerdings einen Knackpunkt, und den reib ich ihm sofort unter die Nase.

»Für eine Tote bekommen Sie ja vielleicht Geld, aber ganz bestimmt nicht für eine lebende Leiche.«

»Nun ja, daß es schiefgehen würde, damit hat er natürlich nicht gerechnet.«

»Und warum hat er sie dann nicht noch nachträglich ins Jenseits befördert?«

»Weil das zu gefährlich war, mit all den Leuten im Haus. Und seitdem sie im Krankenhaus liegt, ist er das Problem mit der Ehe ja auch los.«

»Ach ja, und die Versicherungssumme?«

»Seine Geschäfte laufen gut. Vielleicht braucht er das Geld gar nicht mehr.«

»Eine saublöde Theorie. Simpel und abgeschmackt. Das

ist doch viel zu offensichtlich. Das hat Soap-Opera-Charakter. Und sogar dafür ist die Story zu mies.«

»Sie sehen das viel zu emotional. Ihr Problem ist, daß der Typ Ihnen gefällt . . .«

»Cornfeld, ich warne Sie. Sie überschreiten gerade Ihre Kompetenzen. Ich bin hier der Boss, und ich sage Ihnen, Dujack hat nichts damit zu tun. Basta.«

Was Eifersucht aus Männern machen kann. Hirnlose Monster. Noch auf der Heimfahrt rege ich mich so über Cornfeld auf, daß ich eine rote Ampel überfahre und an zwei wunderschönen Parkplätzen vorbeirausche. Was mich aber am meisten aufregt, ist, daß er recht hat. Natürlich ist Dujack hochgradig verdächtig. Oberflächlich betrachtet. Aber wer ihn kennt, weiß genau, daß er eine solche Sache nie so vermasselt hätte. Dafür ist er viel zu gerissen. Wenn der seine Frau hätte um die Ecke bringen wollen, dann dezent und professionell. Und vor allem effektiv. Dann wäre sie längst tot. Tot und begraben. Und jeder wäre davon überzeugt, daß die Ärmste im Suff einen Fehler gemacht habe, den sie leider mit ihrem Leben habe bezahlen müssen. Das ist traurig, aber nicht sonderlich verdächtig.

Schon an der Wohnungstür höre ich das Telefon. Immer, wenn es schnell gehen muß, bekomme ich den Schlüssel nicht ins Schlüsselloch. Als ich die Tür endlich aufgesperrt habe, ist der Apparat längst verstummt. Der Anrufbeantworter blinkt. Katja möchte, daß ich sie zurückrufe, Michael will mit mir ins Kino gehen.

Seit Dujack im Pro-Shop aufgetaucht ist, mimt Michael den fürsorglichen Lover. Konkurrenz belebt das Geschäft. Er ist in letzter Zeit ständig auf meinem Anrufbeantworter, interessiert sich auf einmal für meinen Tagesablauf und macht Vorschläge für gemeinsame Freizeitaktivitäten. So kenne ich ihn gar nicht. Vielleicht sollte ich das ausnutzen, mich ein bißchen rar machen und ausnahmsweise mal ihn leiden lassen.

Ich rufe ihn an, erzähle ihm etwas von wichtigen Terminen in Frankfurt, von dringenden Vorbereitungen und notwendigem Schlaf. Er ist gefrustet. Kann ich verstehen. Ich verspreche, mich zu melden, sobald ich zurück bin, und wünsche ihm eine wunderschöne Nacht.

Jetzt bin ich fast ein bißchen stolz auf mich. Einmal im Leben taktisch gehandelt. Ganz schön clever. Oder vielleicht doch nicht? Plötzlich fällt mir ein, daß diese Taktik auch eine Kehrseite hat. Wenn ich keine Zeit habe, dann hat ja vielleicht Ursula Zeit. Oh, Scheiße. Ich habe einfach nicht die Nerven für solche Spielchen. Am liebsten würde ich ihn anrufen und alles wieder rückgängig machen. Aber das geht nun wirklich nicht.

Als ich Katja von meinem Schlamassel erzähle, beruhigt sie mich. »Mach dir nichts draus. Er wird mit Ursula im Kino sitzen und die ganze Zeit darüber nachdenken, was du wohl morgen in Frankfurt anstellen wirst. Die Verlustängste werden ihn so beuteln, daß er sich weder auf den Film noch auf Ursula konzentrieren kann.«

»Dein Wort in Gottes Gehörgang.«

»Du mußt nur dafür sorgen, daß er sich mental mit dir beschäftigt. Dann hast du gewonnen. Dann ist es vollkommen egal, mit wem er gerade im Bett liegt. Oh, pardon.«

»Danke für den kleinen Hinweis. Da wär ich jetzt nicht drauf gekommen.«

»Entschuldige. Aber ich weiß ohnehin nicht, warum du immer noch mit diesem Deppen zusammen bist.«

»Das weiß ich auch nicht. Aber ich habe mir fest vorgenommen, daß nach meinem Geburtstag alles anders wird.«

»Was hat denn dein Geburtstag damit zu tun?«

»Katja, ich werde in drei Wochen vierzig. Verstehst du? Vierzig. Das ist der Wendepunkt. Jetzt geht's auf die Überholspur.«

»Ich finde es toll, daß du das so positiv siehst.«

Bevor sie mit irgendwelchen Kondolenzbekundungen kommen kann, bremse ich sie aus. »Ja, das finde ich auch. Scheiße ist allerdings, daß ich keine Kohle habe, um ein richtig tolles Fest zu machen.«

So, jetzt weiß sie es. Der Wink mit dem Zaunpfahl. Ein bißchen plump vielleicht, aber unübersehbar. Bevor sie mich großartig trösten und das Thema für sich abschließen kann, komme ich wieder auf Michael zurück. So bleibt die Geburtstagsfeier als offener Restposten in ihrem Kopf hängen und macht sich da hoffentlich selbständig. Die Idee mit der Überraschungsparty muß ich ihr beim nächsten Mal einflüstern. Dann aber vielleicht ein bißchen dezenter.

KAPITEL 13

Am nächsten Morgen startet mein Flieger pünktlich um fünf Minuten nach sieben Richtung Frankfurt. Während des Flugs kommt es zu kleineren Turbulenzen, und die Maschine sackt ein paarmal kurz durch. Die Anschnallzeichen leuchten auf, und amüsiert beobachte ich, daß die Gesichter einiger Fluggäste eine ungesund bläßliche Tönung annehmen. Mich stört die Schaukelei nicht im geringsten. Achterbahnfahren fand ich schon als Kind wunderbar, und meinen Körper habe ich fest im Griff. Nicht so meine Nachbarin. Bei jedem Ruck werden ihre Augen größer und ihr Mund schmaler. Sie krallt sich in die Armlehnen, als hätte sie Angst, aus dem Flieger katapultiert zu werden. Zugegeben, die Turbulenzen sind schon ziemlich heftig, und nicht jeder liebt es, wenn ihm sein Frühstück plötzlich wieder die Speiseröhre hochschwappt. Aber mit ein bißchen Disziplin ist das nun wirklich kein Problem.

Der Frau neben mir steht mittlerweile die pure Panik im Gesicht. Sie sieht aus wie ein Fallschirmspringer, der gerade merkt, daß die Reißleine klemmt. Und dann passiert es. Urplötzlich hat sie eine volle Tüte vor sich stehen. Ihr läuft der Schweiß über das Gesicht, und sie sieht aus, als habe sie gerade einen Tausendmeterlauf absolviert. Leider hat diese Tüte eine ungute Wirkung auf meine physische Befindlichkeit. Nicht das Luftloch, in das wir kurze Zeit später knallen, und der anscheinend freie Fall, der kein Ende zu nehmen scheint, sind die Ursache. Wirklich nicht. Nein, es ist eindeutig die Anwesenheit dieses vollen Papierteils und die Vorstellung, welch unappetitlicher Inhalt sich darin befindet, die meinen Magen zu einer spontanen, unkontrollierten Reaktion veranlassen. Ich schnappe nach der Tüte in der Rückenlehne vor mir wie ein Junkie nach der Spritze. Prall gefüllt stelle ich sie eine Minute später auf den Boden und schiebe sie mit dem Fuß unter meinen Sitz. Mein amüsiertes Lächeln ist mir vergangen, und über meine Gesichtsfarbe brauche ich mich auch keinen Illusionen mehr hinzugeben. Als der Flieger endlich zur Landung ansetzt, schicke ich ein Stoßgebet in die Richtung, aus der wir gerade kommen.

Mit einem akademischen Viertel laufe ich bei Monika Gelzer, der Heilpraktikerin, ein. Sie ist eine echte Überraschung. Wenn ich den Typ geschäftstüchtige Boutiquebesitzerin im Gewand der esoterischen Quacksalberin erwartet hatte, werde ich enttäuscht. Sowohl sie als auch ihre Praxis machen einen sehr bodenständigen, seriösen, gediegenen Eindruck. Die Räume sind mit hellen Shakermöbeln eingerichtet und vermitteln eine Atmosphäre, die Ruhe und Gelassenheit ausstrahlt. Frau Gelzer ist um die sechzig Jahre alt, hat rötliche Haare, grünblaue Augen und die Ausstrahlung eines jungen Mädchens. Ich mag sie auf Anhieb. Da sie natürlich nicht befugt ist, über ihre Patienten und deren Krankengeschichte zu reden, hat sie sich von Isabelle Dujack zu diesem Gespräch autorisieren lassen.

Frau Gelzer kennt die Familie Dujack schon seit zwanzig Jahren und hat Isabelles Adoptivmutter lange behandelt. Auf die Rückführung angesprochen, erzählt sie mir, daß dies eine Therapieform sei, die helfe, in das Unterbewußtsein des Patienten vorzudringen, verdrängte Erlebnisse und Ängste sichtbar und damit therapierbar zu machen.

»Messen Sie den in einer Rückführung gemachten Aussagen aber bitte keinerlei historische Bedeutung zu«, sagt sie dann jedoch.

Ich bin etwas konsterniert. »Das verstehe ich nicht. Ich dachte immer, man läßt sich unter Hypnose in eines seiner früheren Leben versetzen und stellt begeistert fest, daß man Tempeltänzerin, Zarin oder die Kaiserin von China gewesen ist.«

Sie lacht. »Ja genau. Nur macht die riesige Zahl von Tempeltänzerinnen, Zarinnen und Kaiserinnen, die demnach unseren Erdball früher bevölkert haben müssen, die Geschichte etwas fragwürdig. Was die meisten nicht wissen, ist, daß es bei einer Rückführung nicht um historische

Wahrheit, sondern einzig und allein um die Identifikationsperson geht. Um die Tempeltänzerin, wenn Sie so wollen, und deren spezielle Problematik, denn die ist der Schlüssel zur Krankengeschichte der Patientin.«

»Sie meinen, die Probleme der Tempeltänzerin sind die Probleme der Patientin?«

»Ja, beziehungsweise der Schlüssel dazu. Im Fall von Isabelle verhält es sich allerdings ein bißchen anders. Sie hat ja nichts über ihr früheres, sondern etwas über ihr jetziges Leben erfahren.«

»Und das hat dann nichts mehr mit dem Unterbewußtsein zu tun? Das ist dann real?«

»Tja, das ist schwer zu beantworten. Natürlich ist es möglich, daß durch diese Rückführung alte, längst vergessene Informationen wieder an die Bewußtseinsoberfläche gekommen sind. Daß sie diese Geschichte tatsächlich erlebt hat. Es kann aber auch sein, daß sie als Kind den Verdacht hatte, daß da irgend etwas nicht stimme. Vielleicht hat sie damals etwas gehört, gesehen oder auch etwas falsch verstanden, nicht richtig interpretiert. Und jetzt spielt ihr die Phantasie einen Streich und bastelt aus diesen alten Ängsten und Vermutungen eine Vision. Die muß aber nicht unbedingt etwas mit der Wirklichkeit zu tun haben.«

»Das heißt, es kann wahr sein, muß aber nicht.«

Sie lächelt mich entschuldigend an. »Es tut mir leid, ich würde ja gerne konkreter werden. Aber es wäre absolut unseriös, wenn ich jetzt behauptete, Isabelles Geschichte habe tatsächlich einen realen Hintergrund. Es liegt im Bereich des Möglichen, ganz klar, aber mit Bestimmtheit sagen kann ich Ihnen das leider nicht.«

Ich bin frustriert. Mein Auftrag basiert womöglich auf einem Phantasiegebilde. Ich bin auf der Jagd nach einem

Mörder, der gar keiner ist. Recherchiere ein Verbrechen, das nie stattgefunden hat. So etwas kann ja nur mir passieren. Da sich meine Motivation langsam in Luft auflöst, wollen mir kaum noch Fragen einfallen. Meine Neugierde hat plötzlich Antriebsprobleme.

»Was hat Isabelle denn unter Hypnose tatsächlich gesehen?« frage ich ziemlich lahm.

»Also die Rückführungen, die ich mache, finden nicht unter Hypnose statt. Der Patient soll in einem ruhigen und ganz relaxten Zustand frei assoziieren können, seine Gedanken schweifen lassen und die Bilder, die quasi von alleine zu ihm kommen, bewußt wahrnehmen und interpretieren. Isabelle hat eine Menge Geschichten von ihrer Schwester Simone erzählt. Wie gut sie sich verstanden, was sie alles zusammen unternommen haben und solche Sachen. Was mich, ehrlich gesagt, ein bißchen erstaunt hat. Denn von ihrer Mutter wußte ich, daß sich die beiden ständig in den Haaren gelegen haben. Aber wahrscheinlich ist das bei Mädchen in dem Alter auch ganz normal . . .«

Bevor sie anfängt, sich über die Erziehung halbwüchsiger Kinder auszulassen, versuche ich sie wieder auf unser eigentliches Thema zurückzubringen.

»Wie war das denn mit Isabelles Mutter, als die angeblich zu reden anfing?«

Frau Gelzer öffnet die oberste Schreibtischschublade und entnimmt ihr einen Stapel Krankenkarten. Während sie sich eine dieser fassungslosen Halbbrillen auf die Nase setzt, beginnt sie in ihren Unterlagen zu blättern.

»Warten Sie mal einen Moment. Ich sehe noch einmal schnell meine Aufzeichnungen durch. Nicht, daß ich Ihnen etwas Falsches erzähle. Ja, hier steht es. Also, Isabelle war im Badezimmer. Das Badezimmer hat eine Verbindungstür zum Schlafzimmer, in dem ihre Mutter lag. Und dann hat sie auf einmal gehört, daß ihre Mutter etwas sagte. Und zwar, daß jemand versucht habe, sie umzubringen, und daß sie Angst habe, er würde es noch einmal versuchen.«

Sie sieht von ihren Unterlagen auf und mustert mich über ihre Halbbrille hinweg.

»Danach ist Isabelle aus diesem Traum, oder, wenn man so will, aus dieser Vision, aufgewacht. Sie hatte einen extrem hohen Puls und war total verschwitzt. Minutenlang war sie so verstört, daß sie auf nichts mehr reagierte. Mir ist es, ehrlich gesagt, auch eiskalt den Rücken runtergelaufen. Schließlich habe ich Frau Dujack jahrelang behandelt und gut gekannt. Und natürlich habe ich dann auch darüber nachgedacht, ob es tatsächlich ein Mordversuch gewesen sein könnte. Aber im Gegensatz zu Isabelle, die sich voll auf diese Mordtheorie eingeschossen hat, weiß ich nicht, was ich von der ganzen Sache halten soll.«

»Eins würde mich noch interessieren. Vorausgesetzt, diese Geschichte ist wahr. Kann eine Zwölfjährige so etwas komplett vergessen?«

»Ja, das kann passieren. Kinder verdrängen vieles, was sie nicht verstehen, was ihnen unangenehm oder unheimlich ist. Das ist in dem Alter ganz normal.«

»Sind Sie sich da sicher?«

»Das will ich doch meinen, schließlich habe ich drei von der Sorte großgezogen und ...«

Ehe sie den Satz beenden kann, wird Monika Gelzer von ihrer Sprechstundenhilfe unterbrochen und nach draußen gerufen. Jetzt bin ich gefordert. Ich überlege kurz, ob ich das, was mir gerade durch den Kopf geht, wirklich tun soll. Ich tue es – sause um den Schreibtisch und schnappe mir die Krankenkarten. Die von Isabelle liegt ganz obenauf. Ich habe zu lange überlegt, Frau Gelzer ist schon wieder auf dem Rückweg. Es bleibt mir gerade noch genug Zeit, um die Karte aufzuklappen, ein paar Wörter zu entziffern und sie wieder auf den Schreibtisch zu werfen. Der Weg zu meinem Stuhl ist nicht mehr zu schaffen, also haste ich schnell ans Fenster. Angestrengt betrachte ich die gegenüberliegenden Hochhäuser und fasele etwas von »imposanter urbaner Nachbarschaft«, als Frau Gelzer wieder hereinkommt.

Es ist nicht gerade leicht, meine heftige Atmung unter Kontrolle zu bekommen und ihrem irritierten Blick mit gleichgültiger Freundlichkeit zu begegnen. Sie weiß nicht, was sie von meinem plötzlichen Stellungswechsel halten soll, das ist klar. Und ihr gesunder Menschenverstand ist zu ausgeprägt, um nicht Mißtrauen zu signalisieren. Sie sagt nichts, räumt aber die Karteikarten sofort in die Schreibtischschublade. Ihr Gesichtsausdruck ist jetzt verschlossen und abweisend, mein Sympathievorsprung gerade auf Null abgestürzt. Mehr als ein paar Höflichkeitsfloskeln kann ich ihr nicht mehr entlocken. Es ist ganz offensichtlich – meine Audienz ist beendet.

Von dem Taxifahrer lasse ich mich bei einem kleinen Café absetzen, das auf halber Strecke zwischen der Naturheilpraxis von Frau Gelzer und dem gelben Patrizierhaus liegt. Die Einrichtung ist altmodisch, dunkel und spießig. Die letzten zwanzig Jahre haben hier keinerlei Spuren hinterlassen. Das gilt für die Kellnerin, eine etwa fünfzig Jahre alte Blondine, allerdings nur bedingt. Ihre toupierte Hochsteckfrisur, der hellrosa Lippenstift, der schwarze Lidstrich und der giftgrüne Lidschatten unter den schmal gezupften Augenbrauen zeugen eindeutig vom ungebrochenen modischen Einfluß der siebziger Jahre. Dem unvermeidlichen Alterungsprozeß begegnet sie tapfer mit einer Verdoppelung ihrer dekorativen Spachtelmasse. Fasziniert betrachte ich ihr zur Maske erstarrtes Gesicht. Aber sie hat Grandezza. Die weiße Bluse ist blütenrein, der schwarze Rock frischgebügelt. Die Figur tadellos. Sie geht so kerzengrade, als trage sie sechs Bücher auf dem Kopf und sei es gewohnt, Befehle zu erteilen, statt die Wünsche irgendwelcher Gäste entgegenzunehmen.

Sie nimmt meine Bestellung auf und bringt mir meinen Kaffee und ein Stück Kuchen. Das macht sie perfekt, wenn auch mit einer gewissen herablassenden Distanz. Nachdenklich beobachte ich sie. Fasziniert und entsetzt zugleich. Hoffentlich komme ich in zehn Jahren nicht auf die Idee, meine Falten so zuzukleistern. Und hoffentlich läuft mein Laden bis dahin so gut, daß ich keinen Job machen muß, den ich eigentlich für weit unter meinem Niveau halte. Aber weiß man's?

Während ich meinen Kaffee trinke und mit Genuß meinen Kuchen vertilge, fällt mir ein, daß ich ja auch etwas Sinnvolles tun könnte. Zum Beispiel, den Kontaktbericht schreiben. Keine Lust, überhaupt keine Lust, denke ich trotzig. Das ist wirklich das einzige, was ich an meinem Job hasse, diese Scheiß-Kontaktberichte, die ich nach jedem Termin verfassen muß. Aber ich bin tapfer. Angewidert ziehe ich meinen kleinen Schreibblock aus der Tasche und notiere mir ein paar Stichpunkte zu dem Gespräch mit Frau Gelzer. Was ich nicht sofort auf schreibe, verpufft innerhalb kürzester Zeit, das weiß ich aus leidvoller Erfahrung. Und das ist in meinem Job ausgesprochen ungut.

Als ich meine Aufzeichnungen noch einmal durchlese, fällt mir auf, daß ich die Wörter, die ich auf Isabelles Krankenkarte bei Frau Gelzer noch gerade so entziffern konnte, nicht notiert habe. »Verdacht auf Borderline«

schreibe ich zum Schluß unter meine Notizen und unterstreiche es dreimal. Was auch immer das heißen mag. Um diesen Kram soll sich Cornfeld kümmern. Wenn uns das überhaupt in irgendeiner Form weiterbringt.

Als ich meinen zweiten Kaffee bestelle, frage ich die Kellnerin, wo das Telefon ist.

»Ich bringe es Ihnen.«

Sieh mal einer an. Ganz so altmodisch sind sie dann doch wieder nicht. Huldvoll überreicht sie mir das Handy auf einem Silbertablett. Nachdem ich Klaus Dujacks Nummer gewählt habe, meldet sich seine Sekretärin.

»Verbinden gann ich Sie im Momend leider nich, da Herr Dujack delefonierd.«

Ihr weiches Sächsisch paßt so gar nicht zu den knallharten Geschäften ihres Arbeitgebers. Dann kommt auch schon der Spruch, den ich so liebe.

»Um was gähd's denn, vielleicht gann ich Ihnen ja weiderhelfn?«

Natürlich kann sie mir nicht weiterhelfen, und worum es geht, hat sie überhaupt nicht zu interessieren. Diese aufdringlichen, selbstherrlichen Sekretärinnen, die das Abschirmen ihres Chefs für ihre heilige Pflicht und das Absorbieren von Informationen für ihre wichtigste Aufgabe halten, bringen mich immer wieder auf die Palme. Aber ich kann sie ja schlecht anblöken und fragen, ob ihr eigenes Leben so ereignisarm wäre, daß sie sich an mir schadlos halten müsse. Ich reiße mich zusammen.

»Nein danke, es ist privat. Ich warte.«

Während ich in der Leitung hänge, darauf hoffe, daß Dujack endlich mit dem Quatschen aufhört und sich mein Adrenalinspiegel wieder normalisiert, wird mir klar, daß ich der Sekretärin gegenüber vielleicht doch ein bißchen ungerecht war. Schließlich würde ich Cornfeld auch den

Kopf abreißen, wenn er mir jeden Anlageberater durchstellen würde.

»Dujack. Hallo.«

»Petry. Hallo Herr Dujack. Wie geht's?«

»Bestens? Sind Sie in Frankfurt?«

»Deshalb rufe ich an. Haben Sie heute abend Zeit?«

»Nein!«

Mir wird plötzlich ganz übel.

»Aber für Sie werde ich mir natürlich Zeit nehmen. In welchem Hotel sind Sie abgestiegen?«

»Im Hessischen Hof.«

»Gut, ich hole Sie um zwanzig Uhr dort ab.«

»Okay.«

»Ich freu mich schon. Bis dann.«

Jetzt geht es mir wieder besser. Mein Gott, was hätte ich bloß gemacht, wenn er abgesagt hätte. Wie peinlich. Die Bedienung stellt eine neue Tasse Kaffee vor mir auf den Tisch. Langsam nimmt sie mir das Handy aus der Hand und sieht mich mit einem ganz merkwürdigen Blick an.

»Entschuldigen Sie bitte, daß ich Sie das frage, aber haben Sie gerade mit Herrn Dujack telefoniert? Klaus Dujack?«

Ich bin total verdattert. Die spinnt wohl. Das geht sie ja nun wirklich nichts an. Aber auf der anderen Seite bin ich auch neugierig. Warum fragt sie mich das?

»Ja. Das war Klaus Dujack.«

»Ich sag ihnen nur eins. Lassen Sie die Finger von diesem Mann. Der hat noch niemandem gutgetan.«

»Wie meinen Sie das?«

»Machen Sie um Gottes willen einen großen Bogen um den Kerl. Mehr sag ich dazu nicht. Darüber rede ich nicht mehr, nie mehr, das habe ich mir geschworen.«

Diesen Kassandra-Auftritt muß ich erst einmal verdauen. Als ich im Taxi sitze, bin ich immer noch ganz fassungslos. Eine Kellnerin, die plötzlich unheilschwangere Prophezeiungen ausstößt. Sehr schräg das Ganze. »Lassen Sie die Finger von diesem Mann. Der hat noch niemandem gutgetan.« Sehr informativ. Am besten vergesse ich den Quatsch gleich wieder. Eine durchgeknallte Kellnerin, die sich wichtig machen wollte. Mehr wird es wohl nicht gewesen sein.

KAPITEL 14

Und wieder eiere ich mit meinen nun nicht mehr ganz so neuen Pumps die gekieste Auffahrt zum Dujackschen Anwesen hoch. Das nächste Mal werde ich andere Schuhe anziehen. Oder den Taxifahrer bitten, mich gefälligst bis vors Haus zu fahren. Als ich knapp die Hälfte der Strecke hinter mir habe, kommt urplötzlich ein roter Porsche mit einem Affenspeed die Auffahrt hochgeschossen. Erschrocken springe ich zur Seite. Aber anstatt leicht abfedernd mit beiden Füßen im weichen Gras zu landen, verkante ich, knicke mit dem rechten Fuß ein und höre ein unschönes Geräusch. Bruch, denke ich, Bänderdehnung oder -zerrung. Mindestens. Irgend etwas Fürchterliches auf jeden Fall. Während ich auf den stechenden Schmerz warte, sehe ich erstaunt, daß meine Hüfte in Schieflage geraten und mein rechtes Bein plötzlich kürzer geworden ist.

Der Porsche hat auf halber Strecke gebremst, rollt den Weg zurück und hält neben mir. Das Seitenfenster schwebt mit einem leisen Surren nach unten.

»Ihr Absatz, Frau Petry, Ihr Absatz ist abgebrochen.«

Isabelle Dujack sieht mich mit großen, blauen Augen an. »Entschuldigen Sie. Aber ich wollte Sie nicht erschrecken. Haben Sie sich weh getan?«

Weil sich kein Schmerz einstellt, scheint es tatsächlich nur der Schuh zu sein, der etwas abbekommen hat.

»Nein, ich glaube, es ist alles in Ordnung – soweit.«

Ich stopfe den Absatz in meine Tasche und gehe vorsichtig zu Isabelle Dujacks Auto.

»Steigen Sie ein, ich bring Sie rauf.«

»Frau Dujack, die paar Meter lohnen sich doch gar nicht mehr. Das schaff ich schon.«

Mit quietschenden Reifen legt sie einen Kavaliersstart hin. Die Staubwolke, die der Porsche aufwirbelt, bedeckt mich wie Puderzucker einen Marmorkuchen. Der Dreck brennt mir in den Augen und reizt meine Lunge. Hustend und leise fluchend humpele ich den Weg zum Haus hoch. Irgendwie habe ich das Gefühl, daß unser heutiges Treffen unter keinem guten Stern steht.

Das Gefühl bestätigt sich: Der Butler hat seinen freien Tag, und auf der Etagère auf dem Couchtisch liegen statt der Petit Fours ordinäre Spekulatius. Toll. Spekulatius mag ich nicht. Während Isabelle ein Paar Schuhe für mich holt, sehe ich die Zeitschriften durch, die auf dem Tisch liegen. Vogue, Marie Claire, Allegra und Ambiente. Als sie wieder zurückkommt, hat sie ein Paar schwarze Pumps in der Hand.

»Nur gut, daß wir die gleiche Schuhgröße haben.«

»Das ist wirklich sehr nett. Aber das geht schon mit meinen Schuhen.«

»Glauben Sie mir, das geht nicht. Zum Schluß verstauchen Sie sich doch noch den Fuß. Ziehen Sie die Schuhe hier an. Ich glaube, ich habe sie nur einmal getragen.«

Die Pumps passen. Wie angegossen.

»Na, sehen Sie. Ich schenk sie Ihnen.«

»Das geht doch nicht. Das kann ich wirklich nicht annehmen. Sie brauchen Ihre Schuhe doch.«

»Da machen Sie sich mal keine Sorgen. Ich habe genug davon. Mein Adoptivvater hat immer Angst, daß wir irgendwann anbauen müssen, weil wir keinen Platz mehr für meine vielen Schuhe haben.«

»Wieviel sind es denn?«

»Fünfhundert Paar oder so«, antwortet sie mir lächelnd.

Die Schuhe sind wirklich schön und stehen mir ausgezeichnet. Während ich sie noch bewundernd betrachte, legt Isabelle Dujack einen Stapel blauer Schulhefte auf den Tisch.

»Das sind sie.«

Fasziniert starre ich die Hefte an. Vielleicht verbirgt sich hier der Schlüssel zu unserem Fall. Die gut versteckte und nur dem geübten Auge sichtbare, alles klärende Information. Vorsichtig nehme ich das oberste Heft in die Hand und schlage es auf.

»Wie alt war Simone damals eigentlich?«

»Neun oder zehn, glaube ich.«

Die Eintragungen sind in einer noch etwas krakeligen Kinderschrift gemacht. Sie hat einen blauen Füller benutzt und ihre Aufzeichnungen mit kleinen Zeichnungen und Aufklebern verziert. Ich blättere ein bißchen und beginne zu lesen. Sie beschreibt, was zu Hause, in der Schule, beim Sport und in ihrer Clique so los war. Soweit ich das beurteilen kann, sind es ganz normale, für das Alter typische Alltagsgeschichten. Sie war zur Klassensprecherin gewählt worden, hatte Ärger mit ihrer besten Freundin, war in einen Jungen aus der Hockeymannschaft verknallt und machte sich Sorgen um ihre Katze, die verschwunden war. Eines irritiert mich allerdings. Sie scheint weder mit ihrer Mutter noch mit ihrer Adoptivschwester besonders gut klargekommen zu sein. Immer wieder beschwert sie sich über die beiden und schreibt, daß es schon wieder Zoff gegeben habe, daß sie die Nase voll habe, daß es ihr jetzt endgültig reiche. Eine Stelle ist besonders heftig.

»Ständig gibt es Streit. Die ganze Zeit habe ich das Gefühl, das mich alle hassen, und manchmal frage ich mich wirklich, warum ich überhaupt lebe.«

Als ich Isabelle darauf anspreche, wiegelt sie ab.

»Ach, Sie wissen doch, wie Kinder sind. Gerade in dem Alter. Alles wird dramatisiert. Der kleinste Krach bedeutet das Ende der Welt. Sie dürfen das nicht überbewerten. Das waren die üblichen Kräche und Streitereien, wie sie in jeder Familie vorkommen. Im großen und ganzen haben wir uns alle sehr gemocht und sind gut miteinander ausgekommen.«

Nun ja, vielleicht hat sie recht. Die restlichen Eintragungen geben dann auch keinerlei Hinweise mehr auf irgendein außergewöhnliches Konfliktpotential.

»Und diese Hefte haben Sie in Simones altem Kinderzimmer gefunden?«

»Ja, ganz recht. Wollen Sie es mal sehen?«

»Aber klar doch.«

Wie könnte ich einer solchen Aufforderung widerstehen. Isabelle, die seit meiner Ankunft locker sechs halbe Zigaretten geraucht hat, steckt sich einen neuen Glimmstengel zwischen die Zähne und greift sofort nach der Schachtel und dem Feuerzeug, als wir Richtung Kinderzimmer aufbrechen. Ich folge ihr in die Eingangshalle und steige hinter ihr die imposante Freitreppe hinauf. Der Raum mißt mindestens acht Meter in der Höhe und hat eine Decke, die mit einem Gemälde und reichlich kitschigem Stuck verziert ist. Meine Füße versinken in einem roten Veloursläufer, der von blank geputzten Messingstangen auf den Stufen fixiert wird. Das Treppengeländer besteht aus gußeisernen Jugendstilornamenten mit einem Handlauf aus massivem, schwarz lackiertem Holz. Wo ich hinsehe, Überfluß und Protz vom Feinsten.

Auf der Galerie angekommen, geht es rechts in einen langen, schmalen Gang.

»Das hier ist der nördliche Seitenflügel des Hauses«, erklärt sie von obenherab.

Ihr Tonfall erinnert mich an eine Fremdenführerin, die eine Horde ignoranter Touristen durch ein altes Herrenhaus führt. Stumm laufe ich hinter ihr her, an einer Unzahl von Zimmern vorbei und komme mir langsam wie Blaubarts achte Frau vor, die hinter jeder Tür ein grauenvolles Geheimnis wittert. Endlich bleibt Isabelle stehen und schließt eine der weiß gespachtelten Türen auf.

»Voilà, hier sind wir.«

Wir stehen in einem Jungmädchenzimmer der Sonderklasse. Ein weißes Himmelbett mit Dutzenden von Kissen und Kuscheltieren. Lange, geblümte, seitlich geraffte Vorhänge. Ein dicker, dunkelblauer Teppichboden. Stoffbespannte Wände und weiße Schleiflackmöbel. Nur der Schreibtisch schräg vor dem Fenster dürfte eine echte Antiquität sein. Zierlich und verspielt paßt er genau in dieses Laura-Ashley-Ambiente.

»Das ist ja wirklich wunderschön. Ein Zimmer für eine kleine Prinzessin.«

Isabelle lächelt. »Ja, so könnte man sagen.«

»Wo haben sie die Hefte gefunden?«

»Im Kleiderschrank.«

Ich durchsuche den weißen, an der Frontseite verspiegelten Schrank nach den fehlenden Heften, kann aber außer einer Unmenge von Kinderklamotten nichts finden. Bleibt die weiße Schleiflackkommode. Auch Fehlanzeige. Bleibt der Schreibtisch.

»Haben Sie den Schreibtisch schon mal durchgesehen?«

»Aber natürlich.«

Isabelles Stimme klingt fast ein bißchen beleidigt.

Ich setze mich und fange an, systematisch sämtliche Schubladen und Fächer zu kontrollieren. Nichts. Rein gar nichts.

»Frau Dujack, wissen Sie, ob der Schreibtisch ein Geheimfach hat? Bei alten Möbeln gibt es so etwas ja manchmal.«

»Nicht daß ich wüßte. Aber ich habe auch noch nie danach gesucht.«

Wir fangen an, sämtliche Schubladen herauszuziehen und genau zu untersuchen. Ich ziehe, drücke und reibe an allen möglichen und unmöglichen Stellen dieses Schreibtisches herum, in der Hoffnung, irgendeinen Mechanismus auszulösen, der dann eine kleine Schublade oder ein Fach zum Vorschein bringt. Nichts passiert. Der Schreibtisch ist ein Langweiler, er hat keine Geheimnisse. Frustriert sitze ich am Boden und starre das blöde Teil an. Die Vorstellung, Simone könnte hier tatsächlich etwas versteckt haben, und ich finde es nicht, weil ich zu dämlich bin, macht mich ganz fuchsig.

Wir starren in die Fächer, in denen vorher die Schubladen steckten. Im ersten ist nichts, im zweiten ist nichts, im dritten ist nichts ... Oder? Da war doch was. Da hat doch etwas hell geschimmert. Aufgeregt taste ich das Schubfach ab und werde tatsächlich fündig. Ich befördere ein schmutziges, zweimal gefaltetes Schulheft zutage. Bingo. Wir starren das Heft an und können noch gar nicht fassen, was wir da gerade entdeckt haben. Isabelle schüttelt den Kopf.

»Das gibt es doch nicht. Das ist ja der helle Wahnsinn.«

Meine Begeisterung hält sich allerdings in Grenzen. Was auch immer in dem Heft steht, wenn dadurch der Fall gelöst wird, bin ich meinen Auftrag los. Und zwar den lukrativsten, den ich je hatte. Wenn ich da mal kein Eigentor geschossen habe.

Nebeneinander am Boden kniend, falten wir das dunkelgrüne Heft vorsichtig auseinander. Dabei steigt mir ihr Zigarettenrauch unangenehm in die Nase. Noch nicht einmal jetzt kann sie auf die Dinger verzichten. Als wir das Heft aufschlagen, stellen wir fest, daß nur die erste Seite beschrieben ist. Die Eintragungen sind wieder mit blauem Füller und in einer noch krakeligeren und auch etwas kleineren Schrift gemacht. Die Notizen sind undatiert. Diesmal gibt es keine Zeichnungen oder Verzierungen. Einige Stellen sind verwischt, als ob Wasser darauf getropft wäre. Als ich anfange, den Text zu lesen, kann ich vor Aufregung die Schrift kaum entziffern.

»Heute morgen habe ich mir die Augenbrauen ausgezupft. Das hat höllisch weh getan. Aber ich konnte nicht damit aufhören, es war, als ob ich es einfach tun müßte. Papa hat fürchterlich rumgeschrien, als er es gemerkt hat. Er hat gesagt, daß ich mich total verunstaltet hätte, und hat auch gleich die Mama geholt. Die fand es nicht so schlimm. ›Das wächst doch wieder nach‹, hat sie nur gesagt. Papa will mich jetzt nicht mehr mit nach Rom nehmen, weil ich so schlimm aussehe. Aber das ist mir nur recht. Ich will gar nicht mit dem nach Rom. Ich hab überlegt, ob ich mit der Mutti reden soll. Aber mit der kann man ja nicht reden,

die hört nie zu. Außerdem darf ich ja gar nicht darüber reden, das hab ich versprochen. Es ist ja meine Schuld. Sie kann mir sowieso nicht helfen.

Ich weiß nicht, was ich machen soll, ständig habe ich Alpträume. Nachts wache ich schreiend auf. Es ist immer wieder der gleiche Traum. Ein schwarzer Schatten rennt hinter mir her. Ich laufe durch ganz viele dunkle Gänge und weiß überhaupt nicht, wo ich bin. Der Schatten kommt immer näher. Ich versuche noch schneller zu laufen. Aber ich schaffe es nicht. Dann plötzlich schwebe ich an der Decke und sehe von oben, wie der Schatten hinter mir her kommt und wie er nach mir greift.«

Das war's. Isabelle und ich sehen uns erstaunt an. Wir hatten beide etwas anderes erwartet. Einen konkreten Hinweis. Wie zum Beispiel, »die Mutti hat Angst vor ...« oder »die Mutti hat ständig Krach mit ...« Jetzt wird uns langsam klar, wie naiv das war. Isabelle tippt vorsichtig mit dem Zeigefinger auf die verwischten Stellen im Text.

»Sie hat geweint, als sie das geschrieben hat. Meinen Sie nicht auch?«

»Ja, sieht ganz so aus.«

»Ich frag mich nur, warum sie dieses Heft so versteckt hat? Warum hat sie es nicht zu den anderen Heften in den Kleiderschrank gelegt?«

»Ganz offensichtlich wollte sie auf keinen Fall, daß es gefunden wird, daß irgend jemand es liest.«

»Aber es steht doch nichts Außergewöhnliches drin. Der Kummer eines kleinen Mädchens, weil es Krach mit den Eltern hat. Die Beschreibung eines Alptraums, wie ihn wahrscheinlich Tausende anderer Kinder auch schon einmal hatten. Das ist doch nichts Besonderes.«

Isabelle sieht mich ratlos an. Und wieder einmal muß ich ihre blauen Augen bewundern. Dieses Blau ist ganz merkwürdig. Relativ hell und gleichzeitig undurchdringbar. Man kann nichts darin oder dahinter erkennen. Eine verschlossene Tür, ein kalter, tiefer Gletschersee, auf dessen Oberfläche manchmal kleine türkisfarbene Reflexe tanzen. Sie klappt das Heft zu und steht auf.

»Was machen wir jetzt? Wie geht es jetzt weiter?« fragt sie mit leicht frustrierter Stimme.

»Wenn es Ihnen recht ist, würde ich dieses Heft gerne mitnehmen und es einem Psychologen zeigen.«

Sie zögert einen Moment, willigt dann jedoch widerstrebend ein.

»Aber ich bekomme es wieder, wenn Sie mit den Untersuchungen fertig sind!«

Als ich mein Hotelzimmer betrete, blinkt der rote Leuchtknopf an meinem Telefon. Die Rezeptionistin hat eine Nachricht von Herrn Dujack für mich. Meine Knie werden ganz weich. O Gott, er sagt ab. Hat jetzt wegen dringender Termine doch keine Zeit.

Ganz so dramatisch ist es dann aber doch nicht. Er kann mich leider nicht vom Hotel abholen. Schickt aber ein Taxi, das mich in sein Büro bringen wird. Auch gut. Hauptsache, es bleibt bei unserem Date.

Da ich noch reichlich Zeit habe, rufe ich Cornfeld im Büro an und berichte ihm kurz, was die Heilpraktikerin so alles erzählt hat. Als ich ihm den Text aus Simones Tagebuch vorlese, reagiert er ganz anders, als ich erwartet habe. Er ist nicht der Meinung, daß es sich hier um relativ bedeutungslose Kleinmädchenerlebnisse handelt.

»Ich bin ja kein Psychologe, aber ein Mädchen, das sich die Augenbrauen auszupft, sich also selbst Schmerzen zufügt, mit seinem Vater nicht verreisen will, mit seiner Mutter nicht reden kann und sich im Traum verfolgt fühlt, bietet doch eine Menge Interpretationsstoff. Vielleicht sogar Sprengstoff.« Einen Moment brauche ich, bis ich merke, worauf er hinaus will.

»O nein, bitte nicht dieses Thema. Das ist mir wirklich zu platt. Wenn man gar nicht mehr weiter weiß, dann war es eben Mißbrauch. Dann gruseln wir uns alle ein bißchen. Und haben blitzschnell das Schwein am Wickel, das sich an der eigenen Tochter vergangen hat. Ruckzuck ist der Fall gelöst, und alle sind glücklich, daß wieder einmal ein sadistischer Dreckskerl aus dem Verkehr gezogen wurde. Das riecht doch ein bißchen nach Lynchjustiz, nach Vorurteilen und Hexenjagd. Schließlich läßt sich fast jede Aussage eines Kindes so hindrehen, daß es nach Mißbrauch stinkt.«

»Ganz so konstruiert und aus der Luft gegriffen ist meine Vermutung nun aber auch wieder nicht. Nehmen wir einmal an, rein hypothetisch, Ihr Herr Dujack ist Simone zu nahe getreten, die Mutter hat es gemerkt, oder das Kind hat sich der Mutter anvertraut. Dann paßt das Puzzle doch auf einmal perfekt zusammen.«

»Das müssen Sie mir erklären.«

»Ganz einfach. Frau Dujack stellt ihren Mann zur Rede. Der leugnet zwar ab, kriegt es aber mit der Angst zu tun. Er beseitigt das Problem, indem er ihr einen defekten Tauchsieder in die Badewanne schmeißt. Das Kind ist ihm jetzt schutzlos ausgeliefert, wird mit der Situation nicht fertig und bringt sich um.«

»Ganz toll, und wie paßt Frau Bouché in Ihre Geschichte?«

»Sie war in Herrn Dujack verliebt und hat deshalb das Tagebuch verschwinden lassen. Vielleicht ist sie nach all den Jahren auf die Idee gekommen, ihn damit zu erpressen. Und den Versuch hat sie mit ihrem Leben bezahlt.«

»Zu einfach. Viel zu einfach für meinen Geschmack.«

»Aber ziemlich logisch. Treffen Sie Herrn Dujack heute abend eigentlich?«

»Ja.«

»Dann fühlen Sie ihm doch mal auf den Zahn.«

»Superidee. Und dann sag ich zu ihm: ›Guten Abend, Herr Dujack, waren Sie eigentlich mit Ihrer zehnjährigen Tochter im Bett?‹ Oder wie stellen Sie sich das vor?«

»Vielleicht nicht ganz so plump.«

»Mensch Cornfeld, Sie glauben doch nicht im Ernst, daß ich ein solches Thema anschneide oder auch nur ansatzweise einen solchen Verdacht äußere. Und schon gar nicht aufgrund ihrer hobbypsychologischen Analyseversuche. Also wirklich nicht.«

»Ja, wenn Sie das so sehen, kann ich ihnen wohl nur noch einen wunderschönen, harmonischen Abend mit Herrn Dujack wünschen.«

Die Ironie tropft ihm nur so aus den Mundwinkeln.

»Das können Sie vergessen. Das ist Ihnen wirklich gut gelungen. Der Abend ist mir jetzt schon versaut. Aber bevor ich das Hotel verlasse, werde ich Ihnen diesen Text faxen, und Sie lassen ihn von einem Profi, einem richtigen, voll ausgebildeten Profi, mit soviel akademischen Auszeichnungen und Zusatzausbildungen wie nur irgend möglich, untersuchen. Dann werden wir ja sehen, was an Ihren hanebüchenen Unterstellungen dran ist, Sie Möchte-gern-Freud.«

Da sitze ich nun in meinem Hotelzimmer auf dem Bett und bin komplett durch den Wind. Cornfelds Geschichte läßt mir keine Ruhe. Mein blonder Rhett Buttler, mein Held – ein Kinderschänder? Ich glaube es einfach nicht.

Aber langsam wird mir bewußt, daß Cornfeld recht haben könnte. Ich will es aber nicht wahrhaben. Klaus Dujack gefällt mir. Er sieht gut aus, weiß, was er will, und verkörpert das, woran uns allen doch so gelegen ist: Geld, Macht und Erfolg.

Warum beeindruckt mich das so? Das ist doch pubertär. Ich werde bald vierzig und benehme mich wie ein Teenie beim ersten Popkonzert. Mein Hang zu den falschen Männern scheint nicht besser, sondern immer schlimmer zu werden.

Was hab ich eigentlich erwartet? Frau Dujack zu werden? Reich, schön, umsorgt und verwöhnt? Den Rest meines Lebens in dem gelben Patrizierhaus zu verbringen? Die Welt zu bereisen und nur noch Golf zu spielen? Den Status der verheirateten Frau vor mir her zu tragen und Michael eins auszuwischen? Meine verheirateten und glücklich liierten Freundinnen auf die hinteren Plätze zu verweisen? Die Prinzessin, denke ich. Genau, ich bin immer noch auf dem Prinzessinnen-Trip. Nicht ich erfülle mir alle Wünsche, nein, das müssen andere tun. Und jeder, der dafür potentiell in Frage kommt und ein entsprechendes Balzverhalten an den Tag legt, wird zum Objekt der Begierde. Wie es aussieht, werde ich wohl nie erwachsen.

Die Vorbereitungen für den heutigen Abend machen mir kein sonderliches Vergnügen mehr. Ich lege mich in die Badewanne und versuche mich ein bißchen zu entspannen. »Was kann ich von einem Abend mit einem Sexualverbrecher schon erwarten?« geht es mir durch den Kopf. Das ist unfair. Was, wenn er unschuldig ist? Was, wenn Simones Tagebucheintragungen vollkommen harmlos sind? Dann habe ich mir einen schönen Abend vermasselt. Und das muß ja eigentlich auch nicht sein.

KAPITEL 15

Das Taxi kommt pünktlich. Ich fühle mich umsorgt, beschützt, muß mich um nichts kümmern. Und habe einen Abend vor mir, von dem ich nicht weiß, was er bringen wird. Abwechslung allemal, vielleicht auch ein bißchen Spannung. Auf die Erotik werde ich wohl verzichten müssen. Ich kann mein geschminktes Gesicht in der Fensterscheibe erkennen. Transparent und ein bißchen fremd. Habe ich mich zu sehr angemalt? Ich riskiere einen Blick in den Rückspiegel. Bei dem Licht läßt sich das nicht beurteilen. Was soll's, es ist jetzt auch nicht mehr so wichtig.

Der Taxifahrer setzt mich vor einem riesigen verglasten Büroturm ab. Geld will er keins von mir. Ich betrete das Haus durch eine Drehtür, die auch ein kleiner Elefant problemlos passieren könnte. Meine Schuhe klappern aufdringlich auf dem schwarzmelierten Granitboden. Oder ist es Marmor? Die Aufzüge zu finden ist kein Problem. Sie liegen direkt gegenüber dem Eingang. Man fällt sozusagen automatisch hinein. Um mich herum lauter Edelstahl. Die Tür schließt lautlos. Und mich packt die Panik. Ich hasse Aufzüge. Sie machen mir angst. Ich komme mir vor wie eine einsame Sardine in einer Edelstahlbüchse. Man weiß nie so genau, ob das verdammte Ding es sich womöglich anders überlegt, zwischen den Stockwerken hält und mich bei lebendigem Leib verdaut?

Ich drücke den Knopf mit der Zwölf. Das hatte mir der Taxifahrer gesagt. »Sie werden im zwölften Stock erwartet.« Wie nett. Der Aufzug ruckt leicht und gleitet nach oben. Auf einem Display über der Tür leuchten die Nummern der einzelnen Stockwerke auf. Bis jetzt geht alles gut.

Keine unvorhergesehenen Vorkommnisse. Die Zwölf blinkt. Ich bin da. Und dann passiert es. Die Tür geht nicht auf. Kriechströme der Angst setzen mich außer Gefecht. Ich erstarre. Panik blockiert mein Gehirn. Der Angstschweiß bildet dicke Tropfen auf meiner Stirn. Doch bevor ich auf den Alarmknopf drücken kann, ertönt eine weibliche Stimme hinter mir.

»Wolln Se nich rausgomm, Frau Petry?«

Vorsichtig drehe ich mich um. Hinter mir ist auch eine Tür, und die ist jetzt offen. Eine durchgestylte, sehr gepflegt aussehende Frau mittleren Alters steht vor dieser Tür und lächelt mich ironisch an.

»Ich bin Frau Rotloff, die Sekretärin von Herrn Dujack.«

»Hallo«, sag ich ganz verdattert.

Mein Gott, ist das peinlich. Wie konnte ich mich bloß so blamieren. Dämlicher geht es ja wohl nicht mehr. Vorsichtig verlasse ich den Aufzug. Man weiß nie, Aufzüge, die auf der falschen Seite aufgehen, stürzen ja vielleicht auch ganz gerne einmal ab. Als ich endlich wieder auf sicherem Boden stehe, begrüße ich Frau Rotloff und schüttele viel zu lange ihre Hand.

Sie führt mich in das Büro von Klaus Dujack, erklärt, daß der Chef noch in einer Besprechung sei, und offeriert mir Tee oder Kaffee. Ich entscheide mich für Kaffee. Die Nacht wird garantiert lang, und ich muß fit sein. Da kann so ein bißchen Dope nicht schaden.

Interessiert sehe ich mich in Klaus Dujacks Allerheiligstem um. Sein Büro hat wirklich Klasse. Etwa vierzig Quadratmeter groß, an zwei Seiten verglast, mit einem umwerfenden Blick auf die Frankfurter City, erinnert das Ganze an Büros in amerikanischen Soaps wie Dallas und Denver. Auch die Möblierung läßt nichts zu wünschen übrig. Der alles beherrschende Schreibtisch aus Wurzelholz und Edelstahl sieht nach einer Sonderanfertigung aus. Der Besprechungstisch dürfte von Frank Lloyd Wright, die Stühle von Mies van der Rohe sein. Die schwarze Ledercouch sowie das Beistelltischchen stammen von Eileen Gray und die meisten Lampen von Herrn Wagenfeld. Sämtliche Regale und Sideboards kommen aus der Werkstatt von USM Haller. Durchweg sogenannte Möbelklassiker. Entweder er hat Geschmack oder einen guten Innenarchitekten.

Sein Schreibtisch ist absolut leergefegt, da liegt nicht ein Fitzelchen Papier drauf. Das Wurzelholz glänzt wie frisch lackiert, die wenigen vorhandenen Schreibtischutensilien sind geschmackvoll, alt und meist aus Silber. Apropos Silber. Sehr auffällig ist ein großer Silberrahmen mit dem Portrait einer jungen und sehr attraktiven Frau. Blond, ovales Gesicht, regelmäßige Gesichtszüge, großer, erotischer Mund. Seine Tochter ist das nicht.

Vielleicht seine Frau in früheren Jahren? Frau Rotloff kommt herein und bringt mir meinen Kaffee, den sie auf dem Besprechungstisch abstellt.

»Frau Rotloff, entschuldigen Sie bitte meine Neugier, ist die Frau auf dem Foto da Frau Dujack?«

»De zugünfdiche vielleicht. De jetziche ist es ganz bestimmt nich«, sagt sie spitz und verläßt das Zimmer.

Die jetzige ist ja auch schon ein bißchen lädiert, denke ich frustriert. Ich weiß nicht, warum, aber diese Information hat mir einen ziemlichen Stich versetzt. Er ist liiert. Er hat eine feste Beziehung. Sieh mal an. Und das obwohl seine Frau noch lebt und obwohl er mit mir geflirtet hat. Was sag ich, geflirtet, angebaggert hat er mich, so angebaggert, daß sich die Balken gebogen haben. Ich fühle mich nicht für voll genommen. Sogenannte ernste oder ernstere

Absichten hat er nie gehabt. Ein netter, kleiner Flirt. Eine witzige Abwechslung, mal schnell eben im Vorbeigehen mitgenommen. Ich habe das Gefühl, langsam geerdet zu werden. Als lasse die Wirkung einer stimulierenden Droge nach, höre und sehe ich auf einmal alles viel klarer und deutlicher. Mein Realitätssinn kommt allmählich zurück. So, als hätte mir einer die rosarote Brille von der Nase gefegt.

Bevor sich aber meine kleine Freundin, die Depression, festsetzen kann, stürmt Dujack ins Zimmer. Ohne große Umschweife nimmt er mich in den Arm und küßt mich auf den Mund. Kurz, aber heftig. Meine Beine werden schon wieder weich. Eine Wolke teuren Herrendufts raubt mir den Rest meiner Contenance.

»Pia, ich freue mich, daß du da bist.«

Er duzt mich. Er hat meinen Vornamen gesagt. Pia. Ich wußte ja gar nicht, wie schön mein Name klingen kann. Pia. Einfach wunderbar. Aber kann ich solche Vertraulichkeiten zulassen? Muß ich mich nicht dagegen verwahren? Ihm ein »Für Sie immer noch Frau Petry« an den Kopf werfen? Meine Verwirrung verhilft ihm zu einem schnellen Sieg. Es bleibt beim Du, bei Pia, bei einer Nähe, die unerwartet und viel zu schnell kommt.

»Ich habe einen Tisch für uns reserviert. Ein toller Italiener. Es wird dir gefallen.«

Ich lächele ihn unsicher an. Was soll ich auch sagen. »Das ist ja ganz wunderbar, Klausimausi«, oder »Da verlasse ich mich ganz auf dich, Klausischatzi«? Du lieber Himmel, der Abend fängt ja gut an.

Und wieder muß ich in die Sardinenbüchse. Aber diesmal bin ich nicht allein. Die Vorstellung von den dünnen Strippen, an denen dieses Teil hängt, und von dem gähnend schwarzen Loch unter uns irritiert mich nicht mehr im geringsten. Ich habe ganz andere Probleme. Klaus Dujack geht nämlich zum Angriff über. Langsam schwant mir, daß seine gute Laune etwas mit mir und dem heutigen Abend zu tun haben muß. Weiß er was, was ich nicht weiß? Bin ich als Dessert eingeplant und habe es noch nicht bemerkt? Seine verbalen Vertraulichkeiten gehen mit größter Selbstverständlichkeit in körperliche Nähe über. Er rückt mir auf die Pelle. Er steht so dicht neben mir, daß ich seine Bartstoppeln zählen kann.

»Weißt du überhaupt, wie sehr ich mich auf diesen Abend gefreut habe?« fragt er lächelnd.

Nein, das wußte ich nicht. Hätte ich es gewußt, wäre ich bestimmt nicht gekommen. Irgend etwas habe ich falsch gemacht. Er streicht mir eine Haarsträhne aus der Stirn und kommt mit seinem Gesicht immer näher. Mir wird ganz anders. Wie lange braucht dieser verdammte Fahrstuhl eigentlich noch?

»Du bist wunderschön.«

»Ich weiß, wie ich aussehe. Ich habe einen Spiegel zu Hause«, antworte ich patzig.

Er lacht schallend. »Du bist ganz schön frech für dein Alter.«

Eine Diskussion über mein Alter werde ich nun ganz bestimmt nicht beginnen. Endlich hält der verdammte Lift. Das Display zeigt T3 an. Wir sind in der Tiefgarage. Klaus Dujack läuft vor mir her, durch einen nicht enden wollenden Irrgarten von dunklen Betonfluren. Dann stehen wir in der fast leeren Garage. Außer sechs nebeneinander aufgereihten Nobelkarossen, die, frisch gewaschen und auf Hochglanz poliert, um die Wette blitzen, sind kaum noch andere Fahrzeuge da.

»Such dir einen aus.«

»Was?«

»Die Autos gehören alle meiner Firma.«

Er will mich beeindrucken. Das ist offensichtlich. Und ich bin beeindruckt. Da stehen ein dunkelblauer Bentley, ein Jaguar in british racing green, ein schwarzes Porsche-Cabriolet, ein grauer Range Rover, ein knallroter Ferrari und ein anthrazitfarbener S-Klasse Mercedes.

»Und die gehören alle dir?«

»Klar. Nicht unschwer an den Kennzeichen zu erkennen.«

Die Nummernschilder sämtlicher Autos beginnen mit F-KD. Natürlich, denke ich mir, eitel wie er ist, hat er seine Initialen da überall draufballern lassen.

»Also, welcher soll es sein?«

Ich schreite die Autos ab, wie ein Staatspräsident die in Reih und Glied aufmarschierten Soldaten bei einer Militärparade. Die Entscheidung fällt mir nicht schwer.

»Der Ferrari!«

Für meinen Geschmack kommen wir viel zu schnell bei dem Italiener an. Meinetwegen hätten wir noch stundenlang durch die Stadt fahren können. Klaus Dujack tröstet mich.

»Wir müssen ja auch wieder zurück. Und da kann ich ja einen kleinen Umweg machen.«

Er zwinkert mir verschwörerisch zu. Ich lächle verkrampft zurück und frage mich, wie er das jetzt wieder gemeint haben könnte. Kennt er ein ruhiges und idyllisches Plätzchen im Wald? Wenn das so weitergeht, muß ich mir etwas einfallen lassen. Das Lokal verbessert meine Stimmung auch nicht gerade. Der Edel-Italiener hält absolut nicht, was Dujack versprochen hat. Wir bekommen zwar einen schönen Tisch direkt am Fenster, werden hofiert und betütelt, als wären wir Mitglieder von Frankfurts highster Society, aber das alles täuscht nicht darüber hinweg, daß wir in einem typischen Hochstaplerladen gelandet sind.

Der Chef kommt an den Tisch und begrüßt lautstark seinen alten Freund Klaus. Der, ganz gebauchpinselt, läßt sich auch gleich den teuersten Wein und zwei Gläser Aperitiv aufschwätzen. Für das, was der Aperitiv kostet, bekäme man anderswo ein komplettes Essen. Wir werden nicht von einem, sondern von drei Kellnern bedient, die ununterbrochen um uns herumwuseln. Die Gerichte auf der Speisekarte sind einfallslos, dafür aber sauteuer.

Klaus Dujack strahlt über das ganze Gesicht. »Toller Laden, nicht?« fragt er beifallheischend.

Ich will ihm die Laune nicht verderben und nicke bestätigend. »Ja nett, wirklich nett.«

Da klingelt es plötzlich. Der gute Mann hat tatsächlich sein Handy dabei. Ich fasse es nicht.

»Dujack! Isabelle, was soll das? Ich habe dir doch gesagt ...«

Er lächelt mich entschuldigend an und verdreht leicht genervt die Augen.

»Isabelle, ich bin hier mit einem Geschäftsfreund beim Essen. Es tut mir leid, aber dafür habe ich jetzt keine Zeit, das können wir morgen besprechen. Was für ein Geschäftsfreund ...? Jetzt hör aber auf. Seit wann interessierst du dich für mein Business? Also, sei mir nicht bös, ich muß jetzt Schluß machen. Ciao, Kleines!«

Er klappt sein Handy zu und verstaut es in seiner Sakkoinnentasche.

»Sie ist ein Schatz, aber manchmal nervt sie.«

»Warum haben Sie ihr denn die Story mit dem Geschäftsfreund erzählt?«

»Hab ich das?«

»Sie haben sie belogen.«

»Nur ein bißchen. Die muß nicht alles wissen.«

»Haben Sie ein gutes Verhältnis zu ihr?«

»Ja doch. Nach dem Unfall meiner Frau und dem Tod von Simone hat sie sich total auf mich fixiert. Sie hatte ja sonst auch niemanden. Aber jetzt wird es langsam Zeit, daß sie sich einen Freund zulegt.«

»Hat sie denn keinen?«

»Ich habe noch keinen bemerkt. Aber vielleicht versteckt sie ihn ja vor mir.«

Nachdem wir unser Essen bestellt haben und ein mittelmäßiger Weißwein eingeschenkt worden ist, gerät unsere Unterhaltung ins Stocken. Ich hasse diese Ruhe, dieses Schweigen, das zur Zentnerlast wird, wenn ich nicht mehr weiß, was ich sagen soll. Gott sei Dank fällt mir dann aber doch noch etwas ein.

»Was macht denn das Golfspielen?«

»Ich bin jetzt auf fünf runter«, antwortet er und kommt sofort auf ein anderes Thema.

»Was ist das eigentlich für ein Ring, den du da am Finger trägst?«

Er nimmt meine Hand und fährt mit dem Finger über die Konturen des Schmuckstücks.

»Der stammt von einer alten Freundin. Theresa. Sie war siebzig und ich fünfundzwanzig, als wir uns kennenlernten. Es war Liebe auf den ersten Blick. Ich glaube, sie ist nie wirklich älter als sechzehn Jahre alt geworden. Und das hatten wir gemeinsam. Die gleiche, wenn man so will, infantile Weltsicht. Sie war mit einem schwulen Maler verheiratet und verkehrte jahrelang in Künstlerkreisen. Sogar Hermann Hesse hat sie noch persönlich gekannt.«

Hermann Hesse sagt Klaus Dujack gar nichts, und meine alte Freundin interessiert ihn eigentlich nur peripher. Ich unterbreche meinen begeisterten Bericht, denn das möchte ich Theresa nun wirklich nicht antun, jemandem von ihr zu erzählen, dem sie vollkommen gleichgültig ist.

»Na ja, und als sie vor zehn Jahren gestorben ist, hat sie mir diesen Ring vermacht.«

»Wirklich sehr ausgefallen. So etwas habe ich noch nie gesehen.«

Er beginnt meine Hand zu streicheln. Ich ziehe sie sofort weg, zwinge mich weiterzureden, als wäre nichts passiert.

»Ja, er besteht aus den beiden Eheringen, und dazwischen ist ein alter Ring aus Peru, dort hat sie lange gelebt. Und die goldene Klammer hier hält alle drei zusammen.«

»Er ist wirklich sehr schön. Kann ich ihn noch einmal sehen?«

Als ich mir den Ring vom Finger ziehen will, hält er meine Hand fest. »Darf ich das machen?«

Überrumpelt lasse ich zu, daß er mir den Ring vom Finger zieht. Das macht er betont langsam und ganz vorsichtig. Kaum hat er den Ring abgezogen, steckt er ihn wieder auf meinen Finger und läßt ihn genauso langsam zurückgleiten. Das Ganze hat etwas unglaublich Obszönes, und es ärgert mich maßlos. Was macht er hier eigentlich? Fingerficken?

Ich entreiße ihm meine Hand und zische ihn wütend an. »Lassen Sie das.«

Er lacht, greift blitzschnell über den Tisch, erwischt meine Hand und zieht sie zu sich herüber. Kraft habe ich ihm nicht entgegenzusetzen. Und das will er damit auch demonstrieren. Er zieht meine Hand an seinen Mund, und während er mich aus den Augenwinkeln beobachtet, küßt er meine Handinnenfläche. Dann läßt er mich los. Mein

Puls ist auf zweihundert, ich überlege, ob ich nicht sofort gehen soll. Er amüsiert sich köstlich. Daß ich sauer bin, scheint ihn nicht im geringsten zu stören. Er strahlt mich an wie ein Bub, dem gerade ein besonders lustiger Streich gelungen ist. Es ist aber nicht lustig, es ist überhaupt nicht lustig.

Die Kellner servieren die Vorspeisen. Meine Suppe riecht lecker, und außerdem habe ich Hunger. Aber nach der Suppe werde ich gehen. Garantiert. Während des Essens läßt Dujack mich keine Minute aus den Augen. Ich komme mir vor wie ein Affe im Zoo. Mir fällt nichts Besseres ein, als mit aufgerissenen Augen zurückzustarren. Was ihn veranlaßt, sich über den Tisch zu beugen und mich nachzuäffen. Und plötzlich sehe ich wieder in dieses seltsame Blau, hell und gleichzeitig undurchdringbar, ein tiefer Gletschersee, auf dessen Oberfläche kleine türkisfarbene Reflexe tanzen. Ohne auch nur eine Sekunde nachzudenken, spreche ich aus, was mir gerade durch den Kopf geht.

»Sie haben die gleichen Augen wie Ihre Tochter.«

Dujack zuckt zurück, als hätte ich ihm eine Ohrfeige verpaßt. Aber ich bin nicht mehr zu bremsen.

»Sie haben die gleichen Augen, die gleiche Haarfarbe, und Sie haben auch den gleichen Mund. Diese Art, die Lippen zusammenzupressen, wenn Ihnen etwas nicht paßt. Habe ich recht?«

So schnell bringe ich einen Klaus Dujack nicht aus dem Konzept. Er fängt sich im Handumdrehen.

»Sind wir jetzt wieder beim Sie, Frau Petry?«

»Hatten wir uns je auf ein Du geeinigt, Herr Dujack?«

Er lacht. »Okay. Was gibst du mir, wenn ich dir ein Geheimnis verrate?«

»Was wollen Sie?«

»Du fliegst nächstes Wochenende mit mir nach London.«
»Da habe ich leider keine Zeit.«
»Schade.«
»Also was ist, ist sie Ihre leibliche Tochter oder nicht?«

Wir werden von den Kellnern unterbrochen, die die Hauptgerichte bringen. Auf Tellern mit silbernen Cloches werden sie mit großem Tamtam vor uns auf den Tisch gestellt. Was für ein Zirkus. Alles Augenwischerei. Hokuspokus für den Gast, der zu viel Geld und zu wenig Ahnung oder Geschmack hat. Jetzt wird mir auch bewußt, daß ich meinen geplanten Abgang nach der Vorspeise verpaßt habe. Aber vielleicht ist das auch ganz gut so, denn langsam scheint es spannend zu werden.

Klaus Dujack starrt geistesabwesend auf seine Saltimbocca. Er sieht von seinem Teller hoch und fixiert mich mit einem ganz merkwürdigen, fast schon ein bißchen resignierten Blick.

»Warum soll ich es dir eigentlich nicht erzählen?«

Er beginnt das Fleisch vorsichtig zu zerteilen. Dann legt er Messer und Gabel weg und sieht mir direkt in die Augen. »Sie ist meine Tochter, meine richtige Tochter. Ihre Mutter und ich konnten uns nicht um sie kümmern. Wir mußten sie in ein Heim geben. Dann habe ich irgendwann geheiratet, ein zweites Kind gezeugt und eine Menge Geld verdient. Und da dachte ich mir, warum das Kind im Waisenhaus lassen, wenn es genausogut bei mir leben könnte?«

»Weiß sie das?«

»Ich habe es ihr nie gesagt. Auch meine Frau wußte nichts. Ich bin mir nicht sicher, ob sie Isabelle hätte im Haus haben wollen, wenn sie es gewußt hätte.«

»Sie haben also nichts gesagt, um keinen Ärger zu kriegen?«

»So würde ich das nicht ausdrücken. Es war einfach die sauberste Lösung. Ein Vater, der sein Kind ins Heim steckt und dann jahrelang dort läßt, gilt nicht gerade als Sinnbild elterlicher Fürsorglichkeit. Davon abgesehen, daß ich nicht weiß, wie Isabelle das Ganze aufgenommen hätte. So war ich der strahlende Held, der sie aus reiner Nächstenliebe zu sich geholt hat. Andernfalls wäre ich der Rabenvater gewesen, der sich jahrelang nicht um sein Kind gekümmert hat.«

»Heißt das, Sie haben diese Mär vom Adoptivvater aus Imagegründen erfunden?«

»Nicht ganz. Ich konnte ja nicht einfach sagen, ich bin der Vater, und sie lebt jetzt bei mir. Weil ich nie mit Isabelles Mutter verheiratet war, mußte ich das Kind eben adoptieren. Damit war ich auf einmal Adoptivvater. Und dabei hab ich es dann belassen. Es war bequemer so. Keine Fragen, keine Vorwürfe. Alle waren glücklich und zufrieden.«

»Aber in den Akten des Jugendheims sind Sie doch als leiblicher Vater aufgeführt.«

Er schüttelt den Kopf. »Nein, meine Liebe, das bin ich nicht. Dafür hab ich schon gesorgt. Ich schätze mal, daß da »Vater unbekannt« steht. Das möchte ich den Herrschaften jedenfalls geraten haben.«

»Was ist mit Isabelles leiblicher Mutter?«

Er sieht mich schon wieder mit so einem seltsamen Blick an. »Das Thema hat sich erledigt.«

»Was heißt das denn?«

»Ich muß dir doch nicht alles erzählen, oder? Und überhaupt, was krieg ich jetzt dafür?«

»Gar nichts.«

»Gar nichts ist mir zu wenig.«

»Tut mir leid, wenn der heutige Abend kein so guter Deal für Sie war, Herr Dujack.«

»Ach, das macht nichts. Man kann nicht immer gewinnen. Aber in unserem Fall ist ja auch noch gar nichts entschieden.«

»Wenn Sie sich da mal nicht irren.«

Auf das Dessert habe ich verzichtet und als Dujack die Rechnung bezahlen wollte, auf Kostenteilung bestanden.

»Wissen Sie, ich bin alt genug. Ich kann für mich selbst bezahlen.«

»Wie alt bist du eigentlich?«

Da kommt mir eine Idee. Männer seines Schlags kann man mit »Alter« bestimmt abschrecken. Die Frage ist jetzt nur, sag ich ihm die Wahrheit, oder hau ich noch ein bißchen was oben drauf?

»Ich bin fünfundvierzig.«

Ihm scheint die Kinnlade runterzufallen. »Was, so alt?«

Wußte ich es doch. Er ist schockiert. Da investiert er einen ganzen Abend, baggert wie ein Weltmeister und muß plötzlich realisieren, daß er die ganze Zeit eine Greisin angejault hat. Aber so einfach ist der nicht aufs Glatteis zu führen. Wie so oft, zieht er seinen Joker aus dem Ärmel.

»Komisch, ich dachte, du wärst am 8. August 1957 geboren.«

Jetzt fällt mir die Kinnlade auf die Brust.

»Woher wissen Sie das?«

»Ich weiß alles über dich. Wer deine Eltern sind, was du studiert hast, welche Jobs du hattest. Einfach alles.«

Ich starre ihn fassungslos an.

»Pia, du glaubst doch nicht, daß ich mit jemandem ausgehe, bevor ich nicht ganz genau weiß, mit wem ich es zu tun habe. Oder?«

Er lächelt mich freundlich an. Der Kerl wird mir langsam unheimlich. Mich friert, und ich will nach Hause. Worauf habe ich mich da nur eingelassen?

Während der Rückfahrt im Ferrari ist die Stimmung leicht unterkühlt, und es fällt mir immer schwerer, so etwas wie eine Konversation zustande zu bringen.

»Ist die schöne blonde Frau im Silberrahmen auf Ihrem Schreibtisch Ihre Freundin?«

»Nein, das ist nicht meine Freundin.«

Er mustert mich von der Seite und hat wieder diesen ironischen Zug um den Mund.

»Das ist meine Verlobte, die Frau, die ich heiraten werde.«

»Sie sind verheiratet!«

»Ach tatsächlich. Das hatte ich ja ganz vergessen.«

Bei so viel Sarkasmus vergeht mir die Lust auf weitere Fragen. Und wenn ich ehrlich bin, interessiert mich das Thema auch gar nicht mehr. Der Mann an meiner Seite ist ein mieser, kleiner Spekulant, für den der gesellschaftliche Aufstieg oberstes Lebensziel ist, und der sich doch ständig als neureiches Arschloch outet. Ein Typ, dessen IQ nicht mal die Höhe der Zimmertemperatur erreicht, der sich maßlos überschätzt und außer Geld nichts, aber auch rein gar nichts zu bieten hat. Ein Mensch ohne Skrupel.

Vielleicht doch ein Kinderschänder? geht es mir durch den Kopf. Was ich die ganze Zeit nicht wahrhaben wollte, liegt plötzlich im Bereich des Möglichen. Zutrauen würde ich es ihm. Nach dem Abend allemal. Plötzlich erscheint mir Cornfelds Argumentation gar nicht mehr so abwegig.

Mittlerweile hat es angefangen zu regnen. Die Scheibenwischer fegen leise quietschend über das Glas, und die Stimmung ist fast heimelig. Wir biegen in eine enge Seitenstraße ab, die auf beiden Seiten von parkenden Autos gesäumt wird. Plötzlich legt Klaus Dujack mir die Hand auf den Oberschenkel. Ich starre die Hand auf meinem

Bein an und überlege, was ich jetzt machen soll. Dujack sieht weiter geradeaus auf die Straße und tut so, als wäre nichts passiert.

»Würden Sie sofort Ihre Hand da wegnehmen!« zische ich ihn an.

»Warum, die fühlt sich ganz wohl da.«

Aber nicht mehr lange, denk ich, dreh die goldene Spange meines Rings zur Handinnenfläche, hole kurz aus, ziele auf seinen mittleren Handknochen und schlage voll zu. So fest ich kann. Die Spange tut ihre Wirkung. Er schreit laut auf. Auch einer von den Machos, die keine Schmerzen ertragen können. Womit ich allerdings nicht gerechnet habe, ist, daß Dujack ein verdammt lausiger Autofahrer ist. Er verreißt den Wagen, bekommt ihn nicht mehr unter Kontrolle, gerät auf dem nassen Asphalt ins Rutschen und schlittert seitlich auf eins der geparkten Autos. Es gibt einen höllischen Knall, dann ein widerliches Knirschen, und der Ferrari kommt zum Stehen.

Ich nichts wie raus aus dem Schlitten, bevor Dujack mir eine scheuern kann. Daß die Gefahr besteht, ist deutlich in sein Gesicht geschrieben. Er ist außer sich vor Wut. Wie ein wildgewordener Pitbull tobt er in dem Auto herum. Die Fahrertür ist total eingedellt und das Auto auf der gesamten linken Seite demoliert. Auch der Wagen, in den wir reingerauscht sind, ein 7er BMW, sieht nicht mehr sonderlich gut aus. Ich muß die Polizei holen, schon zu meinem eigenen Schutz.

Auf der anderen Straßenseite entdecke ich ein öffentliches Telefon. Der Telekom sei Dank. Bevor Dujack auf den Beifahrersitz gerutscht und auf meiner Seite ausgestiegen ist, muß ich zu der Telefonzelle kommen. Es ist ein Münzsprechapparat, und er ist »Wegen mutwilliger Zerstörung außer Betrieb«. Ganz toll. Vorsichtig gehe ich zu dem roten Ferrari zurück, Dujack scheint sich wieder beruhigt zu haben. Er lehnt an seinem Auto und telefoniert per Handy mit der Polizei. Als er das Gerät zuklappt, sieht er mich kühl an.

»Das hast du ja prima hingekriegt.«

»Wieso ich? Ich tatsche keine fremden Leute an, und außerdem bin ich auch kein so miserabler Autofahrer.«

Er würdigt mich keines Blickes mehr.

»Die Bullen kommen gleich. Ich ruf dir ein Taxi.«

Die Polizei ist dann allerdings vor dem Taxi da. Das große Tamtam, auf das ich gefaßt bin, findet seltsamerweise nicht statt. Zu meiner Überraschung regelt sich alles ganz friedlich und ungewöhnlich schnell. Schon als der Streifenpolizist aus dem Auto steigt und auf uns zukommt, irritiert mich sein Gesichtsausdruck. Er grinst uns an, als wären wir alte Bekannte, die zu treffen er nicht erwartet hat.

»Guten Abend, Herr Dujack. Wie ist das denn passiert?« fragt er launig.

»Bin leider vom Gaspedal abgerutscht.«

»Nun, das hat man bei den Ferraris ja öfter.«

Fassungslos stehe ich daneben und lausche diesem Schwachsinnsdialog. Mein Gott denke ich, fehlt nur noch, daß sie sich in die Arme fallen und ihre Verlobung bekanntgeben. Ein so verständnisvoll-vertrautes Verhältnis habe ich nun wirklich nicht erwartet. Und das war's dann auch schon.

»Der Abschleppdienst ist benachrichtigt, und um die Formalitäten kümmern wir uns schon«, versichert der Polizist, als wir uns mit Handschlag von ihm verabschieden. Personalien müssen keine aufgenommen werden, schließlich kennt man sich.

»Das hab ich ja noch nie erlebt«, sage ich im Taxi zu Dujack.

»Ja, die Bullen in Frankfurt sind ganz in Ordnung.«

»Aber die hätten doch den Unfallhergang recherchieren müssen. Die hätten Sie doch zum Beispiel fragen müssen, ob Sie was getrunken haben.«

»Ach Quatsch, das interessiert doch keinen. Ich komm für den Schaden auf und damit fertig.«

»Woher kennen Sie den Polizisten überhaupt?«

»Wir waren zusammen in der Schule.«

»Der ist doch viel jünger als Sie.«

»Tja, ich bin halt ein paarmal sitzengeblieben.«

»Wie witzig. Verarschen kann ich mich selbst.«

Als das Taxi vor meinem Hotel hält, sagt Dujack dem Taxifahrer, er solle warten. Dann sieht er mich an.

»Oder schicken wir das Taxi weg?«

»Das können Sie halten, wie Sie wollen. Ich weiß nur nicht, wie Sie dann nach Hause kommen?«

»Also, gut«, sagt er zum Taxifahrer, »dann warten Sie bitte einen Moment auf mich.«

Er steigt mit mir zusammen aus und bringt mich zum Hoteleingang. Dort bleibt er stehen, zieht mich plötzlich an sich und hält mich fest.

»Sie tun mir weh.«

»Du hast mir auch weh getan.«

»Das hatten Sie auch verdient.«

»Warum, weil ich dich anfassen wollte? Weil du mir gefällst?«

Ich versuche vergebens, ihn wegzuschieben.

»Pia, ich will mit dir schlafen. Verstehst du? Wenn ich jetzt nach Hause fahre, dann schlaf ich sowieso mit dir. In meinem Kopf, in meiner Phantasie. Da können wir die Nacht auch gleich zusammen verbringen.«

»Ich möchte das nicht.«

Eh ich noch richtig begreife, was passiert, drängt er mich gegen die Hauswand, hält meinen Kopf mit beiden Händen fest und küßt mich. Seine Zunge ist so schnell in meinem Mund, daß ich nicht mehr reagieren kann. Sie ihm abzubeißen, trau ich mich dann aber doch nicht. Einen ganz kurzen Moment lasse ich es zu. Aber nur ganz kurz. Dann stoße ich ihn mit aller Kraft von mir. Er lacht.

»Du bist süß. Du küßt nicht schlecht. Das werden wir bei Gelegenheit wiederholen.«

Wütend starre ich ihm hinterher, als er langsam zum Taxi zurückgeht. Er bleibt stehen und dreht sich um.

»Der Abend mit dir war gar nicht so übel. Schlaf schön und träum von mir.«

Dann steigt er in den Wagen, und das Taxi verschwindet in der Nacht.

Als ich in der Hotelhalle stehe, habe ich noch keine Lust, ins Bett zu gehen. Ich entschließe mich, an der Hotelbar einen kleinen Zwischenstop einzulegen. Der Barkeeper bringt mir einen trockenen Sherry und stellt ihn vor mir auf der Theke ab. Ich starre in den Spiegel hinter der Bar und proste mir zu. Auf Abende wie diesen könnte ich problemlos verzichten. Mit Ruhm habe ich mich nicht gerade bekleckert. Ich bin immer noch nicht vor Überraschungsangriffen sicher und falle viel zu schnell in das Klein-Mädchen-Schema zurück. Selbst dran schuld, denke ich. Was verknalle ich mich auch in einen Kinderschänder. Schlechter Geschmack wird eben bestraft.

Als ich in meinem Zimmer lande, ist es ein Uhr nachts, und ich kann nicht schlafen. Ich rufe Cornfeld zu Hause an. Und sieh mal einer an, er verbringt die Nacht tatsächlich im eigenen Bett.

»Cornfeld«, tönt es verschlafen aus dem Telefonhörer.

»Hallo Doktorchen, hier ist Ihr Boss.«

»Um die Zeit hab ich keinen Boss. Nachts bin ich mein eigener Boss.«

»Das ist ja ganz was Neues. Sie sind mein Leibeigener, mein Haussklave.«

»Wenn Sie mich weiter ärgern wollen, legt der Haussklave wieder auf.«

»Schade, dann kann ich Ihnen ja all die spannenden Neuigkeiten gar nicht erzählen.«

»Was für Neuigkeiten?« Langsam klingt seine Stimme ein bißchen wacher.

»Ich hatte einen wunderschönen Abend. Dujack ist wirklich ein toller Mann.«

»Wenn das stimmen würde, wären Sie jetzt nicht im Hotel.«

Ich muß lachen. »Ja, stimmt. Sie haben recht. Es war ein Scheißabend, und der Typ ist das letzte Arschloch.«

»Was ist denn passiert?«

»Also, wir waren in einem knallroten Ferrari unterwegs, was ganz nett war, aber dann hat er mir die Hand aufs Bein gelegt. Und da habe ich zugeschlagen.«

»Sehr gut. Und warum haben Sie ihm nicht in die Eier getreten?«

»Das ist ein bißchen schwierig im Auto. Aber danke für den Hinweis. Das nächste Mal werde ich es probieren.«

»Sorry, war ja nur so 'ne Idee. Wie hat er denn reagiert?«

»Er hat sich tierisch erschrocken und ist mit seinem Ferrari in einen 7er BMW reingedonnert. Der BMW sah gar nicht gut aus, und der Ferrari mußte abgeschleppt werden.«

»Nicht schlecht.«

»Was mich aber gewundert hat, war, daß Dujack die Bullen kannte, und zwar ziemlich gut. Die haben ihn mit seinem Namen angeredet und äußerst zuvorkommend behandelt.«

»Warum sollen die Polizisten denn einen schwerreichen Frankfurter Spekulanten nicht kennen? Wahrscheinlich gehört er zu den einflußreichsten Leuten in der Stadt.«

»Ja vielleicht. Aber trotzdem, irgend etwas stimmt da nicht. Außerdem hab ich noch etwas rausgekriegt. Er ist nicht nur der Adoptivvater von Isabelle Dujack.«

»Ach, sondern auch ihr Lover, oder was?«

»Quatsch. Dujack ist ihr richtiger, ihr leiblicher Vater. Er mußte sie adoptieren, weil er nie mit ihrer Mutter verheiratet war.«

»Und wer ist die Mutter?«

»Hat er nicht gesagt.«

»Seltsam. Diese Familie ist schon ein komischer Haufen.«

Nach dem Telefonat mit Cornfeld bin ich immer noch nicht müde. Ich lege mich aufs Bett, mache den Fernseher an und zappe durch sämtliche Kanäle. In der Scheißkiste gibt es nichts, was mich auch nur ansatzweise interessieren könnte. Gelangweilt starre ich aus dem Fenster. Wieder geht mir der heutige Abend durch den Kopf. Dujack ist wirklich ein Affe. Dieses Theater in der Tiefgarage. Der hat doch tatsächlich geglaubt, mich mit seinem lächerlichen Fuhrpark beeindrucken zu können. Und dann seine Initialen auf den Nummernschildern. Total bescheuert. Urplötzlich sehe ich das Nummernschild von dieser Zuhälterkiste wieder vor mir: F-KD . . . Oh mein Gott, das gibt es doch nicht. Ich sitze senkrecht im Bett. Vor Aufregung laufen mir die Tränen übers Gesicht. Wieso ist mir das nicht gleich aufgefallen? Wieso hab ich das nicht schon in der Tiefgarage gemerkt? Du lieber Himmel. Mein Puls rast, mein Magen rebelliert. Armer Cornfeld, jetzt muß ich ihn leider noch mal aus dem Bett klingeln.

KAPITEL 16

Als ich am nächsten Morgen im Büro eintreffe, ist es halb zehn. Die Lufthansa-Maschine war in Frankfurt erst mit einer Stunde Verspätung gestartet. Dafür hab ich aber auch schon sämtliche Kontaktberichte geschrieben. Cornfeld ist gerade dabei, Dujacks verwelkte Blütenpracht zu entsorgen, und das scheint ihm gar nicht zu schmecken.

»Der Typ macht einem doch nur Ärger«, schimpft er vor sich hin.

»Was ist denn jetzt schon wieder los?«

»Erst holen Sie mich wegen dieses Deppen zweimal aus meinem wohlverdienten Schlaf, und jetzt muß ich auch noch dieses stinkende Zeug hier durch die Gegend schleifen.«

Ich ignoriere sein Gezeter, hole mir einen Kaffee und mache es mir an meinem Schreibtisch gemütlich.

»Hab ich Ihnen eigentlich schon gesagt, daß ich demnächst einen runden Geburtstag feiere?«

Doktorchen kommt aus der Küche, wo er gerade den letzten Blumenstrauß in der Mülltonne deponiert hat. Sein Gesicht hat die gleiche Farbe wie die unappetitliche Soße, die ihm von den Fingern tropft. Angeekelt sieht er auf seine Hände und versucht sie mit einem Papiertaschentuch zu säubern.

»Nein, Sie haben mir nicht gesagt, daß Sie am 8. August vierzig werden. Sie haben mir auch noch nicht gesagt, wann die Party steigt und daß ich dazu eingeladen bin.

Aber eins sage ich Ihnen gleich, Blumen kriegen Sie keine von mir.«

»Doktorchen, wie kommen Sie auf die Idee, ich könnte mir eine Fete leisten? Ich bin pleite. Das wissen Sie besser als ich.«

»Dann schreib ich halt noch eine Rechnung für Isabelle Dujack.«

»Das wird nicht reichen. Nein. Ein Fest kann ich mir abschminken. So traurig das auch ist.«

Leider begreift Cornfeld viel schneller als ich dachte. Er sieht mich nachdenklich von der Seite an, geht zu seinem Schreibtisch zurück, fläzt sich in seinen Stuhl, legt die Füße hoch und verschränkt die Hände hinter dem Kopf.

»Liebe Frau Petry, das tut mir ganz schrecklich leid für Sie. Aber zu Ihrer Information: Ich bin auch pleite. Und das müßten Sie eigentlich am besten wissen – bei dem Gehalt, das Sie mir zahlen.«

»Lieber Cornfeld, ich weiß ja nicht, was Ihre Einkommensverhältnisse mit meinem Geburtstag zu tun haben. Aber eins kann ich Ihnen sagen, ich habe Freundinnen, die könnten so eine Party problemlos aus der Portokasse begleichen.«

»Wie heißt sie?«

»Wer?«

»Ihre Freundin.«

»Katja, Katja Schulenburg aus München.«

Cornfeld kritzelt den Namen auf ein Stück Papier und sagt vor sich hin: »Ach, ich hätte noch eine Frage.«

»Ja.«

»Gibt es da nicht noch einen Michael? Ich meine, diesen Mann, der hier hin und wieder anruft und Nachrichten für Sie hinterläßt.«

»Doktorchen, wie lange arbeiten Sie schon hier?«

»Zwei Jahre.«

»Fein, dann sollten Sie Michael eigentlich besser kennen und wissen, daß er ein geradezu erotisches Verhältnis zu seiner Kohle hat. Er hängt einfach sehr dran.«

»Sie meinen, er ist geizig?«

»So hab ich das nicht gesagt.«

Wenn ich Cornfeld das nächste Mal für meine Privatangelegenheiten instrumentalisiere, sollte ich seinen IQ berücksichtigen und die Sache etwas subtiler angehen. Sonst nimmt er mir diese plumpen Wink-mit-dem-Zaunpfahl-Manöver irgendwann noch übel.

Auf meinem Schreibtisch hat sich eine Menge Post und unerledigter Kleinkram angesammelt. Obenauf liegt ein großer Zettel: »Michael anrufen!«

»Was wollte Michael denn?«

»Der hat zweimal angerufen. Beim ersten Anruf wollte er wissen, wann Sie aus Frankfurt zurückkommen. Beim zweiten bat er mich, Ihnen auszurichten, daß er am Montag für halb sieben in der Früh eine Abschlagzeit in Falkenstein organisiert hat.«

»Der ist wohl wahnsinnig geworden. Halb sieben. Da kann er allein hingehen. War sonst noch was?«

»Ich hab mit einer Psychologin telefoniert. Wegen der Tagebucheintragung von Simone.«

»Und? Sie hat Ihre Vermutungen in allen Punkten bestätigt. Richtig?«

»Nein, nicht ganz. Erstmal wollte sie zu der Tagebucheintragung überhaupt kein Statement abgeben. Sie sagte, es wäre ausgesprochen unseriös, anhand eines einzigen Schriftstücks irgendwelche Aussagen über die Verfasserin machen zu wollen.«

»Aber wie ich Sie kenne, haben Sie dann doch noch etwas aus ihr rausgekitzelt.«

Cornfeld grinst selbstgefällig. »Genau. Eine ganze Menge sogar. Deshalb muß ich erst einmal meine Aufzeichnungen finden.«

Er fängt an, hektisch auf seinem Schreibtisch herumzuwühlen, der von einem Wust aus Papieren, Klebezetteln, Stiften, Disketten und leeren, verklebten Kaffeebechern bedeckt ist. In dem Chaos, das er ständig verbreitet, scheint es aber so etwas wie ein geheime Ordnung zu geben. Das Erstaunliche ist, daß er tatsächlich alles wiederfindet. Und meistens weiß er auch genau, wo er suchen muß.

»Ich hab's. Also, diese Aktion, sich die Augenbrauen auszuzupfen, könnte als Selbstverletzung interpretiert werden. Sie fügt sich körperlichen Schmerz zu, um den seelischen nicht mehr spüren zu müssen. Daß der Vater sich über die Verunstaltung aufregt, zeigt, daß ihm das Äußerliche, das Körperliche seiner Tochter sehr wichtig ist. Daß die Mutter ganz cool reagiert und sagt: Das macht doch nichts, das wächst ja ohnehin wieder nach, könnte ein gewisses Desinteresse an der eigenen Tochter signalisieren. Dafür spricht auch, daß Simone schreibt: ›Mit der kann man ja sowieso nicht reden, die hört nie zu.‹ Interessant ist, daß sie mit ihrer Mutter über etwas reden will, worüber sie aber eigentlich gar nicht reden darf. Und dann ist der Satz: ›Ich bin ja auch selbst dran schuld‹, sehr merkwürdig, um nicht zu sagen, verdächtig.«

»Verdächtig, wieso verdächtig?«

»Ja, das klingt schon alles nach Mißbrauch. Ein Kind, das sich selbst verletzt und mit dem Vater nicht verreisen, also nicht mit ihm allein sein will. Ein Vater, der zuviel Interesse am kindlichen Körper hat, eine Mutter, die wegsieht und nicht für das Kind da ist, wenn es sie braucht. Schließlich ein Geheimnis, über das nicht gesprochen werden darf. Und die Schuldfrage. In Mißbrauchsfällen geben sich seltsamerweise immer die Kinder die Schuld an dem, was ihnen angetan wird.«

»Also hat die Psychologin doch Ihre Theorie bestätigt.«

»Nun warten Sie doch mal ab. Man kann den Tagebuchauszug so interpretieren, man kann aber auch zu einem ganz anderen Schluß kommen. Außerdem hat sie noch etwas bemerkt, was uns auch hätte auffallen müssen. Es gibt so gut wie keine Rechtschreibfehler. Sogar die Kommasetzung ist richtig. Sehr ungewöhnlich für eine Neunjährige.«

»Vielleicht ist Simone ja auch so ein kleines Genie gewesen wie ihre hyperintelligente Schwester. Aber mal davon abgesehen, hat sie was zum Thema Borderline gesagt?«

»Borderline?«

Doktorchen sieht mich an, als hätte ich ihm einen obszönen Begriff an den Kopf geschmissen.

»Jetzt sitzen Sie aber auf der Leitung, Cornfeld. Borderline! Schon mal gehört?«

»Nein. Was ist das?«

»Das wollte ich eigentlich von Ihnen wissen. Haben Sie meinen Kontaktbericht über das Gespräch mit dieser Heilpraktikerin nicht gelesen?«

»Nein. Wo soll der denn sein?«

»Da, wo er hingehört.«

Cornfeld schüttelt den Kopf.

»Wenn er da wäre, hätte ich ihn auch gelesen.«

Mir kommt ein schrecklicher Verdacht, der sich leider bestätigt, als ich meine Tasche öffne. Cornfeld, der mir über die Schulter schaut, amüsiert sich königlich.

»Sieh mal einer an. Da ist er ja, der kleine Schlingel. Was muß er sich aber auch immer verstecken.«

»Jetzt hören Sie schon auf. So was kann schließlich jedem mal passieren.«

»Aber sicherlich.«

Wenn es einen Wettkampf im Kleine-blöde-Bemerkungen-Machen gäbe, wäre Cornfeld Weltmeister. Mit zwei Wörtern und der entsprechenden Betonung kriegt der kühl lächelnd eine verbale Hinrichtung hin.

»Hier, bitteschön Doktorchen, der verspätete Kontaktbericht. Seien Sie freundlicherweise so nett und recherchieren Sie mal, was Borderline ist. Das ist nämlich das Wort, das ich gerade noch auf der Krankenkarte von Isabelle Dujack entziffern konnte, als ich einen kurzen, unautorisierten Blick drauf geworfen habe.«

Cornfeld deponiert den Bericht irgendwo in dem Chaos auf seinem Schreibtisch.

»Hat Ihre Psychologin eigentlich auch etwas zu diesem Alptraum gesagt, den Simone in ihrem Tagebuch beschrieben hat?«

»Ja. Auch das kann ein ganz gewöhnlicher Alptraum sein. Allerdings könnte die Tatsache, daß sie verfolgt wird, Angst hat und sich aus ihrem Körper löst, und daß sie das, was dann mit ihr geschieht, aus der Distanz sieht, auch ein Hinweis auf Mißbrauch sein. Rein theoretisch natürlich.«

»Rein theoretisch. Natürlich. Da haben Sie ja eine ganze Menge recherchiert, mein lieber Cornfeld. Nicht schlecht.«

»Ja, ich hab fast zwei Stunden mit der Frau telefoniert und anschließend einen vierseitigen Kontaktbericht darüber verfaßt. Als nächstes bring ich ein Buch zu dem Thema raus.«

»Ein ganzes Buch? Das würde ich weder schreiben noch lesen wollen. Das wäre mir doch zu deprimierend.«

»Mit einem potentiellen Kinderschänder essen zu gehen, finde ich viel deprimierender.«

»Cornfeld, jetzt fangen Sie nicht schon wieder damit an.«

Als ich abends heimfahre, finde ich doch tatsächlich einen Parkplatz direkt vor dem Haus. Der Wagen ragt zwar seitlich ein Stückchen in die Garageneinfahrt, aber das ist nicht weiter schlimm. Ein routinierter Autofahrer kommt da schon drum herum.

Da mein Kühlschrank dringend eine neue Füllung braucht, geh ich noch schnell in den Tante-Emma-Laden um die Ecke. Mit vier schweren Tüten beladen, wanke ich zurück, an meinem Auto vorbei, biege rechts zum Haus ab, passiere ein halbes Dutzend Fahrräder und steige die drei Stufen zur Haustür hoch. Da bleib ich stehen, als hätte mich plötzlich der Blitz der Erkenntnis getroffen. Da stimmt doch was nicht. Wie immer hab ich aus den Augenwinkeln noch einmal meinen Wagen gecheckt. Aber irgend etwas hat mich irritiert. Die Silhouette, denk ich. Die Silhouette stimmt nicht. Und dann dämmert's mir: Es ist die Antenne. Sie ist weg. Da hat sich einer an meinem heiligen Auto zu schaffen gemacht. Hat womöglich Flekken, Kratzer oder Schlimmeres darauf hinterlassen. Und ich weiß nur zu gut, wer das war.

Rebbelmeier, brülle ich innerlich, der gottverdammte Vollidiot. Jetzt reicht es. Ich bring ihn um. Ich erwürge ihn, jetzt auf der Stelle. Ich schmeiße das gesamte Mobiliar seiner Scheißwohnung zum Fenster raus und seine Scheißpalme gleich hinterher. Und zum Schluß, zum Schluß schmeiß ich ihn auch zum Fenster raus. Vorher plaziere ich aber noch mein umfangreiches Sortiment japanischer Küchenmesser in seinem Fettwanst. Wutschnaubend rase ich die Treppe hoch. Im zweiten Stock verlangsamt sich mein Tempo allerdings schon etwas. Im dritten Stock hängen meine Arme am Boden, die Tüten scheppern über die Treppenabsätze, und mein Atem fängt an zu pfeifen. Im vierten Stock steht mir der Schweiß auf der Stirn und in den Achselhöhlen. Im fünften Stock bin ich an meiner körperlichen Leistungsgrenze angelangt und nähere mich einem seelischen Gleichgewicht, von dem buddhistische Mönche nur träumen können.

Vor meiner Wohnungstür rutschen mir die vier Tüten aus der Hand und knallen auf den Boden. Glas splittert. Milch sickert durch das Papier und bildet weiße Pfützen auf den Holzdielen. Meine Atmung geht stoßweise, mein Kreislauf ist kurz vorm Overkill, und ich sehe vor Anstrengung langsam alles doppelt. Von meiner Wut ist nichts, aber auch rein gar nichts übriggeblieben. Meine Killerinstinkte sind irgendwo zwischen dem zweiten und fünften Stock verschüttgegangen.

Mühsam versuche ich die Sauerei vom Boden aufzusammeln, schleppe das ganze Zeug in meine Wohnung und beginne die Glasscherben aus dem Käse und den Joghurtbechern herauszufischen. Da sehe ich plötzlich die Antenne. Sie liegt auf dem Küchentisch. Daneben ein Zettel von Rebbelmeier.

»Liebe Frau Petry, vielen Dank, daß Sie meine Wohnung gehütet haben. Leider muß ich Sie aber schon wieder darauf hinweisen, daß Sie Ihren Wagen nicht in die Einfahrt stellen dürfen. Anbei erhalten Sie Ihre Antenne wieder zurück. Ich hoffe, Sie verzeihen mir diesen kleinen Scherz unter Freunden. Nochmals vielen Dank, bis bald ihr Siegfried Rebbelmeier.«

Siegfried, wie niedlich. Ist er nicht süß? Kleiner Scherz unter Freunden. Wer solche Freunde hat, braucht keine Feinde mehr. Das nächste Mal schieb ich ihm gefrorene Hundescheiße durch den Briefschlitz. Mal sehen, wie komisch er das findet. Ich sitze völlig erschöpft auf meinem

Küchenstuhl und betrachte meine mit Milchspritzern verzierten Schuhspitzen. Warum reg ich mich bloß immer so auf? Wegen einer lächerlichen Antenne gerate ich vollkommen aus der Fassung. Das kann doch nicht sein. Das ist ganz und gar nicht souverän und total uncool. Warum schlepp ich so eine Mordswut mit mir rum? Ich gehe ins Badezimmer und seh mir die Frau mit dem leicht verkniffenen Mund im Spiegel an. Sehr schön. Diese Temperamentsausbrüche hinterlassen auch noch Spuren in meinem Gesicht. Ganz toll.

»Wäre ich ein Mann, dann wäre bestimmt einer dieser unangenehmen Brüllaffen aus mir geworden.«

»Und so hat es leider nur zur Zimtzicke gereicht«, antwortet mir da mein Spiegel.

»Ach, hast du auch was zu sagen? Du solltest lieber ruhig sein, du stehst nämlich auf der Liste der gefährdeten Arten. Sprechende Spiegel sind dabei auszusterben. Ganz besonders kurze Lebenserwartungen haben sie in den Haushalten von Brüllaffen und Zimtzicken. Die sind nämlich nicht gefährdet, die verbreiten sich wie Kakerlaken in einer schmierigen Bahnhofskneipe.«

KAPITEL 17

Ich entschließe mich, mein zerrüttetes Nervenkostüm mit ein bißchen Meditation zu sanieren. Doch kaum hab ich mich im Lotossitz vor einer brennenden Kerze auf meinem Teppich niedergelassen, klingelt das Telefon. Katja.

»Hi.«

»Hi.«

»Ich weiß einen neuen Witz.«

»Männerfeindlich?«

»Ja, klar!«

»Erzähl.«

»Also, was soll eine Frau machen, wenn ihr Mann im Zickzack durch den Garten läuft?«

»Weiterschießen!«

»Das ist unfair, du hast ihn schon gekannt.«

»Stimmt. Aber ich weiß auch noch einen. Was ist ein Mann in Salzsäure?«

»Weiß nicht.«

»Ein gelöstes Problem.«

»Uhhhh, schön. Der ist klasse.«

Wir zwei kichern ein bißchen und amüsieren uns köstlich.

»Pia.«

»Ja.«

»Pia, ich hab Scheiße gebaut.«

»Wieso das denn?«

»Ich hab meinen Mann beleidigt.«

»Erzähl, das klingt gut.«

»Das war leider gar nicht gut. Wir lagen nebeneinander im Bett. Nachdem wir uns gerade unseren ehelichen Verpflichtungen hingegeben hatten.«

»Katja, red doch nicht geschwollen daher. Ihr habt gebumst. Okay. Was dann?«

»Dann hab ich Jochen von einem Schauspieler erzählt, der einen Bauernhof hat und bei dem das Hängebauchschwein sogar ins Wohnzimmer darf.«

»Und?«

»Ja, und dann hat mich der Teufel geritten. Dann hab ich nämlich gesagt ... und bei mir darf das Hängebauchschwein sogar ins Bett.«

Ich kreische so laut los, daß Katja wahrscheinlich einen bleibenden Hörschaden davonträgt. »Das hast du nicht gesagt. Nein, das glaub ich nicht. So dick ist er doch gar nicht. Willst du dich scheiden lassen? Willst du ihn los werden? Bist du komplett wahnsinnig geworden? Jeder Eheberater würde sofort aus dem Fenster springen, wenn er das hörte. Du bist dabei, deine Ehe zu ruinieren. Ist dir das klar?«

Katja kichert leise vor sich hin. »Na ja, das war schon ziemlich komisch. Leider fand Jochen das gar nicht. Er hat drei Tage lang nicht mehr mit mir geredet. Und beim Bumsen macht er jetzt immer das Licht aus.«

»Kauf ihm doch ein Abo bei irgendeinem Fitness-Studio.«

»Nein, da geht er ja doch nicht hin. Sport ist Mord. Und warum sich bewegen, wenn es nicht unbedingt notwendig ist. Ich finde seinen Bauch ja eigentlich auch ganz süß.«

»Dann mach keine Witze darüber. Auch wenn sie gut sind.«

»Aber Pia, tu mir einen Gefallen, tratsch das bitte nicht weiter. Das wär mir wirklich zu peinlich.«

»Bist du verrückt, so etwas würde ich doch nie weiter erzählen.«

Kaum hab ich aufgelegt, rufe ich Michael an und erzähle ihm von Katjas verbalen Ausfällen. Wir beide kriegen uns gar nicht mehr ein. Michael findet sogar, daß Jochen tatsächlich Ähnlichkeiten mit einem Hängebauchschwein habe und sich kaum beschweren könne, wenn ihm das mal jemand sage. In seinen Augen sind Männer, die keinen Sport treiben, nicht ununterbrochen ins Solarium rennen und nicht neunzig Prozent ihrer restlichen Freizeit in teuren Herrenbekleidungsgeschäften verbringen, primitive Neandertaler. Daß Jochen vielleicht etwas Besseres zu tun hat, als sich ständig mit seinem Aussehen zu beschäftigen, daß er den Schwerpunkt eher in der intellektuellen und weniger in der sportlichen Herausforderung sieht, kommt Michael gar nicht in den Sinn. Ein richtiger Mann hat Muskeln aus Stahl, die Kleidung von Armani und den Intellekt aus der Bild-Zeitung. Na ja, nicht ganz. Hin und wieder liest er auch den Spiegel. Manchmal sogar ein Buch. Schließlich hat Michael eine Menge Bücher zu Hause. Ob die seiner geistigen Weiterentwicklung oder nur der Schallisolierung dienen, habe ich allerdings noch nicht rausgekriegt.

Michael will natürlich wissen, wie es denn mit diesem Dujack in Frankfurt war. Dujack, genauso muskelbepackt, genauso solariumgebräunt und genauso teuer gedresst wie er, ist in der Rasterfahndung für gleichwertige Konkurrenz hängengeblieben und in der Rangfolge ganz oben gelandet.

Das ist nicht schlecht. Also nutze ich es aus und haue ein bißchen auf die Kacke. Ich erzähle ihm von dem tollen Ferrari, dem sündteuren Italiener, dem Glaspalast und dem obercoolen Büro mit den Möbelklassikern, die man normalerweise nur in der Neuen Sammlung in München zu sehen bekommt. Und mein kleiner Schwachkopf ist natürlich beeindruckt. Allerdings sage ich ihm nichts von Dujacks junger Verlobter, deren Foto seinen Schreibtisch ziert. Und selbstverständlich erwähne ich auch den Autounfall nicht und lasse den Kuß geflissentlich unter den Tisch fallen. Was ich erwähne, ist Dujacks Hand auf meinem Bein, die ich natürlich weggestoßen habe, und die Tatsache, daß er alles über mich wußte und unbedingt mit mir ins Bett wollte. Das müßte mich jetzt eigentlich ausreichend interessant gemacht haben.

Michaels Stimme klingt dann auch ganz kleinlaut. »Bist du in den verknallt? Oder verliebt oder so was . . .«

»Aber Schatz. Das kann ich wirklich nicht sagen. Er ist

ein interessanter und faszinierender Mann. Aber ich kenne ihn doch noch kaum.«

»Siehst du ihn wieder?«

»Ich glaube schon.«

»Liebst du mich?«

»Natürlich liebe ich dich. Apropos. Meine Liebe geht aber nicht so weit, daß ich am Montag mit dir zum Golf spielen gehe. Jedenfalls nicht um halb sieben morgens.«

Sein verzagtes Stimmchen gewinnt bei diesem Thema sofort wieder an Ausdruckskraft. »Natürlich gehen wir. Das ist die einzige Chance für uns, in Falkenstein zu spielen.«

»Wieso?«

»Weil montags Ruhetag ist, da sind die Sekretariate der meisten Golfclubs nicht besetzt. Und da quatscht uns dann auch keiner blöd von der Seite an, weil du immer noch kein Handicap hast.«

»Sag mal, dieses Falkenstein. Ist das nicht dieser Club, wo man angeblich 100 000 Mark mitbringen muß, wenn man Mitglied werden möchte?«

»Ja.«

»Da soll ich spielen? Wenn mich da einer am ersten Abschlag beobachtet, ist es doch schon vorbei. Der braucht nur meinen Rückschwung zu sehen, und schon schleifen sie mich mit zehn Mann vom Platz. Einer Dilettantin wie mir, die ihre heiligen Fairways umpflügt, die Greens zerstört und die Lebenserwartung ihrer greisen Clubmitglieder ernsthaft gefährdet, werden die doch sofort einen lebenslangen Platzverweis erteilen.«

»Pia. Deshalb habe ich doch um halb sieben gebucht. Da ist kein Schwein auf dem Platz. Wirklich. Da wird uns niemand sehen. Das verspreche ich dir. Hoch und heilig.«

Natürlich waren wir nicht allein auf dem Platz. Als ich am ersten Abschlag ein paar Aufwärmübungen mache, kommt ein alter Mann, leicht nach vorne gebeugt, vorsichtig einen Fuß vor den anderen setzend, den Weg vom Clubhaus herauf geschlurft. Er lächelt uns freundlich zu, und mir ist auch sofort klar, was jetzt passieren wird. Er fragt, ob wir alleine spielen, und nachdem wir das bejahen, bietet er seine Begleitung an. »Allein über den Platz zu gehen ist ja immer ein bißchen langweilig.«

Selbstverständlich können wir ihm das nicht abschlagen. Wahrscheinlich brauchen wir mit dem Opa jetzt nicht vier, sondern sechs Stunden. Herrliche Aussichten. Michael läßt dem alten Herrn beim ersten Abschlag den Vortritt. Sein Schwung sieht aus, als hätte ihn eine plötzliche spastische Muskelkontraktion in der Magengegend erwischt. Daß er den Ball überhaupt trifft, ist ein Wunder. Der zischt dann auch schräg über das Gras und bleibt nach zwanzig Metern kurz vor einem Gebüsch im Rough liegen.

O Gott, denke ich. Wir werden nicht sechs, wir werden acht Stunden brauchen. Der ist ja noch schlechter als ich. Mein erster Abschlag hingegen kann sich wirklich sehen lassen. Vielleicht wird die Runde ja doch nicht so schlecht. Auch unser Opa wird langsam etwas besser. Er schlägt zwar unmögliche und relativ kurze Bälle, aber die Richtung stimmt, und sie landen Gott sei Dank nicht allzuoft in den Büschen.

Nach dem ersten Loch fragt er Michael, ob der nicht Lust auf ein Spielchen habe. Michael grinst über das ganze Gesicht. Klar hat er Lust. Bei so einem miserablen Gegner ist das keine Frage. Wie sich herausstellt, hat der alte Knabe Handicap 18.

»Aber die spiele ich zur Zeit nicht.«

Ja, das haben wir gesehen. Vielleicht sollte er mal ein paar Trainerstunden nehmen. Die Jungs einigen sich auf ein Lochspiel. Jedes verlorene Loch kostet hundert Mark. Das ist ganz schön heftig. Aber schließlich sind wir auf dem teuersten Golfplatz Norddeutschlands, und das Risiko hält sich bei dem Gegner ja offensichtlich in Grenzen.

Wenn wir nur ein bißchen aufgepaßt oder mitgedacht hätten, wir zwei Cleverles! Aber nein, wir sind voller Begeisterung ins offene Messer gerannt. Wir haben nur einen alten, gebrechlichen Mann gesehen, der sich kaum noch auf den Beinen halten konnte und miserables Golf spielte. Und genau das hat sich dann schlagartig geändert. Unser Opa wirkte auf einmal viel dynamischer. Die Schultern strafften sich, die Körperhaltung war plötzlich gerade und aufrecht, der schlurfende Gang wurde übergangslos durch einen energischen, weitausholenden Schritt ersetzt. Das Tempo verdreifachte sich. Der Mann verjüngte sich unter unseren Augen um mindestens zwanzig Jahre. Sein Abschlag an Loch zwei machte dann die Verwandlung perfekt. Mit dem Driver schaffte er mühelos zweihundertzwanzig Meter. Und sein Schwung? Wie aus dem Lehrbuch. Besser geht es gar nicht.

Michael war dann auch weiß wie die Wand. Und mir war schlecht. Schlecht vor Ärger über mich selbst. Wie hatten wir nur auf diesen uralten Trick reinfallen können? Auf dieser Runde, die keine acht und keine sechs und auch keine vier, sondern dreieinhalb Stunden dauerte, habe ich das seit langer Zeit beste Golf gesehen. Unser Opa spielte in der Tat keine 18, o nein, sein Handicap dürfte bei 10, wenn nicht sogar noch drunter gelegen haben. Michael allerdings war so wütend und frustriert, daß er immer schlechter wurde. Er gewann zwei und verlor neun Löcher. Sechs spielten sie par. Zum Schluß summierten sich seine Verluste auf stattliche siebenhundert Mark. Zähneknirschend hat er den Scheck ausgefüllt, den unser neuer Golffreund freundlich lächelnd entgegennahm.

»Es hat Spaß gemacht, mit Ihnen zu spielen. Leider kann ich Ihnen hier keine Revanche mehr anbieten, weil ich meine Clubmitgliedschaft gekündigt habe. Ich lasse nämlich gerade meinen eigenen Achtzehn-Loch-Platz bauen. Von Hamburg aus in circa zwanzig Minuten zu erreichen. Also, wenn Sie mal Lust haben, besuchen Sie mich ruhig dort. Der Platz wird in drei Monaten eröffnet.«

Mit diesen Worten entschwand er Richtung Clubhaus. Ein vitaler, älterer Herr, der wegen dringender geschäftlicher Termine leider keinen Kaffee mehr mit uns trinken konnte.

Michael ist stocksauer. Dreieinhalb Stunden hat er vor Wut gebebt. Hat ihn der Haß zerfressen. Ist ihm die Frustration in sämtliche Nervenbahnen gekrochen. Nur mit allergrößter Mühe hat er Haltung bewahrt. Und jetzt kann er nicht mehr. Mit einem lauten Urschrei schlägt er seinen neuen Achthundertneunzig-Mark-Schläger gegen die gelbe Herren-Abschlagbegrenzung. Es gibt einen häßlichen Knall, und dann fliegt der Schlägerkopf im hohen Bogen ins Rough. Wir beide stehen da wie angewurzelt. Michael sieht auf seine kopflose Wunderwaffe und ist fassungslos. Die Abschlagbegrenzung ist aus massivem Holz, sein Schläger aus Titan. Und Titan gilt als unverwüstlich.

»Scheiße, Scheiße, Scheiße!« brüllt er, läßt sich aufs Fairway fallen und schlägt mit der Faust auf den Boden.

»Ich bring ihn um. Dieses Schwein. Der hat uns komplett abgekocht, Pia. Der hat uns komplett verarscht. Diese miese Rumbolzerei am ersten Loch – alles Theater, alles simuliert. Der hat in dreieinhalb Stunden mal so eben siebenhundert Mark eingesackt. Steuerfrei. Und das auf meine Kosten.«

Während ich durch das Rough wate und den Schlägerkopf suche, versuche ich ihn zu beruhigen.

»Jetzt reg dich nicht so auf. Es ist nicht mehr zu ändern. Nimm es als Erfahrung. Eine Lektion, die dich viel Geld gekostet hat, aber die dir vielleicht auch etwas sagen soll.«

»Pia, ein Mann, der einen eigenen Achtzehn-Loch-Platz baut, ist steinreich. So ein Golfplatz kostet ein Vermögen. Der hat es doch nicht nötig, mich derart brutal abzuzocken.«

»Mein Gott, was glaubst du denn, warum der Knabe so reich ist. Unter einem Helfersyndrom leidet der ganz bestimmt nicht. Der nimmt den Leuten das Geld ab, wo er nur kann.«

Michael sitzt ganz blaß und bedröppelt im Gras und sieht aus, als brauche er dringend eine Bluttransfusion. Gott sei Dank finde ich wenigstens den Schlägerkopf wieder und drücke ihn Michael vorsichtig in die Hand.

»Jetzt laß uns gehn. Das mit dem Schläger ist nicht so schlimm, den lassen wir reparieren. Vielleicht geht ja was über die Garantie.«

Michael starrt ganz apathisch vor sich hin.

»Ich bring ihn um. Wenn der mir je wieder vor die Flinte kommt, bring ich ihn um. Das schwör ich dir.«

KAPITEL 18

Am Dienstagmorgen erwartet mich eine Überraschung im Büro. Auf meinem Schreibtisch liegt eine Tafel Schokolade. Vollmilch-Nuß. Meine Lieblingssorte. Cornfeld sitzt an seinem Schreibtisch und hat sich hinter dem Hamburger Abendblatt verschanzt.

»Morgen Doktorchen. Von wem ist denn die Schokolade?«

»Von mir.«

»Was? Das ist ja ganz was Neues. Wie hab ich mir denn solche Aufmerksamkeiten verdient?«

»Sie haben sich die Schokolade überhaupt nicht verdient. Ich befürchte nur, Sie werden sie brauchen.«

»Warum das denn?«

»Schokolade ist gut für die Nerven. Also, Sie holen sich jetzt am besten Ihren Kaffee, essen ein bißchen Schokolade, und dann erzähl ich Ihnen etwas.«

»Cornfeld, machen Sie doch nicht immer aus allem ein Rätselraten. Ihre Vorliebe für dramatische Auftritte geht mir langsam auf den Zeiger.«

Aber er besteht auf dem Ritual. Ich muß mir einen Kaffee holen, mich an meinen Schreibtisch setzen und Schokolade essen. Erst dann ist er bereit, mit seinen neuesten Rechercheergebnissen rauszurücken.

»Also. Sie haben mir doch erzählt, daß Dujack das Auto gehört, in das damals die kleine Tschechin eingestiegen ist. Richtig?«

»Richtig!«

»Nun, da hab ich mir gedacht, unser Herr Dujack könnte ja vielleicht auch etwas mit dem Frankfurter Rotlichtmilieu zu tun haben.«

»Cornfeld, wirklich nicht. Ich hab ja seinen Laden in Frankfurt gesehen. Der ist hochseriös. Glauben Sie mir. Und überhaupt: Haben Sie mir damals nicht gesagt, nicht jede tschechische Touristin muß gleich eine Nutte sein.«

»Ja, aber unser Herr Dujack hat gute Kontakte zu den Frankfurter Bullen, und als Spekulant ist er nicht gerade die Verkörperung hoher ethischer und moralischer Wertvorstellungen. Vielleicht spekuliert er ja nicht nur mit Immobilien?«

»Ja sicher, sondern auch noch mit kleinen Tschechinnen. Das sind doch nur Vermutungen. Dafür haben wir nicht den geringsten Beweis.«

»Doch.«

»Cornfeld, was heißt das? Was wissen Sie? Verdammt noch mal, machen Sie doch nicht immer alles so melodramatisch.«

»Also gut. Ich habe mit meinem Freund von den Bullen in Hannover telefoniert. Der hat sich totgelacht, als ich ihn nach Klaus Dujack gefragt habe. Er sagte, wir wären ja eine tolle Detektei, wenn wir nach zwei Wochen auch schon auf den gekommen wären. Ja und dann kam's. Dujack ist eine ganz große Nummer – auf dem Frankfurter Kiez. Mit Zuhälterei hat er angefangen. Aber mittlerweile schätzt die Polizei, daß er auch beim Drogenhandel und bei Autoschiebereien heftig mitmischt. Allerdings konnten sie ihm bisher nichts nachweisen.«

Jetzt bin ich wirklich geplättet. Ich brauche noch mehr Schokolade. Das ist ja ein Ding. Cornfeld beobachtet mich amüsiert, und ich habe langsam das Gefühl, daß er noch nicht sein ganzes Pulver verschossen hat. »Cornfeld, wieso weiß der Bulle in Hannover über Dujack Bescheid?«

»Gute Frage. Wirklich eine ganz hervorragende Frage.« Er grinst wie ein Honigkuchenpferd.

»Also, die Polizei in Hannover kam relativ schnell auf Dujack. Madame Bouché hatte in ihrer wilden Phase nämlich einen Beschützer. Der war zwar damals noch ein Anfänger, aber er hat seine Sache schon recht professionell gemacht.«

»Ich glaub es nicht. Dujack war ihr Zuhälter?«

»Exakt.«

»Es ist nicht zu fassen. Wenn ich nur daran denke, wie sich der Kerl aufgeführt hat, als ich ihm erzählt habe, daß Frau Bouché als Prostituierte gearbeitet hat. Dieses Entsetzen, diese moralische Entrüstung. Unglaublich. Der Typ ist doch wirklich das Letzte. Er hat die Frau auf den Strich geschickt und sie abkassiert. Und jetzt tut er so, als wüßte er von nichts. So ein Schwein.«

»Tja, Frau Petry, Sie sollten einmal Ihr Männerbild überdenken. Mit ein bißchen mehr Menschenkenntnis hätten Sie sich diesen netten Abend beim Italiener ja vielleicht ersparen können.«

»Da haben Sie vollkommen recht. Mit etwas mehr Menschenkenntnis hätte ich mir wahrscheinlich auch einen etwas fähigeren Assistenten ausgesucht.«

»Das ist ungerecht.«

»Stimmt. Ich nehme es zurück.«

Die Frage ist jetzt allerdings, ob wir diese Neuigkeit Isabelle mitteilen müssen. Natürlich habe ich keine Lust, sie mit solchen Informationen zu konfrontieren:

»Übrigens Frau Dujack, Ihr Vater ist ein Zuhälter, Drogendealer und Autoschieber. Und außerdem ist dieses Ungeheuer nicht nur Ihr Adoptivvater, sondern auch Ihr leiblicher Erzeuger. Auf diese Gene können Sie sich echt was einbilden.«

Ich bin sicher, sie wird vor Begeisterung im Dreieck hüpfen. Cornfeld stört das nicht im geringsten.

»Wir müssen sie informieren. Da kommen wir gar nicht drumherum. Schon um unter Beweis zu stellen, daß wir auch was tun für ihr Geld.«

»Doktorchen, eine solche Mitteilung grenzt an Körperverletzung. Mit so was müssen wir ganz vorsichtig sein.

Schließlich weiß man nie, welchen seelischen Schaden man da gerade anrichtet.«

»Ja, aber, Sie müssen trotzdem da anrufen. Vielleicht weiß sie es ja auch längst. Ich würde es Ihnen gerne abnehmen. Aber mich kennt sie nicht. Sie sind ihr Ansprechpartner, Sie sind ihre Vertrauensperson.«

»Ja, ja ich weiß. Aber heute ist wirklich kein guter Tag für so etwas. Morgen. Morgen ist besser. Morgen rufe ich sie an. Versprochen.«

Um weiteren Diskussionen aus dem Weg zu gehen, schnappe ich mir das Hamburger Abendblatt von Cornfelds Schreibtisch und beginne den Wirtschaftsteil durchzublättern.

»Wenn Sie etwas lesen wollen, hätte ich hier noch einen interessanten Artikel über Apalliker.«

Cornfeld legt mir einen ausgeschnittenen Zeitungsartikel auf den Tisch.

»Doktorchen, ich bin fit, was das Thema Apalliker anbetrifft. Ich glaube nicht, daß da etwas drinsteht, was ich noch nicht weiß.«

Wie immer widerspricht er mir. »Doch, ich glaube schon. Es könnte nämlich sein, daß Ihr Doktor Bayer demnächst seiner Wachkoma-Patientin Dujack den Hahn abdreht.«

»Wie meinen Sie das: den Hahn abdreht?«

»Nahrungsentzug. Er läßt sie verhungern.«

»Was?«

»Ja, wirklich. Sie sollten das mal lesen. Das ist echt pervers. Angeblich können Apalliker subjektiv nichts mehr erleben. Und damit kann man sie nach Meinung bestimmter Leute ruhig sterben lassen.«

»Aber das ist doch unmenschlich. Da machen doch die Angehörigen nicht mit.«

Cornfeld lächelt mich ironisch an. »Daran wurde natürlich auch schon gedacht. Seit 1992 dürfen in Großbritannien Ärzte Apallikern die Nahrung entziehen, wenn sie zu der Auffassung kommen, daß der Fall aussichtslos ist. Und das können sie – und jetzt kommt der Hammer –, ohne die Verwandten um Erlaubnis bitten zu müssen. Die machen das einfach nach Gutdünken. Das nennt sich dann passive Sterbehilfe.«

Ich bin schockiert. Sind die denn total übergeschnappt? Cornfeld und ich sind uns mal wieder einig in unserer Entrüstung und Betroffenheit. Das ist das Schöne an Doktorchen. Er regt sich über solche Schweinereien genauso vehement auf wie ich.

Nach diesem Adrenalin-Stoß brauche ich etwas Beruhigendes. Also beschäftige ich mich jetzt doch mit dem Wirtschaftsteil.

»Doktorchen, hier steht, daß die Harmann-Tochter Paperware plant, an die Börse zu gehen. Sie sind doch so ein kleiner Aktienspekulant. Interessiert Sie das?«

»Ja, vielleicht. Wann wollen die an die Börse?«

»Warten Sie mal. Die schreiben hier: ›. . . Der geplante Börsengang ist aber noch in weiter Ferne . . . Da müssen wir konstant gute Ergebnisse erzielen, sagte der Geschäftsführer Ludwig Schmidt, und das wird noch einige Zeit dauern . . .‹«

Cornfeld unterbricht mich genervt.

»So ein Quatsch. Sie planen einen Börsengang, wissen aber nicht, wann der stattfinden soll. Die Info ist doch echt für in Eimer.«

Doktorchen steht auf und geht in die Küche, um sich einen neuen Kaffee zu holen.

»Cornfeld, bringen Sie mir bitte einen Kaffee mit!« rufe ich hinter ihm her.

Er kommt mit zwei Bechern zurück, die er so vollgegossen hat, daß die braune Brühe bei jedem Schritt über den Becherrand schwappt. Während ich Cornfelds Eierlauf mit vollen Kaffeebechern beobachte, geht mir der Name Paperware nicht mehr aus dem Kopf. Paperware, Paperware ... Irgendwie kommt mir das bekannt vor. Paperware, das hab ich doch schon mal irgendwo gelesen. Plötzlich kommt mir eine Idee.

»Cornfeld, wo ist das Tagebuch von Simone? Dieses Schulheft?« Zielgenau angelt er das Teil aus dem Unterlagenchaos auf seinem Schreibtisch und reicht es mir rüber.

Am rechten unteren Rand auf dem hinteren Deckblatt steht es ganz klein: Paperware. Ich suche in meiner Zeitung hektisch nach dem Artikel und überfliege ihn noch einmal. Und dann finde ich es: »... Die Firma, die vor sechs Jahren gegründet worden ist, scheint auf dem richtigen Weg zu sein ...«

»Verdammt, diese Firma gibt es erst seit sechs Jahren.«

»Ja und. Stört Sie das?«

»Ja. Das stört mich ganz gewaltig. Und wissen Sie auch warum? Weil Simone vor acht Jahren gestorben ist.«

Cornfeld guckt richtig beeindruckt aus der Wäsche.

»Das ist ja ein Ding. Simone kann dieses Tagebuch gar nicht geschrieben haben. Zumindest kann sie nicht in dieses Heft reingeschrieben haben.«

Cornfeld hat vor lauter Begeisterung seinen Kaffee verschüttet und versucht, die sich schnell ausbreitende braune Soße mit einem Papier-Taschentuch einzudämmen.

»Pia, da fällt mir ein, diese Psychologin hat noch etwas ganz Interessantes gesagt. Sollte diese Tagebucheintragung tatsächlich ein Hinweis auf einen Mißbrauch sein, dann ist er geradezu lehrbuchmäßig verfaßt. Also da steht quasi alles drin, was den Verdacht auf einen sexuellen

Übergriff nahelegt. Und dann noch diese seltsam perfekte Rechtschreibung.«

»Das heißt, wer immer diese Eintragung gemacht hat, wollte uns Dujack als Kinderschänder verkaufen.«

»Sieht so aus. Ganz offensichtlich gibt es da jemanden, der ihn nicht sonderlich gut leiden kann und der ziemlich massives Geschütz auffährt . . . Aber um das leidige Thema noch einmal aufzugreifen: Müßten wir jetzt nicht doch Isabelle anrufen und sie über diese Fälschung informieren?«

»Cornfeld, ich sagte doch schon, morgen, morgen mach ich das. Morgen ist der bessere Tag für so was. Glauben Sie mir doch endlich.«

Gegen sechs verlasse ich das Büro. Kaum bin ich zu Hause, klingelt es an der Tür. Michael. Er kommt früher als verabredet. Damit habe ich überhaupt nicht gerechnet. Wie ein aufgescheuchtes Huhn rase ich durch die Wohnung und versuche mein Outfit mit ein paar Accessoires aufzumotzen. Noch mal Nase pudern ist nicht. Michael will vor dem Kino noch sein Auto waschen lassen. Und damit ist er heikel. Das duldet keinen Aufschub. Mit seiner Karre ist er fanatischer als jeder Mantafahrer. Er fährt einen breiten Reifen, wie er das gerne nennt. Darauf ist er ganz besonders stolz. Denn der breite Reifen hängt an einem Porsche Targa aus dem Jahr 1970. Zitronengelb mit viel Chrom sieht das Teil aus wie ein zu kurz geratenes Postauto. Wenn das Fenster auch nur einen Spalt offen bleibt, kann es passieren, daß die Leute ihre Briefe reinschmeißen. Michael findet die Farbe scharf. Mir ist das Ganze eher peinlich. Vor allem, wenn diese auffällige Schrottkiste mal wieder nicht anspringen will und wir in diesem leider funktionsunfähigen Oldtimer sitzen und uns die hämischen Kommentare der Passanten anhören dürfen.

Wie immer fahren wir zu Michaels Lieblings-Waschstraße. Da dürfen wir nämlich im Auto sitzen bleiben und können zusehen, wie der Wagen eingeseift, geschrubbt und trockengeblasen wird. Aber während Michael den Reinigungsprozeß seines Lieblings in vollen Zügen zu genießen scheint, wird mir immer angst und bange. Dieses unangenehme Gefühl, von riesigen Bürsten bedroht, von auf uns einprasselnden Wassermengen ersäuft und von dieser widerlichen Trockendüse zerquetscht zu werden, löst Panikgefühle in mir aus. Vielleicht liegt es auch nur daran, daß ich der Stabilität dieses Autos mißtraue und sekündlich mit einem Wassereinbruch rechne.

Doch dieses Mal soll ich keine Gelegenheit für meine üblichen Panikanwandlungen haben. Wir fahren in die dampfige Waschstraße ein, und die Fensterscheiben beschlagen von innen. Das tun sie immer, das ist nichts Neues, und sonderlich aufregend ist es auch nicht. Aber dann, direkt vor meinem Gesicht, wie von Geisterhand gemalt, erscheint auf einmal der Abdruck eines nackten Frauenfußes auf der Windschutzscheibe. Sprachlos stiere ich auf diese Erscheinung. Das war nicht mein Fuß. Sicher nicht. Ich habe Schuhgröße 40, und dieser Fuß paßt maximal in einen Schuh der Größe 38. Davon abgesehen, daß die anatomischen Besonderheiten eindeutig auf eine fremde Besitzerin schließen lassen. Außerdem wüßte ich auch gar nicht, bei welcher Gelegenheit mein Fußabdruck auf die Windschutzscheibe hätte kommen sollen.

Irgendwie begreife ich nicht so ganz, was ich da eigentlich vor mir sehe. Langsam drehe ich mich zu Michael um.

»Was ist das?«

Er ist mindestens so verdattert wie ich.

»Ein Fußabdruck.«

»Das seh ich auch. Wie kommt der da hin?«

»Das weiß ich doch nicht.«

Plötzlich fängt er an, laut zu lachen. »Mein Gott, ich hab's. Das war Ulli.«

Ulli ist der Kameraassistent von Michael, und der junge Mann hat Schuhgröße 44, mindestens.

»Ulli war das ganz bestimmt nicht«, schnauze ich Michael an.

»Nein, das meine ich ja auch nicht. Aber Ulli hatte den Wagen letzte Woche für zwei Tage. Er mußte eine Menge Zeug transportieren. Und da hat er wohl seine Freundin auf einen kleinen abendlichen Abstecher mit in den Wald genommen.«

»Du meinst, die haben es hier im Auto miteinander getrieben?«

Michael grinst amüsiert vor sich hin. »Dieser kleine Ganove, dem werd ich was erzählen. Das macht der nicht noch einmal. Das ist ja unglaublich.«

Damit hat er recht, das ist wirklich unglaublich.

KAPITEL 19

Kaum bin ich am nächsten Morgen im Büro, geht mir Cornfeld auch schon auf die Nerven.

»Sie müssen Isabelle Dujack anrufen, Frau Petry. Am besten gleich. Dann vergessen Sie es auch nicht.«

»Erst einmal hol ich mir einen Kaffee. Dann lese ich die Zeitung. Und dann, und wirklich erst dann, rufe ich Isabelle an.«

Diese Antwort paßt ihm gar nicht. Schmollend verschwindet er hinter seiner Zeitung. Da kann ich ihm jetzt auch nicht helfen. Ich sehe mich einfach außerstande, um neun Uhr morgens, wenn ich noch halbtot im Sessel hänge, wichtige Telefonate zu führen. Ich wäre ja um diese Zeit auch gern topfit und hellwach. Aber ich bin es nicht. Sorry.

Gerade als ich mich in einen Artikel über Drogenkuriere vertieft habe, klingelt das Telefon. Isabelle Dujack.

Cornleld taucht wieder hinter seiner Zeitung auf und grinst sein widerliches »Das-haben-Sie-jetzt-davon-Lächeln«.

Ich versuche, mir auf die Schnelle noch ein paar Punkte zu notieren, die ich mit Isabelle besprechen muß. Doch das ist gar nicht nötig, denn das, was sie mir erzählt, läßt mich mitten im Schreiben stoppen.

Isabelle ist der Meinung, daß sich mein Auftrag erledigt hat.

»Aber wieso das denn, Frau Dujack? Wir wissen doch immer noch nicht, ob und wenn ja, wer versucht hat, Ihre Mutter zu ermorden.«

»Ich weiß es leider, Frau Petry. Meine Mutter ist gestern gegen dreizehn Uhr gestorben.«

»Was? Woran denn?«

»Die Polizei vermutet, an einer Überdosis Insulin.«

»Dann hat sie jemand umgebracht.«

»Ja. So sieht es aus.«

»Wissen Sie, wer es war?«

»Mein Vater ist seit zwei Stunden auf dem Polizeipräsidium.«

»Du lieber Himmel. Wie kommen die denn auf Ihren Vater?«

»Ich weiß es nicht. Die Polizei sagte etwas von Vorstrafen und einschlägigen Kontakten zum kriminellen Milieu. Und daß er eine Verlobte hat, obwohl er noch immer verheiratet ist, hat denen auch nicht gefallen. Das ist ganz schön heftig. Meine Mutter wird ermordet, mein Vater als Krimineller hingestellt und unter Mordverdacht abgeführt. Im Moment ist mir das alles ein bißchen zu viel.«

»Es tut mir furchtbar leid, Frau Dujack. Kann ich Ihnen irgendwie helfen?«

»Ja, schreiben Sie die Abschlußrechnung. Der Fall ist für Sie erledigt.«

»Aber wollen Sie denn nicht, daß ich weitermache? Nach Entlastungsmaterial für Ihren Vater suche?«

»Das ist nett, aber mein Vater kann sich die besten Anwälte dieses Landes leisten. Die werden das jetzt in die Hand nehmen. Also schreiben Sie einfach eine Rechnung, und vielen Dank für Ihre Hilfe.«

Das war's. Sie hat aufgehängt.

Cornfeld platzt fast vor Neugierde. »Was ist los?«

Ich erzähle es ihm. Beide sind wir ratlos und schockiert. Irgendwie habe ich den Eindruck, Isabelle ist sauer auf uns. Bisher haben wir ja auch nicht gerade mit sensationellen Ergebnissen geglänzt.

»Überrollt. Plattgemacht. Aus der Kurve geschmissen«, sagt Cornfeld lakonisch. »Wir hatten die Geschichte nie wirklich im Griff. Ein lockeres Stochern im Nebel. Hier ein kleines Ergebnis, da eine winzige Information, nichts wirklich Bedeutendes.«

»Vielleicht aber doch. Vielleicht waren wir dem Täter ja schon auf der Spur?«

»Täter? Wieso Täter? Wieso reden Sie immer noch von einem anonymen Täter? Dujack ist der Mörder. Aber der hat ja so viele Freunde. Unter Frankfurter Polizisten und Hamburger Privatdetektiven zum Beispiel.«

Jetzt werde ich langsam sauer. »Cornfeld, wollen Sie mir den Tod von Frau Dujack in die Schuhe schieben. Soll ich jetzt daran schuld sein, weil ich Isabelle nicht rechtzeitig vor ihrem Vater gewarnt habe?«

Cornfeld zuckt nur mit den Achseln und sieht zum Fenster hinaus. »Ist ja auch egal. Auf jeden Fall haben wir unseren Auftrag nicht erfüllt. Wir haben nicht verhindert, daß der Mörder noch einmal zugeschlagen und seine Tat vollendet hat.«

»Mein lieber Cornfeld, unser Auftrag ist noch nicht abgeschlossen.«

»Und ob! Wir haben uns wie Amateure benommen und jetzt die Quittung dafür gekriegt. Der Auftrag hat sich erledigt. Ich schreib jetzt den Abschlußbericht und eine Abschlußrechnung.«

»Das können Sie tun. Und die nehm ich dann mit, wenn ich morgen nach Frankfurt fliege.«

Doktorchen mustert mich mit einem zutiefst mißmutigen Gesichtsausdruck.

»Was bitte wollen Sie in Frankfurt?«

»Unseren Fall aufklären, Cornfeld. Denn Sie können sagen, was Sie wollen, Dujack ist ein menschliches Schwein, zu Fleisch gewordene Scheiße, wenn Sie so wollen, aber er ist kein Idiot. Bei Gott nicht. An der Geschichte stimmt was nicht. Da bin ich mir sicher. Und das krieg ich raus. Verlassen Sie sich drauf.«

Mein Assistent hat absolut kein Verständnis für diese Idee.

»Das kostet uns einen Haufen Geld und bringt uns gar nichts. So etwas können wir uns im Moment nicht leisten«, lamentiert er.

Nachdenklich betrachte ich sein verstocktes Gesicht. Er sieht wirklich süß aus, wenn er sauer ist. Aber das ändert nichts an meinem Entschluß. Ich werde nach Frankfurt fahren.

»Cornfeld, buchen Sie mir einen Flug, oder muß ich das selber machen?«

»Ich buche Ihnen ganz bestimmt keinen Flug. Ich buche Ihnen eine Zugkarte zweiter Klasse und ein hübsches Hotel in Bahnhofsnähe. Damit Sie nicht so weit laufen müssen. Und die Taxifahrten sind hiermit auch gestrichen.«

»Sie sind ja nicht ganz dicht.«

»Wieso? Sie haben doch so ein hübsches Auto. Damit können Sie morgen doch ganz gemütlich zum Dammtorbahnhof fahren.«

»Doktorchen, da gibt es morgens keine Parkplätze.«

»Wenn sie früh genug dran sind, ist das überhaupt kein Problem. Und Sie sind früh dran. Ihr Zug geht um 6:36 Uhr.«

Er zwinkert mir triumphierend zu. Irgendwann erwürg ich diesen kleinkarierten Erbsenzähler.

Am nächsten Morgen klingelt mein Wecker um Punkt halb sechs. Mitten in der Nacht. Warum tue ich mir das bloß an? Ich möchte nur liegen bleiben. Aber der Wecker scheppert immer noch wie eine rostige Schiffsglocke und scheint von derlei Überlegungen nicht viel zu halten.

Gerade als ich mich entschlossen habe, meinen Körper langsam von der Horizontalen in die Vertikale zu verlagern, klingelt es an meiner Wohnungstür. Ein Wahnsinniger, denk ich. Ein total Bekloppter. Wer bimmelt um diese Uhrzeit seine Mitmenschen aus dem Schlaf? Wer wohl? Rebbelmeier. In einer alten, speckigen Jogginghose und einem schmuddeligen Unterhemd steht er vor der Tür.

»Herr Rebbelmeier, sind Sie verrückt geworden? Es ist halb sechs.«

»Aber Ihr Wecker klingelt doch schon seit einer Viertelstunde. Da dachte ich mir, Sie sind schon auf.«

»Dachten Sie das? Und jetzt wollen Sie mich darauf aufmerksam machen, daß das penetrante Bimmeln von Weckern um diese Tageszeit verboten ist.«

Rebbelmeier sieht mich mit großen Augen an. »Tatsächlich? Ist das so? Steht das in der Hausordnung?«

»Nein, das sollte ein Witz sein, Herr Rebbelmeier. Verstehen Sie. Ein Witz. Ha, ha, ha!«

»Ach so. Ja, wirklich sehr witzig, und das so früh am Morgen.« Er grinst wieder sein verschlagenes, kleines Lächeln, von dem ich nie weiß, ob es Ausdruck seines debilen Geisteszustandes oder seines miesen Charakters ist.

»Also, Herr Rebbelmeier, worum geht es. Ich habe nicht viel Zeit.«

»Ich habe eine Halskette gefunden, im Keller«, erzählt er mir mit verschwörerischer Flüsterstimme.

Ich deute mit dem Zeigefinger nach oben und frage ihn ebenfalls flüsternd, ob er schon die Tochter von Frau Hoppe aus dem dritten Stock interviewt hat.

Ja, er hat. Der gehörte zwar der grüne Slip, nicht aber diese Kette. Umständlich kramt er in der Hosentasche seiner Jogginghose herum. Und der Gedanke, womit er dort sonst noch so in Berührung kommt, versetzt meine Libido in eine Art Gefrierschock-Zustand.

»Ich hab sie hier irgendwo. Einen Moment, gleich hab ich sie.« Triumphierend hält er mir eine schwere Halskette aus Lapislazulisteinen unter die Nase. Die blauen Halbedelsteine sind in drei untereinander liegenden Reihen aufgefädelt. Vorne werden alle drei Fäden mit einer großen, goldenen Münze zusammengehalten. Das Schmuckstück ist wirklich wunderschön und sehr ausgefallen. Einen Moment überkommt mich die Versuchung, mich als

Besitzerin zu outen. Einfach so. Aber Rebbelmeier hat feine Sensoren und ist viel zu tricky, um sich von mir aufs Glatteis führen zu lassen.

»Auf der goldenen Münze ist vorne ein Männerkopf mit zwei Gesichtern.«

»Der Januskopf.«

»Genau, und auf der Rückseite ist ein Monogramm. Ein E und ein L. Das paßt aber auf niemanden hier im Haus.«

Er grinst mich hinterhältig an. So als wollte er sagen: »Und schon gar nicht auf Sie, liebe Frau Petry.«

»Tja, Herr Rebbelmeier, da kann ich Ihnen dann auch nicht weiterhelfen.«

»Vielleicht doch. Meinen Sie nicht, daß wir uns noch einmal über meine Mordtheorie unterhalten sollten?«

O nein. Nur das nicht.

»Herr Rebbelmeier, ich muß zum Dammtorbahnhof. Und zwar sofort. Wir reden ein anderes Mal darüber. Versprochen.«

Ehe er widersprechen kann, hab ich ihm die Tür vor der Nase zugeknallt. Wenn das so weiter geht, muß ich mir demnächst eine neue Wohnung suchen.

KAPITEL 20

Die Frau am Krankenhausempfang ist die gleiche wie beim letzten Mal. Ich begrüße sie so überschwenglich, als wären wir alte Bekannte, erzähle etwas von einem Termin mit Dr. Bayer und daß sie mich nicht anmelden müsse, da ich den Weg ja schon kenne. Wie selbstverständlich laufe ich an ihrem Glashäuschen vorbei und die Treppe rauf. So überrumpelt, macht sie dann auch keine Anstalten, mich aufzuhalten.

Die erste Hürde wäre genommen. Unter welchem Vorwand ich jetzt hier herumschnüffeln und Fragen stellen soll, ist mir allerdings noch nicht so ganz klar. Es wäre nicht schlecht, wenn ich mit der Krankenschwester sprechen könnte, die sich um Frau Dujack gekümmert hat. Die müßte mir doch eigentlich eine ganze Menge über diesen angeblichen Mord erzählen können. Mein Erinnerungsvermögen läßt mich nicht im Stich. Ich finde das kleine Zimmerchen, das mit dem leeren Bett noch trostloser aussieht, als ich es in Erinnerung habe. Aber von den Pflegerinnen ist weit und breit nichts zu sehen. Vielleicht sind die Mädels ja in der Mittagspause? Auf dem Weg zum Aufenthaltsraum kommt mir der Zufall zur Hilfe. Die Schwester, die ich suche, läuft mir auf der Treppe direkt in die Arme. Laut Namensschild an ihrem weißen Kittel heißt sie Gabi.

»Hallo Schwester Gabi, schön, daß ich Sie treffe. Können Sie sich noch an mich erinnern?«

Sie sieht mich einen Moment fragend an, als wüßte sie nicht genau, wo sie mich einsortieren soll und sagt dann: »Ja, doch. Sie sind diese Journalistin.«

»Genau. Und ich bin hier, weil ich immer noch an dieser Geschichte über Apalliker arbeite. Diesmal geht es um passive Sterbehilfe.«

»Passive Sterbehilfe? Wir hatten hier leider gerade einen Fall von aktiver Sterbehilfe!«

»Was?«

Der Satz ist ihr aus Versehen rausgerutscht, und erschrocken macht sie einen Rückzieher.

»Mehr kann ich Ihnen dazu nicht sagen.«

Sie versucht, an mir vorbei die Treppe runterzukommen. Aber ich versperre ihr den Weg. »Schwester Gabi, das können Sie nicht machen. Ich bin Journalistin. Sie können mir doch nicht so eine Information vor die Füße werfen und mich dann hängenlassen. Das ist unfair.«

Unsicher beobachtet sie mich aus den Augenwinkeln.

»Nun«, sagt sie zögernd, »es wird ja morgen sowieso in der Zeitung stehen.«

»Was, Schwester Gabi, was wird in der Zeitung stehen?«

»Unsere Komapatientin, die Frau Dujack, ist wahrscheinlich mit einer Überdosis Insulin getötet worden!«

»Was heißt wahrscheinlich?«

»Eine Überdosis können Sie im Blut des Patienten nicht so einfach nachweisen, da Insulin sehr schnell abgebaut wird.«

»Und wie kommen Sie dann darauf, daß es eine Überdosis war?«

Die Schwester atmet tief durch und sieht an mir vorbei an die Wand. Sie ist sichtlich genervt.

»Im Krankenhaus verbrauchen wir natürlich ziemlich viel Insulin. Daher werden die Medikamente kartonweise angeliefert. Als ich gestern morgen für Frau Dujack den Infusionstropf fertig machte, hab ich die letzte Flasche H-Insulin aus einem solchen Karton herausgenommen. Das heißt, danach hätten im Kühlschrank nur noch verschlossene Packungen stehen dürfen. Nach Frau Dujacks Tod haben wir aber festgestellt, daß einer der Kartons aufgerissen war und eine 10-ml-Flasche mit 400 Einheiten fehlte.«

»Kann das nicht eine der Schwestern gewesen sein?«

»Nein, das haben wir überprüft.«

»Und, haben Sie einen Verdacht?«

»Dazu kann ich nun wirklich nichts sagen.«

»Glauben Sie nicht, daß das auch morgen in der Zeitung steht?«

»Nein, das glaube ich nicht.«

Einen Moment passe ich nicht auf, und schon hat sie sich an mir vorbeigedrängt. Ich sofort hinterher. Sie läuft die Treppe runter und bleibt abrupt vor dem Schwesternzimmer stehen.

»Frau Petry, stimmt doch, Petry war Ihr Name, nicht?«

»Ja.«

»Frau Petry, ich habe Mittagspause und bin schon viel zu spät dran. Ich habe wirklich keine Zeit, mich noch länger mit Ihnen zu unterhalten. Davon abgesehen, weiß ich ehrlich gesagt auch nicht, was ich von dieser ganzen Geschichte halten soll. Ich will da keinen Fehler machen.«

Sie weiß eine Menge. Und natürlich findet Sie die ganze Sache auch rasend spannend. In Wirklichkeit platzt sie wahrscheinlich vor Mitteilungsbedürfnis, läßt sich aber von ihren Skrupeln ins Boxhorn jagen. Da muß ich ansetzen.

Also marschiere ich ungerührt hinter ihr her und weiche nicht von ihrer Seite. Außer uns beiden ist niemand im Schwesternzimmer. Der Raum ist vielleicht fünfundzwanzig Quadratmeter groß, mit einem großen, ovalen Tisch, zehn Stühlen und einer Menge Grünpflanzen ausgestattet. Eine Wand ist komplett mit Einbauschränken zugebaut. Auf einem Sideboard unter dem Fenster stehen eine halbvolle Kaffeemaschine und eine Schale mit Äpfeln und Süßigkeiten.

Schwester Gabi öffnet einen der Schränke. Einem braunen Rucksack, der am Boden steht, entnimmt sie eine Tupperware-Box. Dann sperrt sie den Schrank wieder zu und setzt sich an den Tisch. Und ich mich natürlich sofort daneben.

»Ist das Ihr Mittagessen?«

»Ja«, sagt sie knapp, macht ihre Dose auf und fördert

ein dickes Käsebrot zu Tage. Außerdem gibt es noch zwei in Alufolie gewickelte hartgekochte Eier.

»Guten Appetit.«

»Danke.«

Am liebsten würde ich sie bitten, mich mal beißen zu lassen. Bevor mein Magen einen geräuschvollen Aufstand macht, frage ich sie, ob ich mir einen Apfel aus der Schale auf dem Sideboard nehmen darf. Ich darf. So sitzen wir schweigend, kauend nebeneinander und hängen unseren Gedanken nach.

»An dem Tag, als die Frau, wie hieß sie gleich noch mal, Dujack . . .?«

Schwester Gabi nickt.

»Also, als diese Frau Dujack ermordet wurde, ist da irgend etwas Besonderes passiert?«

»Etwas Besonders passiert? Sie sind vielleicht lustig. Frau Dujack hat morgens geredet. Nicht die üblichen paar Wörter, die keiner verstanden hat. Sondern mehrere zusammenhängende Sätze. Sätze, die inhaltlich einen Sinn gemacht haben, wie ›Wo bin ich?‹, ›Warum bin ich hier?‹ und ähnliches.«

»Was heißt das?«

»Ich denke, sie ist aufgewacht. Und das haben die anderen auch gedacht. Das halbe Krankenhaus ist zusammengelaufen. Schließlich war das ja auch so etwas wie ein kleines Wunder.«

»Und, Frau Dujack ist die ganze Zeit bei vollem Bewußtsein gewesen?«

»Nein. Das nicht. Nach so einer langen Zeit im Koma wachen sie nicht schlagartig auf. Das geht ganz, ganz langsam. Die Patienten kommen für kurze Zeit zu sich und sind dann wieder bewußtlos. Man kann nur hoffen, daß die Wachphasen pro Tag immer länger werden. Bis der normale Wach-Schlaf-Rhythmus wieder funktioniert, kann es aber sehr lange dauern.«

Interessant. Von dieser ganzen Aufwach-Arie hat Isabelle Dujack überhaupt nichts erzählt.

»Haben Sie die Verwandten von Frau Dujack informiert?«

»Ja sofort. Die Tochter haben wir auch gleich erreicht. Ihren Vater allerdings nicht.«

»Kam Isabelle Dujack denn dann ins Krankenhaus?«

»Sicher. Sie ist gleich zu ihrer Mutter rauf ins Zimmer, aber da war die schon wieder weggetreten. Sie hat eine halbe Stunde gewartet, aber es passierte nichts mehr. Bevor sie ging, hat sie einer Kollegin die Handynummer ihres Vaters gegeben, so daß wir den auch benachrichtigen konnten. Er war dann auch relativ schnell da.«

Schwester Gabi hat mittlerweile ihre Stulle vertilgt und beißt herzhaft in ein Ei. Mit vollem Mund kann sie schlecht reden, also laß ich ihr eine kleine Pause. Als die Tür aufgeht und eine andere Krankenschwester ins Zimmer tritt, bekomme ich zunächst einen Schreck. Aber sie nickt uns nur kurz zu, holt sich eine Tasse Kaffee und setzt sich dann auch an den Tisch.

»Mahlzeit.«

»Mahlzeit«, antworte ich brav.

Schwester Gabi kann nicht antworten, die kämpft noch mit ihrem Ei. Ihre Kollegin heißt laut Namensschild Melanie, ist fast einsachtzig groß, spindeldürr und für ihre Figur mit einem viel zu großen Kittel bekleidet.

»Redet ihr über die Dujack?«

Da Schwester Gabi jetzt am zweiten Ei würgt, übernehme ich die Konversation.

»Ja, genau. Haben Sie von der ganzen Geschichte auch etwas mitbekommen?«

Die gute Melanie entpuppt sich als große Naive mit ausgeprägtem Mitteilungsdrang, als die Frau, die alles erzählt, vom Stöckchen aufs Steinchen kommt, Nebenhandlungen und unbedeutende Einzelheiten mit so viel Begeisterung und Aufwand zu berichten weiß, daß ich in einer Flut von Wörtern zu ertrinken drohe. Der Überblick über Zusammenhang und Bedeutung geht vollständig verloren. Differenzieren und bewerten ist nicht ihr Ding. Und auch mir fällt es immer schwerer, Wichtiges von Unwichtigem zu unterscheiden. Alles verschwimmt zu einem Brei aus Gehörtem, Erlebten und Reflektiertem, so daß ich am Schluß auch nicht mehr weiß, was die gute Melanie jetzt tatsächlich gesehen, gehört oder sich nur selbst zusammengereimt hat.

Sie berichtet voller Begeisterung und ganz genau, was sich an dem Morgen abgespielt hat. Mit exakten Zeitangaben und sämtlichen Nebengeräuschen. Das hat sie auch der Polizei schon alles mitgeteilt, und was die bisher recherchiert und rausgekriegt hat, ist ihr natürlich auch nicht entgangen.

»Der eine Polizist hat mir erzählt, daß der Dujack für die Polizei kein Unbekannter ist. Von wegen Immobilien und so. Der hat seine Finger in jedem lukrativen Drecksgeschäft, das derzeit in Frankfurt ausgebrütet wird. Das ist ein richtiger Schwerkrimineller, ein ganz großer Fisch. Aber die haben dem noch nie was nachweisen können. Nach außen hin immer die seriöse Fassade, immer eine saubere Weste. Aber jetzt hat er einen Fehler gemacht. Kaum ist die Frau aufgewacht, kriegt er es mit der Panik und donnert ihr 'ne Überdosis Insulin rein. Eigentlich ganz clever, weil so was ja kaum nachzuweisen ist. Aber die Geschichte mit der Packung hat ihm dann das Genick gebrochen. Da war er ein bißchen zu schnell. Aber trotzdem, ganz schon abgebrüht, hier einfach so reinzuschneien und die Frau am hellichten Tag ins Jenseits zu befördern. Seine Tochter war ja gleich raus aus der Sache. Die war nicht eine Minute allein mit ihrer Mutter. Bis die um kurz nach zwölf weg ist, war ich immer dabei. Der ihr Alibi ist absolut bombensicher . . .«

Und so geht das ohne Punkt und Komma immer weiter. Melanie ist eine Goldquelle, die das Edelmetall zusammen mit Dreck ausspuckt und mir das Aussortieren überläßt.

»Wissen Sie, ich bin ja eher der kommunikative Typ. Ich quatsch halt mit den Leuten«, sagt sie selbstgefällig.

Schwester Gabi, die ihre Mahlzeit beendet hat und die Tupperware-Box sorgfältig in ihrem Rucksack verstaut, beobachtet Melanie mit wachsendem Unmut. Offensichtlich wird ihr das Mitteilungsbedürfnis der Kollegin langsam zu viel.

»Melanie, die Frau ist Journalistin. Du weißt doch gar nicht, ob wir das alles erzählen dürfen. Außerdem redest du einen unglaublichen Blödsinn.«

Schwester Melanie schaut mich ganz erschrocken an. »Sie sind Journalistin?« Dann sieht sie Schwester Gabi an. »Ich erzähle Blödsinn?«

»Ja. Isabelle Dujack ist doch nicht kurz nach zwölf aus dem Haus gegangen.«

»Natürlich ist sie das. Sie hat mir die Handynummer von ihrem Vater gegeben und gesagt, sie gehe jetzt. Da war sie hier im Schwesternzimmer. Das können die anderen auch bestätigen. Und wenn du ausnahmsweise mal pünktlich Mittag gemacht hättest, dann müßten wir den Quatsch jetzt nicht diskutieren.«

»Unsinn. Um zehn nach zwölf bin ich hier den Gang entlanggekommen, das weiß ich ganz genau. Ich hab nämlich noch auf die große Uhr im Gang geschaut, weil ich eine halbe Stunde später einen Lactose-Test für einen Patienten vorbereiten mußte.«

»Ja und?«

»Nix ja und. Da hab ich die Isabelle die Treppe raufgehen sehen. Also die war eigentlich schon oben. Sie verschwand gerade hinter dem rechten Pfosten oben an der Treppe.«

»Ach, du spinnst doch. Die kam mit mir zusammen ins Schwesternzimmer, hat sich verabschiedet und ist dann abgehauen. Was auch immer du da oben auf der Treppe gesehen hast oder gesehen haben willst, die Dujack war's bestimmt nicht.«

Schwester Gabi sieht jetzt doch ein bißchen verunsichert aus. Ein Gefühl, das ich mit ihr teile. Denn eins ist klar, irgend etwas stimmt hier nicht.

»Tja, meine Damen, was heißt das jetzt? Ist sie die Treppe rauf oder runter gegangen?«

Die beiden Frauen sehen mich an, als realisierten sie erst jetzt, daß ich immer noch da bin.

Schwester Melanie steht auf und kommt langsam auf mich zu. Der leicht ärgerliche Zug um ihren Mund gefällt mir gar nicht. »Wieso haben Sie mir nicht erzählt, daß Sie Journalistin sind?«

»Sie haben mich nicht danach gefragt.«

Ich ziehe es jetzt auch vor, mich von meinem Stuhl zu erheben und vorsichtig den Rückzug in Richtung Tür anzutreten.

»Ich konnte Sie schlecht nach etwas fragen, was ich gar nicht wußte, oder? Weiß Dr. Bayer eigentlich, daß Sie hier herumschnüffeln?«

»Ja natürlich. Das habe ich alles mit ihm abgesprochen.«

»Tatsächlich? Was halten Sie davon, wenn wir jetzt einmal kurz zu ihm gehen.«

»Gar nichts. Äh, ich meine, das ist eine gute Idee. Ich würde wirklich gerne mitkommen. Aber leider hab ich jetzt gar keine Zeit mehr. Ich muß sofort weg. Termine. Sie verstehen.«

Wie von der Tarantel gestochen, schieße ich aus dem Zimmer und rase den Gang entlang. Gott sei Dank kommen die Schwestern nicht hinter mir her. Freundlich lächeln, ruhig atmen, nur nicht in den Laufschritt fallen, hämmert es in meinem Kopf, und mühsam versuche ich, meine Fluchtreflexe unter Kontrolle zu halten. An der Empfangsdame vorbei, kurzes Nicken, schönen Tag und bis bald. Nichts wie raus hier, bevor die mir wirklich noch Dr. Bayer auf den Hals hetzen.

Die Geschichte mit der Treppe geht mir nicht mehr aus dem Kopf. Im Hotel angekommen, setze ich mich sofort in die Lobby und versuche den Fall anhand meiner Aufzeichnungen zu rekonstruieren: Frau Dujack wacht morgens aus dem Koma auf und versetzt das ganze Krankenhaus in einen Freudentaumel. Isabelle eilt sofort an das Krankenlager der Frau Mama. Die hat sich in der Zwischenzeit aber schon wieder in ihren Dämmerschlaf verabschiedet. Für heute kein Anschluß mehr unter dieser Nummer. Also geht Isabelle wieder und hinterläßt die Handynummer von Big Daddy. Der kommt natürlich auch sofort an das Bett der Gemahlin und stellt fest, daß dieselbe gar keinen sonderlich aufgeweckten Eindruck macht. Als Schwester Gabi der schon halbtoten Frau die Insulinspritze geben will und feststellt, daß jemand den Karton aufgemacht und ein Fläschchen entwendet hat, steht Dujack seelenruhig daneben. Und wundert sich.

So eine Blödheit sieht dem Herrn eigentlich gar nicht ähnlich. Dujack wäre somit nicht nur ein Zuhälter, Dealer und Autodieb, er käme auch als Mörder in Frage. Wäre der geheimnisumwitterte Täter, dem ich erfolglos hinterhergehechelt bin. Das Ganze kommt mir ein bißchen arg simpel gestrickt vor. Ausgesprochen unbefriedigend, langweilig und so vorhersehbar. Der Böse ist der Böse, ist der Böse, ist der Böse ... Keine Grauschattierungen, keine Abstufungen, keine weichen Übergänge, nur ein hartes, langweiliges Schwarzweiß.

Was aber, wenn die liebe Isabelle die Treppe nicht runter, sondern raufgestiegen wäre. Was, wenn sie nicht nach Hause, sondern zurück ins Zimmer ihrer Mutter gegangen wäre. Dann finge die Geschichte an, interessant zu werden, denn dann wäre Isabelle die Mörderin, die Frau, die den Tauchsieder in die Badewanne geworfen und die Überdosis H-Insulin injiziert hätte.

Das hieße aber auch, daß sie eine Detektei beauftragt hätte, hinter ihr selbst herzuschnüffeln. Oder sollten wir auf eine falsche Fährte gehetzt werden? Waren wir von Anfang an dazu ausersehen, ihren Vater ans Messer zu liefern? Dann wäre diese ganze Rückführungsarie eine pure Erfindung gewesen. Eine gut inszenierte Schmierenkomödie. Ein Vorwand, um mich engagieren zu können.

Mir schwirrt der Kopf. Das ist verdammt kompliziert und kaum zu glauben. Isabelle ist mir ja noch nie sonderlich sympathisch gewesen. Sie war mir immer zu kühl, zu distanziert, zu sehr von oben herab. Aber wenn meine Theorie stimmt, dann ist sie ein Monster. Und das glaub ich nun auch wieder nicht.

KAPITEL 21

Aufgeregt renne ich zu Fuß in den fünften Stock. Mein Hotelzimmer ist klein, spärlich möbliert, aber sauber. So etwas wie Gemütlichkeit oder Wohlfühlen ist nicht beabsichtigt.

Cornfeld hat sich diesmal wirklich Mühe gegeben, das günstigste Preis-Leistungs-Verhältnis unter Berücksichtigung eines zivilisierten Mindeststandards zu finden. Aber immerhin. Er lernt dazu. Ich schmeiß mich auf mein Bett, schnapp mir das Telefon und ruf ihn an.

»Detektei P-Quadrat, Cornfeld, guten Tag.«

»Hallo Doktorchen, ich hab Neuigkeiten . . .«

»Ich auch«, fällt er mir ins Wort, »wir haben einen neuen Auftrag.«

»Ehrlich?«

»Ja! Mal wieder das Übliche. Ehemann glaubt, daß Ehefrau fremdgeht. Wahrscheinlich hat er nur ein Potenzproblem und sieht Gespenster. Aber der Auftrag lohnt sich. Überwachung rund um die Uhr.«

»Super. Und wer ist dann im Büro?«

»Sie.«

»Ich kann nicht. Ich muß noch hierbleiben.«

»O nein«, stöhnt Cornfeld, »das wird mir echt zu viel. Ich habe die ganze Nacht nicht gepennt. Bei meinen Nachbarn war Party angesagt, und ich mußte noch ein Seminar für die Uni vorbereiten.«

»Jetzt fangen Sie nicht an rumzujammern. Hätten Sie nicht diesen blöden Assistentenjob bei Ihrem Prof. angenommen, müßten Sie jetzt nicht auch noch Seminare vorbereiten.«

»Würden Sie mich besser bezahlen, . . .«

Auf die Leier hab ich jetzt gar keinen Bock. Ungeduldig unterbreche ich ihn und erzähle ihm von meiner Krankenhausaktion. Die Treppe-rauf-Treppe-runter-Geschichte spare ich mir allerdings bis zum Schluß auf.

»... Die eine Schwester sagte, daß Isabelle kurz nach zwölf das Krankenhaus verlassen habe. Die andere behauptete, genau um die Zeit Isabelle oben auf der Treppe gesehen zu haben.«

Ich warte auf seine Reaktion. Nichts passiert.

»Cornfeld, schlafen Sie schon?«

»Nein.«

»Fällt Ihnen nichts auf?«

»Ja schon, aber auf Zeugenaussagen ist doch nie Verlaß. Jeder sieht was anderes. Das kennen wir doch«, doziert er gelangweilt.

»Überlegen Sie doch mal. Vielleicht haben ja beide recht.«

»Wie soll das denn gehen?«

Genervt schnaufe ich durch die Nase. Seine Begriffsstutzigkeit ist wirklich unglaublich.

»Doktorchen, stehen Sie doch mal kurz auf.«

»Nein! Ich sitze nicht auf der Leitung. Jetzt erklären Sie mir gefälligst, worauf Sie hinauswollen.«

»Ganz einfach. Um zwölf Uhr ist Mittagspause. Um, sagen wir mal, zehn nach zwölf verabschiedet sich Isabelle im Schwesternzimmer. Da hat sie ein prima Forum für ihr Abschiedszeremoniell. Alle kriegen mit, daß die Dujack jetzt nach Hause geht. Gut fürs Alibi. Leider gibt es einen Nachzügler. Und das ist die liebe Schwester Gabi. Und die sieht, was eigentlich keiner mitkriegen sollte. Isabelle geht nicht die Treppe runter, sondern rauf. Zurück zur Adoptivmama.«

»Und warum das ganze Theater?«

»Sagen Sie es mir.«

»Nein, das glaube ich nicht. Warum sollte sie so etwas tun? Das macht doch keinen Sinn.«

»Aber es ist möglich. Sie hat der Schwester die Handynummer ihres Vaters gegeben. Das heißt, sie wußte wahrscheinlich, daß der relativ schnell im Krankenhaus auftauchen würde. Sie war die ganze Zeit mit Schwester Melanie zusammen und verabschiedet sich von der coram publico. Dann fährt sie aber nicht nach Hause, sondern geht zurück in das Zimmer ihrer Mutter und verpaßt ihr die Überdosis.«

»Aber das ist doch alles unglaublich riskant.«

»Wieso, die Schwestern sind in der Mittagspause, die werden nicht so schnell wieder auftauchen. Und außerdem würde ich mal davon ausgehen, daß sie in Panik war. Denn wenn sie ihre Adoptivmutter umgebracht hat, dann weil sie Angst hatte, daß die was ausplaudern könnte.«

»Und wie ist sie aus dem Krankenhaus rausgekommen?«

»Frau Dujack liegt schon seit Jahren auf der Station. Ich bin sicher, Isabelle kennt sich da bestens aus. Die wußte genau, wie sie ungesehen verschwinden kann.«

»Aber wenn das stimmt, was Sie gerade erzählen, dann hätte sie nicht nur ihre Mutter umgebracht, sondern auch versucht, den Mord ihrem Vater in die Schuhe zu schieben ...«

»Genau, und da hätten wir eine Parallele zum Tagebuch.«

Cornfeld muß unser Telefonat unterbrechen, weil gerade ein anderes Gespräch hereinkommt, könnte ja ein Auftrag sein.

Frustriert sitze ich in meinem Hotelzimmer und platze

fast vor Mitteilungsbedürfnis. Mir fällt nichts Besseres ein, als Michael anzurufen. Die Story muß ich jetzt einfach los werden. Wie üblich werde ich enttäuscht.

»Michael ist im Kopierwerk«, erklärt mir Ulli, der Kameraassistent. »Und so wie es aussieht, kommt der heute auch nicht mehr ins Büro.«

Hätte ich mir ja denken können. Ich mach noch ein bißchen Small talk mit Ulli und leg dann auf. Cornfelds Leitung ist immer noch besetzt. Wenn der so lange quasselt, ist es bestimmt wieder privat. Ich bin frustriert. Gerade als ich die Minibar nach einem alkoholischen Stimmungsaufheller durchsuche, fällt mir auf einmal wieder die Story mit dem Fußabdruck auf Michaels Windschutzscheibe ein. Wie fremdgesteuert gehe ich zum Telefon zurück und wähle noch einmal Michaels Nummer.

»Ulli?«

»Ja.«

»Ulli, ich habe einen Ohrring verloren. Eine goldene Kreole. Es könnte sein, daß mir das Teil in Michaels Auto abhanden gekommen ist.«

»Ja?«

»Du hattest den Wagen doch letzte Woche für ein paar Tage. Ist dir da vielleicht so ein goldener Ohrring über den Weg gelaufen?«

»Ich hatte den Wagen letzte Woche? Du meinst den Porsche?«

»Ja sicher.«

»Pia, wie kommst du denn darauf. Du weißt doch, die Karre ist heilig. Das Auto dürfte ich noch nicht mal fahren, wenn Michael zwei Promille hätte.«

»Da muß ich mich wohl verhört haben. Ich dachte, du hättest irgend etwas damit transportieren müssen.«

»Mit dem Porsche etwas transportieren? Michaels

Golfbag vielleicht. Den Krempel, den ich durch die Gegend schleppe, kriegst du doch nicht in den Porsche rein. Kameraausrüstung, Stativ, Licht usw. Ne, wirklich nicht. Ich fahr die Kiste nicht. Würde ich freiwillig nie tun. Gibt nur Ärger.«

Tja, da sitze ich jetzt in meiner Frankfurter Nobelherberge, in meinem gemütlichen, kleinen Zimmerchen und krieg einen Tobsuchtsanfall nach dem anderen. Die Geschichte war mir ja gleich komisch vorgekommen. Aber ich hatte ihm die Story abgekauft, um mich nicht mit der Wahrheit konfrontieren zu müssen. Und jetzt gibt es kein Ausweichen mehr, jetzt haben sie mich mit der Nase draufgestoßen. Ob ich Ulli noch mal anrufe und ihn frage, ob Ursula zufällig Schuhgröße 38 hat. Nein, das tue ich nicht. Erstens weiß er es wahrscheinlich gar nicht, und zweitens wüßte ich auch gar nicht, wie ich meine Frage erklären sollte.

Langsam wundere ich mich über mich selbst. Keine Tränen, keine Verzweiflung, kein Selbstmitleid. Das ist wirklich interessant. Ich bin nur wütend, wahnsinnig wütend, aber kein bißchen unglücklich. Sollte das so etwas wie ein Fortschritt sein? Hat der Ablösungsprozeß endlich eingesetzt? Ist so viel zerdeppert und atomisiert worden, daß nichts mehr übriggeblieben ist, was noch weh tun könnte? Unglücklichsein ist ein Scheißgefühl. Wut hingegen hat etwas ausgesprochen Befreiendes. Und irgendwie verspür ich auch so etwas wie Genugtuung. Die Genugtuung, daß er jetzt zu weit gegangen ist, die Genugtuung, daß das Maß voll ist, daß das Faß überläuft und ich keine Verlassensängste mehr habe. Was aber hochkocht, sind Rachegefühle. Das war dein letzter Streich, lieber Michael. Die nächste Sauerei richte ich an, und du wirst das Schwein sein, das zum Schluß am Haken hängt. Verlaß dich drauf.

Das Telefon klingelt. Cornfeld hat sein Dauertelefonat beendet.

»Mit wem haben Sie denn so lange gequatscht?«

»Mit unserem neuen Klienten. Er wollte wissen, ob ich schon weitergekommen bin.«

»Und, sind Sie?«

»Nein. Was ist los? Sie klingen so genervt.«

»Ich bin nicht genervt. Also, wo waren wir eben stehengeblieben?«

»Bei Isabelle Dujack. Angeblich ...«

»Was heißt hier angeblich. Wenn Sie zu verpennt sind, um meiner Argumentation folgen zu können, sollten wir das Gespräch lieber morgen fortsetzen.«

»Ja, aber ...«

»Cornfeld! Ich kann es nicht mehr hören. Ihr verdammtes ›ja, aber‹ hat uns noch nie weitergebracht. Was wir brauchen sind Fakten, Ergebnisse, Resultate. Verstehen Sie? Wir müssen Fragen beantworten und nicht ständig welche stellen.«

»Mann, sind Sie sauer. Was ist passiert? Mit wem haben Sie telefoniert?«

»Das geht Sie gar nichts an.«

»Michael, stimmt's?«

»Lassen Sie mein Privatleben da raus.«

»Das würde ich ja gerne. Aber wenn Sie mich unter Ihren, von Ihrem heiligen Privatleben verursachten Launen leiden lassen, geht mich das sehr wohl etwas an.«

»Mein Gott, wo haben Sie denn gelernt, so komplizierte Sätze zu bilden?«

»Pia Petry, jetzt sagen Sie mir endlich, was los ist.«

»Man hat mich geärgert.«

»Wer?«

»Wer wohl?«

»Michael?«

»Ja.«

»Gut. Passen Sie auf. Sie lassen sich jetzt ein schönes, heißes Bad einlaufen, legen sich da rein und meditieren ein bißchen. Das beruhigt die Nerven.«

»Tolle Idee. Da müßte ich dann das gesamte Badezimmer unter Wasser setzen und es mir in der Duschwanne gemütlich machen.«

»Okay. Okay. Ich hab verstanden. Soll ich Sie morgen früh wieder anrufen?«

»Ja.«

»Darf ich Ihnen noch eine gute Nacht wünschen?«

»Nein! Und jetzt tschüs.«

Als am nächsten Morgen das Telefon klingelt, denk ich zuerst, die Rezeptionistin will mich wecken. Aber die ist es nicht, es ist Cornfeld.

»Hallo, hallo! Geht es uns heute morgen ein bißchen besser?« säuselt er mir ins Ohr.

»Ja, ein bißchen.«

»Die Sonne scheint, die Vögel zwitschern, und es sollen heute über 28 Grad werden.«

»Arbeiten Sie jetzt für den Wetterdienst?«

Cornfeld lacht.

»Nein, für die Telefon-Seelsorge.«

Das finde ich jetzt auch ganz lustig.

»Doktorchen ...«

»Ja, Pia?«

»Ich glaub, ich komme heim. Das wird hier nichts mehr. Es interessiert mich auch nicht mehr. Es bezahlt uns ja sowieso kein Schwein.«

Vom anderen Ende der Leitung ist nichts zu hören.

»Sind Sie noch da?«

»Ja. Eigentlich hatte ich gedacht, Sie könnten doch noch einmal bei diesem Kinder- und Jugendheim vorbeischauen, in dem Isabelle früher gelebt hat.«

»Oh, nein. Was soll ich denn da?«

»Nun, in dieser Familie ist keiner das, was er zu sein vorgibt, nicht? Vielleicht sollten wir einfach mal an die Wurzeln dieser obskuren Familie gehen. Back to the roots, sozusagen. Vielleicht gibt es ja noch mehr Leute, die ein Faible für geheimnisvolle Doppelleben haben.«

»Verdank ich diesen Vorschlag Ihrer Eingebung, oder haben wir irgendwelche Indizien, die einen solchen Waisenhausbesuch nahelegen?«

»Nein, wir haben nur männliche Intuition, gepaart mit messerscharfer Logik.«

»So etwas gibt es nicht, Doktorchen.«

»O doch, nur so etwas gibt es.«

KAPITEL 22

Und, was ist das Ende vom Lied? Ich fahre zu diesem doofen Waisenhaus. »Waisenhäuser gibt es nicht mehr«, hatte mich Cornfeld am Telefon belehrt. »Seit Ende des Zweiten Weltkriegs spricht man von Kinder- und Jugendheimen.« Auch gut. Also fahre ich jetzt zu dem Kinder- und Jugendheim in der Niederräder Landstraße. Mit öffentlichen Verkehrsmitteln, versteht sich. Wie ich das liebe.

Ich habe überhaupt kein Gefühl für diese Geschichte. Ich weiß nicht, was ich da machen, wen ich interviewen und was ich überhaupt fragen soll. Tolle Ausgangssituation. Wahrscheinlich kann sich kein Schwein mehr an Isabelle Dujack erinnern. Es ist dreizehn Jahre her, daß

Simone mit Papa und Mama im Schlepptau da auf getaucht ist und Isabelle von ihrem Waisenkind-Dasein befreit hat. Die Leute, die damals dort gearbeitet haben, sind wahrscheinlich gar nicht mehr da, haben andere Jobs, sind pensioniert oder längst vermodert. Für einen kurzen Moment habe ich größte Lust auszusteigen, mich ins nächste Café zu setzen und Cornfeld eine Geschichte vom Pferd zu erzählen.

Keiner mehr da, keiner kann sich erinnern, die Geschichte ist hiermit totrecherchiert. War 'ne tolle Idee, Cornfeld, hat leider nicht geklappt.

Aber dann bleib ich doch in der Trambahn sitzen und fahre weiter einem ungewissen Schicksal entgegen. Vielleicht hätte ich ja in meiner alten Firma bleiben sollen. Wenn ich mir's recht überlege, war der Job eigentlich gar nicht so übel. Ich saß immer im Warmen, bekam regelmäßig mein Gehalt, und von dem Essen in der Kantine ist mir in vier Jahren auch nur zweimal schlecht geworden. Manchmal haben Langeweile und Routine auch etwas für sich. Zuviel Adrenalin ist ungesund, und ständige Aufregung kann sich nachteilig auf die Lebenserwartung auswirken. Bei Gelegenheit sollte ich wirklich noch einmal über die Vorteile des Angestelltendaseins nachdenken.

Widerwillig klettere ich aus der Tram. Natürlich pflegen öffentliche Verkehrsmittel nicht da zu halten, wo ich es gerne hätte. Also darf ich jetzt den nächstbesten Passanten anhauen und nach der Niederräder Landstraße fragen.

Unterwegs beschleicht mich langsam das Gefühl, im falschen Film gelandet zu sein. Die Gegend sieht überhaupt nicht nach Waisenhaus aus. Große, alte Villen, dezent versteckt hinter mächtigen Bäumen, auf schwer einsehbaren, riesigen Grundstücken. Wohl nicht so ganz das richtige Ambiente für unser Aschenputtel-Drama. Aber auch in vornehmen Gegenden gibt es das eine oder andere mißlungene Ergebnis architektonischer Schaffenskraft. Also mache ich mich auf einen häßlichen Kasten inmitten dieser Gründerjahrevillen gefaßt, umgeben von tristem Beton, eingefaßt von hohen, mit Stacheldraht gekrönten Zäunen.

Und dann stehe ich vor zwei alten, wunderschönen und aufwendig renovierten Villen. Die eine weiß, die andere gelb. Mir ist sofort klar, daß Cornfeld, dieser Depp, mir die falsche Hausnummer gegeben hat. Das kann es ja wohl nicht sein. Fehlt nur noch der Rolls vor der Tür. Wenn Isabelle hier gelebt hat, dann hat sie sich kaum verbessert. Sie ist von einem Luxusschuppen in den nächsten umgezogen.

Ich beschließe, mir das Ganze aus der Nähe anzusehen. Auf der Rückseite des einen Hauses finde ich ein Schild, das die beiden Villen eindeutig als Kinder- und Jugendheim ausweist.

Cornfeld hat sich also nicht geirrt. Soll ich jetzt einfach reinmarschieren und nach Isabelle fragen?

»Können Sie sich noch an das niedliche, kleine, blonde Mädchen erinnern, das vor dreizehn Jahren hier herumgelaufen ist?«

Die erklären mich doch für bescheuert. Dann kommt mir eine Idee. Und das ist auch gut so. Denn plötzlich steht eine junge, sehr resolut aussehende Frau vor mir und will wissen, was ich hier eigentlich zu suchen hätte.

»Ja, wissen Sie, das ist etwas kompliziert, und ein bißchen verrückt ist es auch.«

Sie sieht mich mißtrauisch an. »Geht es um eins der Kinder?«

»Nein, beziehungsweise ja. Also passen Sie auf. Ich habe

eine Freundin, Isabelle Dujack. Die war vor circa dreizehn Jahren hier und ist dann adoptiert worden. In drei Wochen wird sie heiraten. Und wir, also ihre Freunde und ich, wir wollen eine Überraschung für sie vorbereiten.«

»Schön, und was hat das mit unserem Heim zu tun?« fragt die Frau unwirsch.

»Also, wir wollen – aber jetzt lachen Sie mich bitte nicht aus – also wir wollen ein Video drehen. Wissen Sie, so eine Art Zusammenfassung ihres bisherigen Lebens. Die wichtigsten Leute werden interviewt, auch Freunde, die sie schon lange nicht mehr gesehen hat oder die mittlerweile im Ausland leben. Verstehen Sie?«

Sie schaut jetzt schon ein bißchen gnädiger aus der Wäsche. »Ja, das ist eine nette Idee.«

»Sehen Sie«, rufe ich begeistert, »Sie finden es auch gut. Das freut mich.«

Jetzt hab ich sie schon wieder irritiert.

»Aber was hat das alles mit dem Heim zu tun?«

»Oh, das ist doch klar. Sie hat hier gelebt, und hier hat das wichtigste Ereignis ihres Lebens stattgefunden. Ihre jetzigen Adoptiveltern kamen und haben sie zu sich nach Hause geholt. Das ist doch toll.«

»Ja, das kann ja sein. Aber wie wollen Sie das denn in Ihrem Video zeigen?«

»Also, ich denke, wir filmen das Haus von außen und vielleicht ein paar Räume von innen, wie zum Beispiel den Essensraum oder den Aufenthaltsraum. Und dann wäre es natürlich ganz toll, wenn wir noch jemand finden könnten, der damals hier im Haus gearbeitet, Isabelle gekannt und die ganze Geschichte vielleicht sogar live miterlebt hat. Verstehen Sie? Der so ein bißchen was erzählen kann: was für ein Kind sie war, und wie das damals so mit der Adoption abgelaufen ist . . .«

Die Frau unterbricht meinen begeisterten Redefluß. »Was Sie da wollen, ist nicht so einfach. Das muß ja alles organisiert werden. Wann wollen Sie das Video denn drehen?«

»Ich mache jetzt quasi die Vorrecherche. Dazu müßte ich natürlich auch mit der entsprechenden Person reden, die dann nachher in dem Video etwas sagen soll. Und wenn das alles geklärt ist, könnten wir einen Termin ausmachen. Dann würde ich mit meiner Videokamera vorbeikommen.«

Sie ist jetzt schwer verunsichert und weiß überhaupt nicht, wie sie mit meinem Ansinnen umgehen soll.

»Kommen Sie doch bitte mit rein. Das müssen wir ja nicht hier zwischen Tür und Angel besprechen.«

Eine halbe Stunde lang quassel ich in ihrem Büro auf sie ein. Sie heißt Martina Martens, ist erst seit kurzem Leiterin des Heims und lebt in der ständigen Angst, etwas falsch zu machen. Ihre Beförderung begreift sie als große Chance, die ihr ein gnädiges Schicksal zugespielt hat. Wie viele Frauen glaubt sie, ihre Position nicht aufgrund ihres Könnens und ihrer Fähigkeiten verdient zu haben, sie hält sich vielmehr für einen Glückspilz, der zu unverdienten Ehren gekommen ist.

Ich muß ihr klarmachen, daß mein Anliegen harmlos und sehr persönlich ist. Daß sie keinen Fehler macht, wenn sie mir hilft. Scheinheilig werfe ich meinen gesamten Charme in die Waagschale und rühre an ihre Schwestergefühle. Ganz nach der Devise: Wenn Frauen schon ständig diskriminiert werden, sollten sie wenigstens zusammenhalten. Ich ersäufe sie in einem Meer aus Bitten, Erzählungen und emotionalen Appellen. Überziehe sie mit einem undurchdringlichen Zuckerguß aus penetranter Freundlichkeit und kalkulierter Anbiederung. Chancenlos treibt sie auf den von mir verursachten Gefühlswellen und sieht erstaunt ihre Argumente am Horizont verschwinden. Nach exakt fünfunddreißig Minuten gibt sie auf. Ich habe sie geschafft.

»Nun, Frau Petry. Dann will ich mal nicht so sein. Wenn Sie mir versprechen, daß diese Videoaufnahmen den Tagesablauf im Heim nicht stören und rein privaten Zwekken dienen, können wir das schon machen.«

Ich strahle sie mit meinem schönsten Zahnpasta-Lächeln an. »Oh, toll, das ist wirklich ganz lieb von Ihnen.«

Verlegen wehrt sie ab. »Das ist ja kein so großer Aufwand.«

»Könnte ich mir denn einmal die Räume ansehen, die für die Filmaufnahmen in Frage kämen?«

»Ja, sicher.«

Umständlich schaltet sie ihren PC aus und kramt einen riesigen Schlüsselbund aus der obersten Schreibtischschublade.

Der Rundgang durch das weitläufige Haus dauert fast eine Stunde.

Frau Martens ist stolz auf ihr Vorzeigeheim, und detailverliebt beschreibt und erläutert sie die Renovierungs- und Umbaumaßnahmen der letzten zehn Jahre. Die Vorteile der kleinsten Besenkammer werden noch ins rechte Licht gerückt, und auch vor dem Speicher und den Kellerräumen macht sie nicht halt. Restlos geschafft sitze ich nach dieser Sight-Seeing-Tour in ihrem Büro.

»Das war eine eindrucksvolle Führung. Vielen Dank. Die Räume sind wirklich ideal zum Filmen. Hoch und hell. Jetzt bräuchte ich nur noch jemanden, den ich interviewen kann, der Isabelle Dujack noch gekannt hat?«

Frau Martens, die sich wieder hinter ihrem Schreibtisch

niedergelassen hat, sieht nachdenklich an mir vorbei aus dem Fenster.

»Vielleicht könnte Ihnen die frühere Heimleiterin weiterhelfen. Sie ist allerdings über siebzig und schon pensioniert.«

»Wie heißt sie?«

»Löhbauer, Roswitha Löhbauer. Warten Sie mal. Ich habe hier irgendwo ihre Telefonnummer. Vielleicht haben wir ja Glück und sie ist zu Hause. Sie müssen aber laut mit ihr reden, sie ist ein bißchen schwerhörig.«

Frau Löhbauer ist tatsächlich daheim. Die Heimleiterin erklärt ihr kurz, worum es geht, und drei Minuten später habe ich sie selbst an der Strippe.

»Hallo, Frau Löhbauer. Mein Name ist Petry. Ich bin eine Freundin von Isabelle Dujack. Können Sie sich noch an Isabelle erinnern?« brülle ich ins Telefon.

»Sie heißen Petra, das ist aber nett. Ein schöner Name. Aber Petra, sie müssen nicht so laut schreien, ich bin doch nicht schwerhörig.«

Das fängt ja prima an.

»Frau Löhbauer, ich heiße Petry, Pia Petry. Können Sie sich noch an Isabelle Dujack erinnern?

»Petra, ich hab Ihren Namen schon verstanden. Sie müssen nicht ständig alles wiederholen. Ich bin vierundsiebzig und nicht hundert. Und komplett verkalkt bin ich auch noch nicht.«

»Ja natürlich. Entschuldigen Sie. Sagt Ihnen der Name Isabelle Dujack etwas?«

»Aber selbstverständlich. Es ist zwar schon sehr lang her. Aber an das Mädchen kann ich mich noch gut erinnern. Die vergißt man nicht so leicht. Geht es ihr gut?«

»Ja, es geht ihr ausgezeichnet. Sagen Sie mal, wissen Sie noch, wie das mit Isabelles Adoption war?«

Am anderen Ende der Leitung bleibt es seltsam still. Keine Reaktion.

»Frau Löbbauer, haben Sie mich verstanden?«

»Ja«, antwortet sie genervt. »Lassen Sie mich doch mal einen Moment überlegen. Eine alte Frau ist doch kein D-Zug. Was weiß ich, ob ich Ihnen das überhaupt erzählen darf.«

»Ich bin eine alte Freundin von ...«

»Das hatten Sie schon gesagt. Aber am Telefon möchte ich mich nicht dazu äußern. Tut mir leid.«

»Darf ich Sie dann vielleicht besuchen?«

Wieder dauert es eine Ewigkeit, bis sie reagiert.

»Ja, meinetwegen. Frau Martens soll Ihnen erklären, wie Sie zu mir kommen. Ich wohne ganz in der Nähe des Heimes.«

Bevor sie auflegt, kann ich noch ein »Wann wäre es Ihnen denn recht?« in den Telefonhörer brüllen. Was mit einem barschen »Na jetzt, wann denn sonst«, beantwortet wird.

Nachdem ich das Gespräch beendet habe, sitze ich etwas verwirrt vor Frau Martens. Die sieht mich erwartungsvoll an.

»Frau Löhbauer ist doch wirklich eine grandiose alte Dame, nicht wahr?«

»Ja und so resolut.«

Wir müssen beide lachen.

»Frau Martens, könnten Sie mir noch sagen, wie ich zu Frau Löhbauer komme?«

»Natürlich.«

Sie schreibt die Adresse auf einen Zettel, den ich gedankenverloren einstecke. Ihrer Wegbeschreibung höre ich nur mit halbem Ohr zu. Irgendwie habe ich das Gefühl, daß es noch eine wichtige Frage gibt, die ich unbedingt stellen müßte. Ich komme aber nicht drauf. Die Heimleiterin begleitet mich bis zur Haustür. Ich verabschiede mich, wir schütteln uns die Hände, und ich gehe langsam die Treppe hinunter. Da fällt es mir ein. Frau Martens steht noch an der Tür. Ich nichts wie zurück, die Treppe wieder rauf.

»Frau Martens, wer ist eigentlich die Mutter von Isabelle?«

Sie lächelt mich nachsichtig an. »Liebe Frau Petry, selbst wenn ich es wüßte, würde ich es Ihnen nicht sagen. Das fällt unter den Datenschutz.«

»Haben Sie sich verlaufen? Sie haben ja eine Ewigkeit gebraucht«, herrscht mich Frau Löhbauer an, als ich endlich vor ihrer Tür stehe. Ihre kleinen, dunklen Augen funkeln angriffslustig. Mir fällt nichts Besseres ein, als ihr die Pralinenschachtel unter die Nase zu halten, die ich auf dem Weg noch schnell besorgt habe. Eine fadenscheinige Ausrede für mein Zuspätkommen. Denn natürlich hat sie vollkommen recht, ich habe mich verlaufen. Sie nimmt die Pralinen gnädig entgegen und führt mich durch einen dunklen Korridor in ein nicht wesentlich helleres, mit schweren, dunklen Holzmöbeln eingerichtetes Wohnzimmer. Ihre rechte Hand deutet auf einen der vier Sessel, die um den Couchtisch herum gruppiert sind. Ich setze mich.

»Möchten Sie etwas trinken?« fragt sie in diesem barsch autoritären Ton, der die erfahrene, von antiautoritären Erziehungszielen gänzlich unbeleckte Heimleiterin verrät. Aber bevor ich antworten kann, grenzt sie ihr Getränkeangebot erst einmal ein.

»Ich könnte Ihnen einen Tee bringen. Wäre das recht?« Jetzt lächelt sie zum ersten Mal und zeigt eine Reihe blendendweißer Zähne, die zu perfekt sind, um echt zu sein.

»Tee wäre gut«, antworte ich brav, mich ganz in die mir anscheinend zugedachte Klein-Mädchen-Rolle einfindend.

»Sie müssen ein bißchen lauter und deutlicher reden, Frau Petry. Dieses Genuschel kann doch kein Mensch verstehen«, fährt sie mich an. Gequält lächelnd nicke ich ihr zu und wünsche sie insgeheim zum Teufel.

Auf dem Tablett, das sie aus der Küche holt, befinden sich zwei Tassen Tee, Zucker, Milch und zwei kleine Silberlöffel. Der Tee ist eiskalt, und der Zucker läßt sich nicht mehr darin auflösen. Mühsam versuche ich meinen Ärger zu verbergen. Am liebsten würde ich ihr die Pralinen wieder abnehmen und dieses gastliche Haus verlassen. Sie aber läßt mich nicht aus den Augen. Ihr Gesicht, das mit unzähligen Linien, Fältchen und Furchen durchzogen ist, könnte einem fast sympathisch sein, wenn da nicht diese verräterische Mimik wäre, die zwischen vorsichtig taxierend und lauernd oszilliert. So als spiele sie ein Spiel mit mir und wolle austesten, ob ich die Regeln auch kenne. Während ich lustlos in der Teetasse herumrühre, erzähle ich die Geschichte von den angeblich geplanten Videoaufnahmen und frage noch einmal nach den näheren Umständen von Isabelle Dujacks Adoption. Frau Löhbauer blickt gedankenverloren in ihre Teetasse und läßt sich Zeit mit der Antwort.

»Dieser Herr Dujack hat sie adoptiert. Ein unsympathischer Kerl. Kennen Sie ihn?«

»Nein, äh, ja doch. Ich glaube, ich habe ihn einmal kurz getroffen. Das ist aber schon länger her.«

»Ah ja«, sagt sie gedehnt, zeigt mir ihre schneeweißen Jacketkronen und versinkt wieder in der besinnlichen

Betrachtung ihrer Porzellantasse. Sie denkt gar nicht daran weiterzureden. Lächelnd rührt sie in ihrem Tee und wartet darauf, daß ich ihr jeden Satz einzeln ans der Nase ziehe. Den Gefallen tu ich ihr nicht.

»Er war Isabelles leiblicher Vater, wußten Sie das?«

Sie schnappt nach Luft, wie ein Fisch auf dem Trockenen. »Woher wissen Sie das?«

»Von ihm, er hat es mir erzählt.«

»Was? Und bei uns hat er damals so einen Zirkus gemacht. Keiner sollte wissen, daß er der leibliche Vater ist. Da wurde er fuchsteufelswild. War ihm wohl peinlich, das Kind so lange im Heim gelassen zu haben.« Jetzt kommt sie langsam in Fahrt. »Da er mit der Mutter nicht verheiratet war, mußte er für Isabelle ein Adoptionsverfahren beantragen. Stellen Sie sich das mal vor. Für das eigene Kind. Ganz schön verrückt. Aber ihm hat das gut in den Kram gepaßt. So konnte er sich dann nämlich als Wohltäter aufspielen ...«

Auf einmal wird mir ganz flau im Magen. Mein Gott bin ich blöd. Plötzlich wird mir etwas klar, was ich schon viel früher hätte erkennen müssen.

»Frau Löhbauer, ist die Adoptivschwester von Isabelle, die Simone, ist die je in dem Heim gewesen?«

Sie sieht mich irritiert an. »Eine Schwester? Nein, ich hab immer nur mit diesem Dujack zu tun gehabt. Sonst war nie jemand hier.«

Mir bricht regelrecht der Schweiß aus. Diese ganze süßliche Geschichte von der Schwester, die sich im Heim die eigene Adoptivschwester ausgesucht hat, ist pure Erfindung. Simone hat nie einen Fuß in dieses Haus gesetzt. Das hätte mir damals beim Italiener schon auffallen müssen, als rauskam, daß Dujack Isabelles Vater ist. Es war ja von Anfang an klar, welches Kind adoptiert werden würde. Simone hatte nie eine Wahl, Simone war nie hier. Warum aber hat mir Isabelle dieses Märchen vom trauten Schwesternglück aufgetischt? Weil es das in Wirklichkeit nie gab?

»Frau Löhbauer, kam Isabelle eigentlich gut mit den anderen Kindern im Heim klar? War sie beliebt?«

»Beleibt? Nein, wie kommen Sie denn darauf, sie war immer ein sehr dünnes Kind. Sie war nie dick.«

Ich versuche es noch einmal. »Ich wollte eigentlich wissen, ob sie mit den anderen Kindern gut zurechtkam? Ob die anderen Kinder sie mochten?«

»Seltsam, daß Sie das fragen. Isabelle war ein schwieriges Kind, hochintelligent und hochsensibel. Sie wollte immer im Mittelpunkt stehen, immer von allen geliebt werden.«

»Na ja. Wollen wir das nicht alle?«

Sie lächelt ein süffisantes Spitzmaullächeln, das mir wohl meine egomane Unzulänglichkeit verdeutlichen soll.

»Es hat mich wirklich gewundert, daß Sie gesagt haben, es geht ihr gut«, antwortet sie in ihrem besserwisserischen Tonfall. »Ich hätte gedacht, daß sie diese Schwierigkeiten nicht so schnell überwinden, daß sie auch als Erwachsene damit Probleme haben würde.«

»Womit?«

»Mit diesem Jähzorn, mit dieser unglaublichen Wut, die sie bei der kleinsten Zurücksetzung gepackt hat, und mit der sie so gar nicht umgehen konnte. Aber vielleicht hat sie ja eine Therapie gemacht. Das hab ich zumindest ihrem Vater damals sehr ans Herz gelegt.«

»Was hat sie denn gemacht, wenn sie wütend war?«

Frau Löhbauers Augen verengen sich zu schmalen Sehschlitzen, hinter denen das pure Mißtrauen lauert. Ich warte einen Moment, dann hake ich nach. »Haben Sie meine Frage verstanden?«

»Ja«, antwortet sie einsilbig.

»Wollen Sie es mir nicht sagen?«

»Ich kenne Sie doch gar nicht, und wenn das mit dem Video stimmt, dann wollen Sie ja wohl kaum, daß ich irgendwelche Horrorgeschichten über Isabelle erzähle. Der Film soll doch lustig und unterhaltsam sein. Oder nicht?«

»Doch, natürlich soll er das. Aber ich muß Ihnen ehrlich sagen, mit diesem Jähzorn hat sie leider immer noch Probleme. Als Freundin versucht man solche Geschichten ja immer zu verharmlosen und sucht irgendwelche Erklärungen. Aber vielleicht ist die Sache ja ernster, als ich dachte.«

Mein Gott, hoffentlich hab ich die Kurve jetzt gekriegt. Wenn sie mir nur nicht abspringt. Aber ihr Mitteilungsbedürfnis ist größer als ihre Vorbehalte.

»Ja, das hab ich auch immer gesagt. Es ist wirklich ein Drama. Dieses Kind. So hübsch, so intelligent und so bösartig. Sie hat in ihrem Jähzorn Sachen gemacht, die sich mit ihrer Intelligenz gar nicht vereinbaren ließen. Irgend etwas hat dann bei ihr ausgesetzt, und sie hat blindlings zugeschlagen. Ohne zu überlegen. Aber eins sag ich Ihnen gleich, das bleibt jetzt unter uns. Das sag ich nicht vor Ihrer Videokamera.«

»Nein, natürlich, das ist ganz klar. Mich interessiert das ja auch nur, weil ich ihre beste Freundin bin, und vielleicht kann ich ihr ja helfen.«

»Da werden Sie sich schwertun. Ehrlich gesagt, war ich heilfroh, als ihr Vater sie endlich abholte. Ich hatte ständig Angst, daß noch mal was Schlimmes passiert.«

»Was?«

»Also, das bleibt jetzt aber wirklich unter uns.«

»Großes Ehrenwort.«

»Sie hat mal einem Kind Feuerzeugbenzin auf den Pullover geschüttet und dann versucht es anzuzünden. Gott sei Dank funktionierte das Feuerzeug nicht, und das Kind konnte sich losreißen und weglaufen. Stellen Sie sich so etwas mal vor. Ich kann Ihnen sagen, die Geschichte hat mich damals eine Menge schlafloser Nächte gekostet.«

»Sind solche Sachen öfter passiert?«

»Ja, schon. Aber die waren dann nicht so schlimm, nicht so gravierend. Isabelle hat da ein Problem. Oder hatte. Ich hoffe, sie hatte.«

Auf dem Weg zum Hotel lasse ich das Taxi an einer Buchhandlung halten. Daß Frau Löhbauer Isabelle schon im zarten Alter von sechs Jahren für therapiereif gehalten hat, läßt mir keine Ruhe. Außerdem war mir während der Fahrt wieder diese Karteikarte eingefallen, auf der die Heilpraktikerin »Verdacht auf Borderline« vermerkt hatte. Vielleicht gibt es da ja einen Zusammenhang. Borderline scheint der Schlüssel zu Isabelles verquerem Verhalten zu sein. Und ich möchte jetzt endlich wissen, was es damit auf sich hat.

Vom Hotel aus rufe ich sofort Cornfeld an. Mein kurzer Ausflug in die Buchhandlung war nämlich ein voller Erfolg. Und meinen Informationsvorsprung werde ich Cornfeld jetzt unter die Nase reiben. Die Gelegenheit, ihn mal so richtig auf den Pott zu setzen, darf ich mir auf keinen Fall entgehen lassen. Nachdem es viermal geläutet hat, nimmt er endlich ab.

»Hallo, Cornfeld, haben Sie eigentlich zwischenzeitlich rausgekriegt, was dieses Borderline-Syndrom ist?«

»Ja. Liegt schon auf Ihrem Tisch.«

Schade. Wo ich doch so gerne mit meinem neu erworbenen Wissen angegeben hätte.

»Haben Sie denn Parallelen zu Isabelle Dujack entdeckt?«

»Ja und nein. Aber vielleicht sollten wir das Ganze mal von Anfang an durchgehen. Ich lese Ihnen kurz vor, was ich recherchiert habe ...«

Mein Versuch, ihn zu unterbrechen, mißglückt. Er quatscht einfach weiter.

»... Borderline-Syndrome definiert sich als durchgehendes Muster von Instabilität im Bereich der Stimmungen, der zwischenmenschlichen Beziehungen und des Selbstbildes. Es gibt acht unterschiedliche Kriterien, von denen fünf erfüllt sein müssen, damit man von einem Borderline-Syndrom sprechen kann.«

»Cornfeld, das ist ja sehr detailliert. Aber die Frage ist doch, hat Isabelle dieses Syndrom oder nicht?«

»Das versuche ich ja gerade herauszufinden. So gut kenne ich die Frau nicht, um das auf die Schnelle beurteilen zu können. Da müssen Sie mir schon helfen.«

»Menschen mit Borderline-Syndrom verfügen über keine stabile Persönlichkeit, neigen zu Wut- und Freßanfällen, saufen und finden kaum Freunde«, antworte ich ihm, wie aus der Pistole geschossen.

Doktorchen lacht. »Oberflächlich betrachtet, ja. Aber wir wollen doch nicht oberflächlich sein, oder?«

»Nein, wir suhlen uns mal wieder in Problemen.«

»Gut, ich kann es auch lassen.«

Seine Stimme klingt dermaßen sauer, daß ich jetzt doch lieber einen etwas versöhnlicheren Ton anschlage.

»Na gut, dann erzählen Sie es mir halt.«

»Ich mache es so kurz wie möglich. Also erstens: Die

zwischenmenschlichen Beziehungen von solchen Leuten sind sehr intensiv und gekennzeichnet durch einen Wechsel zwischen Überidealisierung und Abwertung. Trifft das auf die Dujack zu?«

»Nicht daß ich wüßte.«

»Okay. Zweitens: Sie zeichnen sich durch eine gewisse Impulsivität bei mindestens zwei der im folgenden genannten Fälle aus: Sex, Geld ausgeben, Substanzmißbrauch – damit sind Drogen gemeint –, Ladendiebstahl, rücksichtsloses Fahren und Freßanfälle.«

Über die Antwort muß ich nicht lange nachdenken.

»Sie raucht wie ein Schlot, bunkert zu Hause fast fünfhundert Paar Schuhe und hat mich mit ihrem Porsche beinahe über den Haufen gefahren.«

»Sehr gut. Der nächste Punkt sind ausgeprägte Stimmungsänderungen.«

»Sie meinen, ob sie launisch ist?«

»Ja.«

»Das ist sie.«

»Dann hätten wir die Unfähigkeit, Wut zu kontrollieren.«

»Kann sie nicht. Das hat bis jetzt noch jeder gesagt.«

»Hat sie mal mit Suizid gedroht oder mal versucht sich umzubringen?«

»Weiß ich nicht.«

»Dann hätten wir hier noch: Andauernde Identitätsstörungen im Bereich Selbstbild, bei der sexuellen Orientierung, bei der Art der Freunde, bei persönlichen Wertvorstellungen und langfristigen Zielen, wie Ausbildung und Beruf.«

»Sie hat die Ausbildung abgebrochen und, soweit ich weiß, keinen Beruf. Cornfeld, war es das jetzt?«

»Noch nicht ganz. Zwei Punkte habe ich noch. Chronisches Gefühl der Leere und Langeweile sowie das verzweifelte Bemühen, ein reales oder mögliches Alleinsein zu verhindern.«

»Na ja. Eigentlich trägt sie ständig einen gelangweilten Gesichtsausdruck zur Schau. Ob sie Angst vor dem Alleinsein hat, kann ich ihnen aber nicht sagen. Sind wir jetzt durch?«

»Ja. Nach allem, was wir jetzt wissen, besteht bei Isabelle ein begründeter Verdacht auf das Borderline-Syndrom.«

Cornfeld klingt ganz salbungsvoll. Aber bevor er mir mit dem Wort zum Sonntag kommt, fällt mir ein, daß ich ja noch einen Joker im Ärmel habe.

»Sagen Sie Cornfeld, die Geschichte mit Ihrer Doktorarbeit, stimmt die eigentlich, oder haben Sie die erfunden?«

»Wie kommen Sie denn darauf?«

»Ach, nur so. Ich dachte eigentlich, wer so verpennt durch die Gegend läuft wie Sie, na ja, der ist eigentlich nicht unbedingt für akademische Hochleistungen prädestiniert.«

»Wollen Sie mich jetzt ärgern, oder was?«

Unbeirrt stänkere ich weiter. »Machen Sie sich nichts draus! Ich kann Sie beruhigen. Sie sind nicht allein in der Welt des Schwachsinns und der drögen Dumpfbacken. Es gibt zwei Idioten in dieser Firma. Und einer davon bin leider ich.«

»Könnten Sie mal auf den Punkt kommen? Wenn's geht ohne verbale Entgleisungen.«

»Wir haben etwas übersehen, mein Lieber.«

»Das habe ich auch schon begriffen.«

»Da Herr Dujack der leibliche Vater von Isabelle ist, stand von Anfang an fest, welches Kind adoptiert werden sollte. Und damit können wir die Mär von der lieben

Simone, die sich ihr Adoptivschwesterlein im Waisenhaus aussucht, ins Reich der Phantasie verbannen. Da gehört diese rührselige Tränendrücker-Arie nämlich hin. Und das, mein akademisch hochdekorierter Herr Doktor Cornfeld, hätte uns schon viel früher auffallen müssen, nicht wahr?«

Ich bin hochzufrieden mit mir. Von Cornfeld ist erst einmal nichts zu hören. Ich hoffe, er richtet jetzt eine innerliche Metzelei an und zerfleischt sein Selbstbewußtsein in tausend Stücke. Aber schneller als erwartet, hat er sich von dem Tiefschlag wieder erholt. Und wie üblich agiert er nach der bewährten Taktik: Angriff ist die beste Verteidigung.

»Wer ist eigentlich die Mutter von Isabelle Dujack?«

»Datenschutz«, antworte ich ihm lakonisch. »An die Info komme ich nicht ran.«

»Was genau, liebe Frau Petry, haben Sie eigentlich konkret in diesem Heim – Sie waren doch in diesem Heim . . .?«

»Ja.«

»Also, was genau haben Sie da rausgekriegt?«

»Das hab ich Ihnen doch gerade erzählt.« Er schnauft entrüstet durch die Nase. »Ist das alles? Mehr haben Sie nicht in Erfahrung gebracht?«

»O doch. Das hätte ich jetzt fast vergessen, Isabelle hat mal versucht, ein anderes Kind mit einem Feuerzeug anzuzünden, und die damalige Heimleiterin hat gesagt, daß Isabelle Zurückweisungen nicht ertragen habe. Solche Frustrationen hat sie mit gewalttätigen Übergriffen kompensiert.«

»Gut, das wäre also ein weiteres Indiz für die Borderline-Theorie.«

»Die Heimleiterin hat Herrn Dujack damals sogar geraten, Isabelle in eine Therapie zu schicken.«

»So wie ich Dujack einschätze, hat der das bestimmt nicht gemacht. Seine Tochter eine Irre. Auf dem Ohr war der garantiert taub.«

»Das glaub ich auch. Aber was bedeutet das für unseren Fall? Vielleicht hat sie ja dieses Borderline-Syndrom. Okay. Sie hat Zurückweisungen nicht sonderlich gut vertragen, war launisch, wußte nie, was sie eigentlich wollte, hat bei Streß überreagiert. Schön. Hat sie deshalb versucht, ihre Adoptivmutter umzubringen?«

»Vielleicht. Vielleicht war die ja nicht sonderlich nett zu ihr. War ja nicht ihre eigene Tochter. Das wäre möglich. Aber warum hat sich Simone dann umgebracht?«

»Und wer hat Frau Bouché ermordet, wer hat das Tagebuch gefälscht?«

»Wer hat Frau Dujack die Überdosis verpaßt?«

Wir sind ratlos. Es ergibt einfach kein Bild. Da ist kein Motiv, kein logischer Zusammenhang. Zumindest können wir keinen erkennen. Betreten schweigen wir uns am Telefon an. Überflutet von Informationen, in denen wir langsam zu ersaufen drohen.

»Doktorchen, ich komme mir vor wie bei der Stasi. Die sind auch in einem Wust von Informationen erstickt. Vor lauter Observieren, Intrigieren und Infiltrieren sind die gar nicht mehr zu ihrer eigentlichen Arbeit gekommen. Irgendwann geht der Überblick verloren.«

»Ja, aber manchmal ist nur eine ganz kleine Information nötig, eine winzige Bemerkung, ein kümmerlicher Hinweis, und plötzlich setzen sich die ganzen Teile zu einem vollständigen und logischen Bild zusammen. Verstehen Sie?«

Mir schwant Grauenvolles.

»Cornfeld, haben Sie zufälligerweise eine Vorstellung, wie wir an diese kleine Winzinformation kommen sollen?«

»Ja!«

»Das hab ich befürchtet.«

»Das Waisenhaus . . .«

»Kinder- und Jugendheim, bitte.«

»Also das Kinder- und Jugendheim . . .«

»Da war ich schon, da geh ich nicht wieder hin. Das Thema hat sich erledigt.«

»Nicht ganz, liebe Pia. Wir müssen wissen, wer die richtige Mutter ist. Die Mama. Verstehen Sie – la mama. Das ist unsere Schlüsselinformation. Da bin ich mir ganz sicher.«

»Und wo finden wir die?«

»In der Niederräder Landstraße.«

»Glaub ich nicht.«

»Doch, doch. Haben die da PCs?«

»Ja. Aber Sie können sicher sein, daß die nicht dreizehn Jahre alte Fälle auf ihren PCs gespeichert haben, mein lieber Cornfeld.«

»Aber irgendwo müssen die doch sein . . . Frau Petry!«

»Ja.«

»Sie wissen nicht zufällig, wo diese Akten sein könnten?«

»Nein.«

»Frau Petry!«

»Nein, wirklich nicht.«

»Wie kommt es nur, daß ich Ihnen das nicht glaube.«

»Weiß ich nicht.«

»Pia, jetzt kommen Sie schon, wo sind die Akten?«

»Im Keller.«

»Wo? Ich habe Sie nicht verstanden.«

»Im Keller!« brüll ich ihm ins Ohr.

KAPITEL 23

Ich wollte nicht. Ich wollte wirklich nicht. Ich habe mich mit Händen und Füßen gewehrt. Ehrlich. Ich habe alle Argumente vorgebracht, derer ich habhaft werden konnte. Aber ich habe verloren. Haushoch. Cornfeld hat so lange auf mich eingeredet und mir den Mund wässerig gemacht, bis ich die Möglichkeit eines Einbruchs in Erwägung gezogen habe. Denn im Keller dieses Kinder- und Jugendheimes liegt der Stein der Weisen, der goldene Schlüssel zu unserem Fall, sagt Doktorchen. Diesmal hatte eben er ein Kribbeln in den Beinen, eine Gänsehaut im Nacken und ein Jucken in der Nasenspitze.

Also werde ich wohl in den sauren Apfel beißen. Heute nacht findet mein erster Einbruch statt. Irgendwann verliert jeder mal seine Unschuld.

Das Projekt »Waisenhaus-Bruch« fängt leider im wahrsten Sinne des Wortes beschissen an. Als ich mich vorsichtig über den gepflegten Rasen in Richtung einer der beiden Villen schleiche, höre ich plötzlich ein ungutes Schmatzgeräusch unter meinem rechten Schuh. Frische, hellbraune, sahnigweiche Hundescheiße.

»Gottverdammter Mist ...«, fluche ich leise vor mich hin. Der Gestank steigt mir unangenehm in die Nase. Angeekelt versuche ich den Hundedreck von meinem Schuh zu wischen. Tolles Waisenhaus, die haben hier sogar Schmusehunde für die Kinder. Welch ein Luxus. Ich habe als Kind zehn Jahre erfolglos wegen eines Hundebabys gebenzt. Meine Eltern hatten einfach keine Lust, sich neben drei Kindern auch noch einen Köter an den Hals zu hängen. Während ich noch über süße, kleine Welpen nachdenke, schießt mir plötzlich ein äußerst unangenehmer Verdacht durch den Kopf. Was, wenn die schnuckeligen Hundileins ausgewachsene bissige Wachhunde sind? Pitbulls oder Dobermänner, die hier frei durchs Gelände streifen, immer auf der Suche nach einer saftigen Arschbacke. Worauf hab ich mich da bloß eingelassen? Ich bin dabei, eine strafbare Handlung zu begehen, das ist schon aufregend genug, aber Körperverletzung, speziell meine eigene, ist in dem Abenteuerpackage nicht vorgesehen.

Zurück, denk ich, ich muß auf die Straße zurück. Das geht aber nicht, weil gerade ein Mann auf das Tor zukommt und es geräuschvoll aufsperrt. Ich sprinte hinter den nächsten Baum. Der Kerl marschiert über den Kiesweg zum Haus und kommt direkt an meinem Baum vorbei. Er ist so nah, daß ich ihn berühren könnte. Die Vorstellung, daß ich ihn kurz am Ohr ziehe und er vor Schreck einen hysterischen Anfall oder einen Herzinfarkt bekommt, amüsiert mich dermaßen, daß ich meine Rückzugsgedanken wieder aufgebe. Mein bißchen Mut hat sich reumütig zurückgemeldet. Mal sehen, wie lange das so bleibt.

Die Villa, in der der nächtliche Heimkehrer verschwunden ist, kann ich für meinen Einbruchsversuch abschreiben. Zu gefährlich. Aber das andere Haus sieht einladend aus. In den Fenstern ist nirgends mehr Licht zu sehen. Ruhig und dunkel liegt es wie eine schlafende Beauty inmitten der dunklen Rasenflächen. Die Bewohner befinden sich hoffentlich alle im Tiefschlaf, wie sich das um zwei Uhr nachts für ordentliche Menschen gehört. Ich laufe geduckt über die Wiese und schleiche mich am Haus entlang zum hinteren Eingang. Die Kellerfenster sind etwa ein Meter über dem Boden angebracht und unvergittert. Perfekt. Ich habe einen Rucksack mit sorgfältig ausgesuchten Einbruchsutensilien dabei.

Professionell setze ich einen Toilettenpumpel auf eines der Kellerfenster und schneide mit einem Glasschneider eine kreisrunde Fläche aus dem Fenster heraus. Direkt neben dem Griff. Es klappt. Vorsichtig entferne ich den Pumpel, an dem jetzt die ausgeschnittene Glasscheibe hängt. Als ich durch das Loch greife und den Fenstergriff herunterdrücke, gibt es ein häßliches Geräusch. Vor Schreck halte ich die Luft an und verharre reglos vor dem Fenster.

Hab ich jetzt über mir jemanden aus dem Schlaf geholt, geht irgendwo Licht an, quietschen irgendwelche Bettfedern, nähern sich Schritte? Nein, es bleibt ruhig. Gott sei Dank. Mir steht der Angstschweiß auf der Stirn. Das gähnend schwarze Loch vor mir macht die Sache auch nicht viel besser. Wie tief es da wohl runter geht? Auch mit der Taschenlampe läßt sich das nur schwer abschätzen.

Ich will nicht die ganze Nacht mit gebrochenen Beinen im Keller liegen, unfähig mich zu rühren, unfähig, mich hinter den dicken Mauern akustisch bemerkbar zu machen, in der Gesellschaft von niedlichen, kleinen Ratten, die mir freundlicherweise Gesellschaft leisten, mich ein bißchen beschnuppern und vielleicht auch ein bißchen anknabbern. Mich schüttelt's. Igitt. Ich sehe schon die Schlagzeile vor mir: »Schwerverletzte Privatdetektivin starb unentdeckt im Keller. Fortgeschrittene Verwesung und Tierbisse erschwerten Identifizierung.«

Leider macht sich meine Phantasie in solchen Momenten gern selbständig und bombardiert mich ungefragt mit den scheußlichsten Bildern. Think positive, hämmere ich mir ein. Es wird schon nichts passieren. Du machst das, du bist eine Heldin, du bist tapfer, umsichtig und wahnsinnig mutig.

Ich schiebe mir die Taschenlampe in den Hosenbund,

klettere rückwärts durch das Kellerfenster, lasse mich vorsichtig nach unten rutschen, hänge freischwebend mit den Händen am Fensterrahmen und spüre noch immer keinen Boden unter meinen Füßen. Diese alten Häuser haben ja verdammt hohe Räume, 3,50 Meter und mehr. Auch der Keller scheint überdimensioniert angelegt zu sein. Gerade als ich mir überlege, ob ich mich jetzt einfach fallen lassen und auf mein Glück und die Stabilität meiner Knochen, Sehnen und Bänder vertrauen soll, passiert etwas Unglaubliches. Zwei Hände packen mich an der Hüfte und ziehen mich nach unten. Vor Schreck bleibt mir der Schrei im Hals stecken. Ehe ich mich versehe, stehe ich auf dem Kellerboden. Schreien, denke ich, ich muß schreien. Aber als ich endlich einen Ton herausbringe, hält mein Angreifer mir blitzschnell den Mund zu.

»Komm ja nicht auf die Idee zu schreien, Schätzchen«, zischt mir eine männliche Stimme ins Ohr. »Du weckst das ganze Haus, und dann holen sie die Bullen. Und das dürfte nicht unbedingt in deinem Interesse sein. Oder?«

Er nimmt mir langsam die Hand vom Mund und dreht mich ruckartig zu sich herum. Angestrengt starre ich in die Dunkelheit. Aber mehr als einen diffusen Schatten kann ich nicht ausmachen.

»Was ist uns denn da für ein Vögelchen ins Netz gegangen?« gurrt er. »Wie heißen wir denn, Schätzchen?«

»Das geht Sie überhaupt nichts an.«

Bevor ich reagieren kann, packt er meinen Arm und dreht ihn mir auf den Rücken.

»Verdammt, das tut weh!«

»Soll's auch. Also, wie heißt du und was hast du hier zu suchen?«

Ich habe aber gar keine Lust, ihm das auf die Nase zu binden. »Ich bin ... äh, ich bin ...«

»Jetzt reicht es langsam!« giftet er und verstärkt den Druck auf meinen Arm. Mir bleibt fast die Luft weg, so weh tut das.

»Schätzchen, du brichst hier mitten in der Nacht ein, stellst dich dabei so dämlich an, daß jeder Idiot es merkt und machst jetzt auch noch einen auf Geheimniskrämer. Wir sind hier nicht in der Sesamstraße. Verstanden.«

Sein Tonfall ist fast so unangenehm wie seine seltsam hohe Fistelstimme. Langsam habe ich das Gefühl, daß mir die Situation außer Kontrolle gerät. Die Schmerzen in meinem Arm werden immer schlimmer. Und dieses Arschloch denkt gar nicht daran, mich loszulassen.

»Wieso hab ich mich blöd angestellt?« versuche ich Smalltalk zu machen.

»Ein Einbrecher mit einem Rucksack, in dem es bei jeder Bewegung scheppert, der vor sich hin flucht, weil er in Hundescheiße getreten ist und dann bei Vollmond quer über die Wiese rennt – das ist wirklich kein Profi.«

Langsam kriecht mir eine Gänsehaut über den Rücken. Ich kann die Stimme von dem Kerl nicht ausstehen. Und seine Alkoholfahne macht die Sache auch nicht besser.

»Das ist mein erster Bruch. Es fehlt mir noch etwas an Übung . . .«

Für Ironie hat er leider nicht viel übrig.

»Das merkt man. Also, zum letzten Mal, was hast du hier zu suchen?«

Ich hätte es nicht für möglich gehalten, daß sich der Schmerz in meinem Arm noch steigern läßt.

»Ich heiße Pia Petry, bin Privatdetektivin und versuche hier den Namen einer bestimmten Person festzustellen«, sprudelt es unkontrolliert aus mir heraus. Scheißegal. Hauptsache, er läßt mich los, Hauptsache, dieser gottverdammte Schmerz hört auf.

Und tatsächlich, er lockert seinen Griff. Mein Arm fühlt sich schon ganz taub an. Er zieht mir die Taschenlampe aus dem Hosenbund und knipst sie an. Dann läßt er mich los, und wir stehen uns in dem gespenstischen Lichtkegel der gegen die Decke gerichteten Lampe gegenüber.

»Hi Pia, ich bin ... Harry.«

So sieht er auch aus: eine widerwärtige Mischung aus angeschimmeltem Müsli und durchgeknalltem Rasputin. Seine Klamotten sind typisch »alternativ« und gehören dringend in die Waschmaschine. Irischer Aran-Pullover, Cordhose und Riemensandaletten. Und das ist noch das Sympathischste an ihm. Die halblangen dunklen Haare sind ungepflegt, der Dreitagebart und die extrem hellen Augen verleihen seinem Gesicht etwas Unheimliches. Zur Not könnte ich mich damit sogar noch anfreunden. Nicht aber mit seiner Stimme.

»Und, was machen wir jetzt, Schätzchen?«

»Tja, vielleicht helfen Sie mir einfach bei meiner Arbeit. Beteiligen sich sozusagen an meinen Recherchen. Was halten Sie davon?« frage ich betont munter.

»Warum sollte ich? Was hab ich davon?«

Nun ja, was hat er davon? Eine gute Frage.

»Vielleicht könnten wir ja ein Beratungshonorar vereinbaren?« schlag ich ihm vor.

»Bestechen, nennt man das, bestechen, verstehst du! Und bestechen lasse ich mich nicht. Ist das klar?« knurrt er mich wütend an.

Plötzlich kommt mir ein furchtbarer Gedanke. Vielleicht habe ich mich ja doch in der Adresse geirrt und das hier ist gar kein Kinderheim, sondern eine Irrenanstalt.

»So war das nicht gemeint«, versuche ich ihn zu beruhigen. »Da haben Sie mich mißverstanden. Wirklich. Ich versuche ja nur herauszufinden, wie das jetzt weitergeht, was Sie wollen, was Sie sich so vorstellen.«

»Ficken, Schätzchen, ficken stell ich mir vor.«

Mir wird speiübel. Er leuchtet mir mit der Lampe direkt ins Gesicht und läßt dann den Lichtstrahl an meinem Körper entlangwandern.

»Und je länger ich mir das hier ansehe, desto besser kann ich mir das vorstellen.«

Seine Grinse ist so schmierig, daß mir schlecht wird. Mein Magen revoltiert, und mir stehen sämtliche Haare zu Berge. Der hat sie doch nicht alle. So eine miese, sexistische, mittelalterliche Erpressung. Meinen ersten Impuls, ihm sofort und volle Pulle in die Eier zu treten, unterdrücke ich dann aber doch. Ganz offensichtlich sitzt er am längeren Hebel. Und wenn diese schwachsinnige Einbruchsaktion irgendeinen Sinn gehabt haben soll, wäre es ja vielleicht nicht falsch, wenigstens zum Schein auf dieses widerliche Angebot einzugehen.

»Wenn Sie mir bei der Suche helfen, dann werden wir uns schon einigen«, antworte ich tapfer.

Ehe ich so recht weiß, was passiert, zieht er mich an sich, versucht mich zu küssen und macht sich an den Knöpfen meiner Bluse zu schaffen. Ich steh da, als hätte er mir mit einem Hammer auf den Kopf geschlagen. Langsam kriecht mir die Panik in die Knochen. Ist der Kerl wirklich nur ein besoffenes Schwein, mit dem die Hormone durchgehen? Oder ist er als verhinderter Sexualverbrecher unterwegs und plant heute nacht sein coming out?

»Eine kleine Kostprobe«, raunt er mir zu. Ich stoße ihn angeekelt weg. Am liebsten würde ich ihm vor die Füße kotzen. Noch nie ist es mir so schwergefallen, Ruhe zu bewahren und meinen emotionalen Aufruhr hinter einer Fassade nüchterner Gelassenheit zu verschanzen.

»Also Schätzchen, wie geht es jetzt weiter?«

Sein Alkoholatem trifft mich mitten ins Gesicht.

»Ich suche die Akte einer gewissen Isabelle Dujack, die vor dreizehn Jahren hier in diesem Heim gelebt hat.«

»Wozu brauchst du die?«

»Neugier. Reine Neugier.«

»Du willst es mir nicht sagen, was? Na macht nichts, Hauptsache die Bezahlung stimmt.«

Er lacht leise und versucht schon wieder, an mir rumzugrapschen. Ich weiche ihm aus, so gut ich kann.

»Na zier dich doch nicht so. Du bist doch genauso scharf wie ich. Das riech ich doch, du kleine Rasierklinge.«

Er gibt irgendwelche Brunstlaute von sich und tätschelt meinen Po.

»Die Unterlagen, wir wollten nach den Unterlagen sehen«, versuche ich ihn abzulenken.

»Ja sicher. Die Unterlagen. Die sind nicht hier.«

Er greift nach meiner Hand und zieht mich hinter sich her den Kellergang hinunter.

»Hier lang, Schätzchen. Paß auf die Schwellen auf, die sind ziemlich hoch.«

Blind tappe ich hinter ihm her. Er bleibt vor einer gammeligen Holztür stehen, die er mit einem Fußtritt aufstößt. Wir stehen in einem riesigen Raum, voll mit deckenhohen Regalen, die, in Reih und Glied aufgestellt, das gesamte Kellergewölbe auszufüllen scheinen.

»Kennen Sie sich hier aus?«

»Klar doch. Du bleibst hier stehen und rührst dich nicht von der Stelle ... Aber keine Angst, bin gleich wieder bei dir, Schätzchen.«

Stocksteif verharre ich an der Tür und komme mir vor, wie ein Tier in der Falle. Ich muß hier raus. Das Risiko, daß dieser Dreckskerl auf Einlösung seiner Belohnung besteht, ist mir einfach zu groß. Jetzt wäre die ideale Gelegenheit, um abzuhauen. Aber ich stehe wie angenagelt in der Dunkelheit.

Schemenhaft zeichnen sich die mit Aktenordnern und Heftern vollgestopften Schränke vor mir ab. Irgendwo dazwischen tobt Harry durch die Gänge. Leise fluchend läßt er immer mal wieder die Taschenlampe oder einen Aktenordner fallen und führt unverständliche Selbstgespräche. Spinnweben streifen mein Gesicht, der Geruch von feuchten, verschimmelten Wänden und der Staubnebel, der im Mondschein vor den Kellerfenstern flimmert, erzeugen klaustrophobische Gefühle in meiner Magengegend. Mir wird schwindelig. Ich gehe einen Schritt zurück und trete gegen die metallene Türschwelle. Das Geräusch hallt durch den Raum, wie eine Kirchenglocke am Sonntagvormittag. Harry läßt vor Schreck schon wieder etwas fallen.

»Spinnst du? Du weckst ja das ganze Haus. Und komm ja nicht auf die Idee abzuhauen«, schimpft er böse.

Was mache ich bloß, wenn er zurückkommt? Schnapp mir die Akte und verschwinde? Das wird wohl nicht funktionieren. Ratlos und bewegungsunfähig verharre ich in so einer Art Leichenstarre, bis Harry angetorkelt kommt.

»Die haben den Slalom neu gesteckt, Schätzchen. Aber ich hab's trotzdem gefunden«, lallt er bestens gelaunt.

Siegesgewiß wedelt er mir mit einem Hefter vor der Nase herum.

»Phantastisch. Das ist ja super«, lobe ich ihn.

»Du siehst da jetzt rein, und dann bring ich das Ding wieder zurück.«

Das halte ich für keine so gute Idee. Schließlich wollte ich das Ding eigentlich mitnehmen. Aber auf den Deal wird er sich nicht einlassen. Vorsichtig laß ich mich auf dem Boden nieder, schieb mir den Rucksack unter den Hintern und blättere die Akte durch. Harry leuchtet mir mit der Taschenlampe über die Schulter. Der Lichtstrahl zittert so stark, daß ich Mühe mit dem Lesen habe.

Was ich gesucht habe, finde ich dann aber relativ schnell. »Vater: unbekannt« und darunter den Namen von der Mutter. Ich weiß sofort, daß der mir etwas sagen müßte, aber was, will mir absolut nicht in den Kopf. Meine Konzentrationsfähigkeit ist im Moment auch etwas unterbelichtet.

Harry wird langsam nervös. Wir haben eine Menge Krach gemacht, und langsam befürchtet er unliebsamen Besuch aus den oberen Etagen. Er reißt mir abrupt den Hefter aus der Hand und verschwindet zwischen den Regalen. Das ist meine Chance. Ich sprinte die Treppe hoch, laufe, so leise ich kann, den Gang entlang und stehe vor der riesigen Flügeltür. Aber sosehr ich auch an dem schweren Türgriff herumdrücke und ziehe, das Teil bewegt sich nicht. Das hätte ich mir eigentlich denken können. Schließlich bin ich hier in einem Kinder- und Jugendheim.

Da hör ich Schritte auf der Kellertreppe. Harry hat die Verfolgung aufgenommen. Panisch sehe ich mich um. Rechts von der großen Flügeltür entdecke ich eine Tür, auf der »Toilette« steht. Toiletten haben manchmal Fenster. Also nichts wie rein. Und tatsächlich, dieses Klo hat ein Fenster, das weder vergittert noch abgesperrt ist. Leider ist es nicht besonders groß. Aber in Ermangelung akzeptabler Alternativen quetsch ich mich durch. Die Beine zuerst, den Rest hinterher. Als ich den Fensterrahmen loslasse, habe ich immerhin noch circa einen Meter zwanzig Höhenunterschied zu überwinden. Ich plumpse wie ein nasser Sack in die Rabatten, mitten hinein in die wunderschön stacheligen Strauchrosen. Meine Hände sehen aus, als hätte ich mich auf einem Nagelbrett abgestützt, meine Hose wird von Dutzenden feiner Stacheln durchsiebt und von mikroskopisch kleinen Widerhaken festgehalten.

Was für ein Abgang.

Plötzlich höre ich ein Geräusch an der Flügeltür. Scheiße, das ist Harry. Ich muß hier raus. Ohne Rücksicht auf Verluste durchpflüge ich das Rosenbeet und renne über die Wiese zurück zur Straße. Wahrscheinlich steht er jetzt an der Tür und sieht, wie sich sein Opfer mit zerrissener Hose, klapperndem Rucksack und aufgelösten Haaren im Mondschein über die Wiese auf und davon macht. Diesmal allerdings, ohne in die Hundescheiße zu treten.

KAPITEL 24

Am nächsten Tag gönne ich mir ein Taxi. Das hab ich mir verdient, so hundemüde wie ich bin. Die ganze Nacht hatte ich mit Cornfeld diskutiert, gestritten und psychologisiert. Wir wußten zwar nun den Namen der Mutter, aber damit war der Fall noch lange nicht gelöst. Jedesmal, wenn wir glaubten, jetzt haben wir es, so muß es gewesen sein, fiel uns irgend etwas ein, das die ganze schöne Konstruktion wieder zum Einstürzen brachte. Aber dann – mitten in der Nacht, um vier Uhr war es endlich soweit: We got it. Zumindest glauben wir das.

Isabelle Dujack ist zu Hause. Um ihr nicht die Gelegenheit zu einer Absage zu geben, habe ich mich vorsichtshalber erst gar nicht angemeldet. Mein kleiner Überraschungsbesuch schmeckt ihr überhaupt nicht.

»Warum haben Sie denn nicht angerufen?« fragt sie gereizt.

»Ich dachte, das wäre nicht nötig. Es dauert ja auch nicht lange«, antworte ich ihr scheinheilig und dränge mich an ihr vorbei in die Eingangshalle.

Sie macht keine Anstalten, mich ins Wohnzimmer zu führen. Ostentativ bleibt sie in der Halle stehen.

»Wie geht es Ihrem Vater?«

»Gut. Sind Sie etwa hierhergekommen, um sich nach dem Befinden meines Vaters zu erkundigen?«

»Ja, aber nicht nur. Ich habe die Abschlußrechnung dabei und ...« Weiter komme ich nicht. Sie fällt mir ins Wort.

»Frau Petry, die hätten Sie mir auch schicken können. Dafür hätten Sie sich nun wirklich nicht von Hamburg hierher bemühen müssen.«

»Da haben Sie recht. Aber ich wollte auch noch einmal so etwas wie ein Abschlußgespräch mit Ihnen führen.«

»Das ist vollkommen unnötig«, blafft sie mich an.

Ich muß mich ganz schön zusammenreißen, um mich nicht für ihren unverschämten Tonfall zu revanchieren.

»Es sind noch ein paar Dinge aufgetaucht, über die ich gerne mit Ihnen reden würde. Es dauert wirklich nicht lange. Aber vielleicht könnten wir uns doch einen Moment hinsetzen«, antworte ich betont freundlich.

Ohne ihre Reaktion abzuwarten, gehe ich ins Wohnzimmer und laß mich in einem der dicken Sessel am offenen Kamin nieder. Widerwillig kommt sie hinter mir her und setzt sich mir direkt gegenüber. Dabei plaziert sie ihren Hintern ganz vorne auf der Kante der Sitzfläche. Sie will mir damit anscheinend signalisieren, daß unser Gespräch zeitlich begrenzt ist und bei Nichtgefallen sofort beendet werden kann. Ich kontere, indem ich mich möglichst tief in den Sessel sinken lasse und es mir so richtig gemütlich mache. Als der Butler hereinkommt und nach unseren Wünschen fragt, bedeutet sie ihm mit einer unwirschen Handbewegung, wieder zu verschwinden. Meine Hoffnung auf Petit Fours und einen Tee löst sich damit in Wohlgefallen auf.

»Nun, Frau Petry, worüber wollen Sie mit mir reden?«

»Über Simones Tagebuch zum Beispiel.«

Sie sieht mich fragend an.

»Es ist nämlich leider gefälscht.«

»Gefälscht? Wieso das denn?«

»Nun, die Firma, die dieses Schulheft hergestellt hat, gibt es erst seit sechs Jahren. Simone ist aber vor acht Jahren gestorben.«

»Erstaunlich.«

Während sie sich eine Zigarette anzündet, lächelt sie mich ironisch an. »Ja, so was. Was sagt uns das nun?«

Ihre arrogant-überhebliche Art geht mir langsam auf den Wecker.

»Das sagt uns, daß jemand versucht, Ihren Vater mit gefälschten Indizien als Sexualverbrecher hinzustellen.«

Der unangenehme Zug um ihren Mund verstärkt sich. »Finden Sie es nicht ein bißchen seltsam, daß jemand versucht, einen Zuhälter, also einen Menschen, dem ohnehin alles zuzutrauen ist, als Kinderschänder vorzuführen?«

»Sie wissen, womit Ihr Vater sein Geld verdient?«

»Natürlich. Er ist ein Schwein. Ein menschliches Schwein. Er würde einen Engel auf den Strich schicken, wenn er seiner habhaft werden könnte. Er schreckt vor nichts zurück, vor gar nichts.«

»Auch nicht vor seinen Kindern?«

Sie lacht leise auf. »Wieso fragen Sie mich das? Ich denke, das Tagebuch ist gefälscht?«

»Warum hassen Sie Ihren Vater?«

»Tun Sie doch nicht so, als ob Sie das nicht wüßten.«

»Ich glaube nicht, daß Sie ihn hassen, weil er ein Zuhälter ist. Ich glaube auch nicht, daß er sich an seinen Kindern vergangen hat. Das braucht er nicht. Er kann in seinem Job alle sexuellen Perversionen ausleben, auf die er gerade Lust hat, da muß er nicht auf seine Kinder zurückgreifen.«

Die Ironie in ihrem Gesicht wird übergangslos durch genervte Langeweile ersetzt.

»War das alles, Frau Petry? Das Tagebuch ist gefälscht. Gut. Irgend jemand hat versucht, meinem Vater eine Falle zu stellen. Fein. Spielt das noch eine Rolle? Meine Schwester ist tot, und meine Mutter wird in zwei Tagen beerdigt. Mein Adoptivvater wird von der Polizei des Mordes verdächtigt. Im Moment sieht es gar nicht gut für ihn aus.«

Lächelnd bläst sie den Zigarettenrauch zur Seite.

Ich sehe ihr in die Augen. »Freut Sie das?«

»Natürlich nicht.«

Ihr Gesichtsausdruck straft sie Lügen. Plötzlich kommt mir eine Idee. Vielleicht weiß sie ja doch nicht alles. Vielleicht kann ich sie ja mit einer gezielten Attacke von ihrem hohen Roß runterholen.

»Frau Dujack, Ihnen ist schon klar, daß Klaus Dujack Ihr leiblicher Vater ist?«

Sie erhebt sich aus ihrem Sessel und starrt mich wütend an. »So ein Quatsch, wie kommen Sie denn auf den Blödsinn?«

Während sie langsam auf mich zukommt, zittert sie am ganzen Körper vor unterdrückter Wut.

»Lassen Sie hier ja keine Versuchsballons los. Versuchen

Sie nicht, mich aufs Glatteis zu führen. Erzählen Sie nicht so einen gottverdammten Mist.«

Sie ist kurz davor, die Nerven zu verlieren. Endlich hab ich den Panzer geknackt. Endlich kommt die wahre Isabelle Dujack zum Vorschein.

»Tut mir leid. Aber das ist kein Versuchsballon. Das ist die Wahrheit. Ihr Vater hat es mir selbst erzählt.«

»Der redet Scheiße. Der hat Sie verarscht. Und Sie sind darauf reingefallen ... Er ist nicht mein Vater ... Niemals!« schreit sie unbeherrscht.

Ohne meine Stimme zu erheben, sage ich langsam und deutlich: »Er hat es mir selbst gesagt, und die ehemalige Heimleiterin hat es bestätigt. Es ist wahr. Es ist wirklich wahr.«

Jetzt bekommt sie einen richtigen Anfall, sie schreit nur noch und hält sich die Ohren zu. Was mache ich bloß, wenn die mir hier durchtickt, wahnsinnig wird, einen Herzinfarkt bekommt oder was weiß ich anstellt? Gott sei Dank stürzt gleich der Butler ins Zimmer. Mit einem Glas Wasser in der einen und einer Tablette in der anderen Hand.

»Um Gottes willen, Frau Dujack, beruhigen Sie sich doch bitte wieder.«

Er flößt ihr die Tablette und das Wasser ein.

»Was ist das?« frage ich ihn leise.

»Ein Beruhigungsmittel«, antwortet er mir ebenfalls flüsternd.

»Hat Sie solche Anfälle öfter?«

Er sieht mich argwöhnisch an und beantwortet meine Frage nicht.

Isabelle sitzt mittlerweile wieder in ihrem Sessel und hält sich an dem halbvollen Wasserglas fest.

»Sie sollten jetzt besser gehen«, flüstert mir der Butler zu.

Ich lächle ihn zuckersüß an. Das hätte er wohl gerne.

»Ja, sofort. Ich muß nur noch kurz etwas mit ihr besprechen. Wenn Sie uns noch einen kleinen Moment alleine lassen könnten. Das wäre nett.«

Widerwillig tritt er den Rückzug an. An der Tür bleibt er noch einmal stehen und dreht sich zu uns um.

»Ich rufe Sie, wenn ich Sie brauche«, versuche ich ihn zu beruhigen. Doch sein Blick bleibt mißtrauisch. Langsam zieht er die Tür hinter sich zu. Isabelle hat ihr Glas auf dem Fußboden abgestellt und starrt mit leerem Blick aus dem Fenster.

Ich wüßte zu gerne, was in ihrem schönen Kopf vor sich geht. Worüber sie nachdenkt. Warum hat sie nur so geschrien? Was bedeutet ihr Klaus Dujack? Warum war sie so entsetzt darüber, daß er ihr echter Vater ist? Zum zweiten Mal an diesem Tag stelle ich ihr die Frage: »Warum hassen Sie ihren Vater? Was hat er Ihnen getan?«

Ihr Blick wandert vom Fenster langsam zu mir. Sie sieht mich seltsam entrückt an. So, als wäre jetzt sowieso alles egal.

»Ich hasse ihn nicht. Ich habe ihn einmal geliebt.«

»Geliebt?«

»Ja, geliebt. Er war der einzige, der sich um mich gekümmert hat, der mich aus dem Heim geholt hat, der immer für mich da war.«

»Simone hat Sie nicht aus dem Heim geholt, nicht wahr? Die ist niemals in diesem Waisenhaus gewesen. Ihr Vater war da und hat sie abgeholt. Richtig?«

Wieder lächelt sie dieses starre, maskenhafte Lächeln, und ich frage mich langsam, ob dieser seltsame Gesichtsausdruck etwas mit dem Beruhigungsmittel zu tun haben könnte.

»Simone war eine blöde Kuh. Genauso blöd wie meine

Mutter. Die mochten mich nicht. Ich hab nie herausgefunden, warum. Aber beide waren von Anfang an gegen mich.«

»Wer hat Ihrer Adoptivmutter den Tauchsieder in die Badewanne geschmissen?«

Plötzlich fängt sie an zu kichern. »Simone. Simone war es.«

Ich starre sie vollkommen perplex an. »Simone?«

»Ja, Simone. Die war so doof. Ich bin zu ihr ins Kinderzimmer und hab gesagt, sie soll den Tauchsieder holen. Mutti wolle sich das Badewasser aufwärmen. Die war so doof, die hat das tatsächlich gemacht.«

»Und Ihre Adoptivmutter?«

Sie starrt auf den Teppichboden, als könne sie dort die Bilder der Vergangenheit wieder heraufbeschwören.

»Die war besoffen, wie meistens. Die hat nichts mitgekriegt.«

»Wußten Sie, daß der Tauchsieder kaputt war?«

»War er kaputt?«

Wieder kichert sie hysterisch vor sich hin und beginnt, mit dem Finger das Muster im Teppichboden nachzuziehen.

»Was war mit Simone? Warum hat sie sich umgebracht?«

»Na hören Sie mal. Die hatte unsere Mutter auf dem Gewissen. Damit ist sie nicht fertig geworden. Die Arme.«

Eiskalt läuft es mir den Rücken runter.

»Das haben Sie ihr eingeredet. Nicht wahr. Sie haben ihr so lange Schuldgefühle eingeredet, bis sie es nicht mehr ausgehalten und sich umgebracht hat.«

Fassungslos sehe ich diese Frau an, die, mit einer halbgerauchten Zigarette im Mund, selbstvergessen imaginäre Kreise auf den Teppichboden malt.

»Sie haben Ihre Schwester benutzt, um Ihre Mutter

loszuwerden. Und dann haben Sie sich Ihrer Schwester entledigt, indem Sie sie in den Tod getrieben haben.«

Isabelle hält einen Moment inne und sieht mich kurz aus den Augenwinkeln an.

»Meinen Sie? Dann müßte ich ja ein Ungeheuer sein.«

Sie lehnt sich in ihrem Sessel zurück. Die alte Bösartigkeit blitzt wieder in ihren Augen auf.

»Sie sind ein Ungeheuer. Sie waren es doch auch, die Ihrer Adoptivmutter die Überdosis Insulin verpaßt hat. Und Sie haben dafür gesorgt, daß Ihr Vater jetzt als Hauptverdächtiger dasteht. Wissen Sie, was ich glaube? Sie sind nicht normal, Sie sind total meschugge. Sie gehören in eine Irrenanstalt.«

»Ja«, sagt sie kichernd. »Genie und Wahnsinn liegen dicht beieinander.«

»Warum haben Sie das getan? Verdammt noch mal – warum?«

Geradezu mitleidig mustert sie mich von Kopf bis Fuß.

»Ich habe nichts getan, gar nichts hab ich getan. Sie phantasieren, meine Liebe. Das waren alles unglückliche Umstände. Sehr unglückliche ...«

Sie zieht an ihrer Zigarette und sieht gedankenverloren aus dem Fenster.

»Wenn Sie Ihren Vater geliebt haben, warum haben Sie dann das Tagebuch gefälscht?«

»Hab ich das?«

Irgendwie drehe ich mich im Kreis. Durch dieses Beruhigungsmittel hat sie sich in eine aalglatte Schlange verwandelt, die nichts mehr an sich herankommen läßt. Meine Fragen tropfen an ihr ab wie Butter von heißen Kartoffeln.

»Wenn Sie Ihren Vater früher geliebt haben, warum hassen Sie ihn dann jetzt?«

»Tu ich das?«

Gelangweilt betrachtet sie ihre perfekt lackierten Fingernägel. Sie gibt mir keine Chance mehr zum Blickkontakt. Ihr Mißtrauen und ihre Ablehnung sind mittlerweile so groß, daß ich sie körperlich spüren kann.

Dann fällt mir ein, wie ich sie vielleicht aus der Reserve locken kann. »Kennen Sie die Verlobte Ihres Vaters? Ist sie Ihnen sympathisch?«

Ruckartig bewegt sie ihren Kopf zu mir und funkelt mich wütend an. »Er ist nicht verlobt. Das ist auch nur wieder eins von seinen Flittchen.«

»Ach so, er ist also nicht verlobt, und er wird diese junge Dame auch nicht heiraten?«

Wütend stochert sie mit ihrer Zigarette im Aschenbecher herum.

»O ja, da bin ich mir allerdings sicher. Ganz sicher sogar. Oder glauben Sie, daß die Kuh einen Mann heiraten wird, der seine eigene Frau ermordet hat? Wohl kaum.«

»Heißt das, Sie wollten verhindern, daß er heiratet? War das Sinn und Zweck der ganzen Aktion?«

Triumphierend sieht sie mich an. »Der heiratet niemanden mehr. Der wird den Rest seines Lebens im Knast verbringen. Und die einzige, die ihn da besucht und sich dann noch um ihn kümmert, bin ich. Verstehen Sie! Ich allein.«

Selbstzufrieden starrt sie vor sich hin und scheint ihre Umgebung schon wieder vergessen zu haben. Ganz allmählich fangen die Puzzleteile in meinem Kopf an, sich zu einem Bild zusammenzusetzen.

»Warum haben Sie mich eigentlich engagiert, Frau Dujack?«

»Damit Sie verhindern, daß meine Mutter doch noch umgebracht wird. Leider ist Ihnen das ja nicht gelungen.«

»Das glaube ich Ihnen nicht. Sie wollten, daß ich Beweise gegen Ihren Vater sammele. Wie dieses Tagebuch zum Beispiel. Sie haben mich von Anfang an belogen. Mit dieser rührseligen Geschichte von Simone, die Sie aus dem Heim geholt hat. Alles frei erfunden. Diese Rückführung. Genau das gleiche. Sie haben dieser Heilpraktikerin etwas vorgemacht. Sie haben eine wilde Show abgezogen und die Rückführung vorgeschoben, um mich engagieren zu können. Um mich auf die Fährte Ihres Vaters zu hetzen . . .«

Keine Reaktion. Isabelle betrachtet mit unbeweglichem Gesicht die Rauchwölkchen, die langsam von ihrer Zigarette emporsteigen.

»Hatten Sie eigentlich in den letzten Jahren noch Kontakt zu Frau Bouché? Haben Sie sie mal besucht oder mit ihr telefoniert?«

»Nein.«

»Auch nicht, um sie auf meinen Besuch vorzubereiten? Um ihr zu sagen, daß da eine Privatdetektivin kommt, die wegen des Unfalls Ihrer Adoptivmutter Recherchen anstellt?«

»Nein.«

»Sicher? Sind Sie da ganz sicher?«

»Ja.«

»Das stimmt doch nicht. Natürlich waren Sie dort. Sie wollten mit ihr reden. Ihr klarmachen, wie sie sich mir gegenüber verhalten und was sie mir erzählen soll? Aber irgend etwas ist schiefgelaufen. Hat sie nicht mitgespielt? Hat sie etwas erzählt, das sie geärgert oder beunruhigt hat?«

Gelangweilt sieht Isabelle an mir vorbei.

»Sie können mir nichts beweisen. Gar nichts. Ich bin nie dort gewesen. Es gibt keine Spuren.«

Jetzt fällt mir das blonde Haar wieder ein, das ich in

Frau Bouchés Wohnung auf dem Boden gefunden habe. Natürlich war sie da. Und ich muß sie dazu kriegen, mir zu erzählen, was dort passiert ist.

»Nein, natürlich kann die Polizei Ihnen nichts beweisen. Sonst wären die ja schon längst hier gewesen?«

Sie nickt.

»Genau. Nichts können die mir nachweisen, gar nichts.«

»Das haben sie ganz schön clever angestellt. Alle Hochachtung. Sind Sie schon mit der Absicht hingegangen, sie umzubringen?«

Isabelle erhebt sich langsam aus ihrem Sessel und geht zum Fenster. Dort bleibt sie stehen und sieht in den Garten, ohne ihn wirklich wahrzunehmen.

»Natürlich nicht. Ich meine ...« Sie dreht sich kurz zu mir um, »ich war ja nie dort.«

»Ja klar, Sie waren nie dort. Vollkommen richtig. Aber irgend jemand ist dort gewesen. Was meinen Sie, was hat sich da abgespielt – rein theoretisch?«

»Woher soll ich das wissen?«

»Lassen Sie doch einmal Ihrer Phantasie freien Lauf. Was könnte diese Person von Frau Bouché gewollt haben?«

»Vielleicht wollte sie, daß Frau Bouché nett zu Ihnen ist, Ihnen bestimmte Dinge erzählt.«

Isabelle fixiert mich jetzt mit einem vollkommen ruhigen, kalten Blick. Auf dem blauen Gletschersee in ihren Augen hüpfen keine türkisfarbenen Reflexe mehr, da treiben jetzt meterdicke Eisschollen.

»Gut, das könnte eine Möglichkeit sein. Aber warum wurde sie dann ermordet?«

»Weil sie vielleicht viel mehr gewußt hat, als dieser Person recht sein konnte. Weil sie vielleicht ein Tagebuch hatte, in dem die Wahrheit stand, und weil sie vielleicht dieser Person Vorwürfe deswegen gemacht hat.«

Mein Gott, sie hat es mir tatsächlich erzählt. Sie hat es wirklich rausgelassen. Mir bleibt fast die Luft weg.

»Frau Dujack, habe ich Sie richtig verstanden? Diese Person hat einen Mord begangen, weil Frau Bouché die Wahrheit über diesen Unfall, über diesen Tauchsieder und über den Selbstmord von Simone wußte. Weil sie dieses Tagebuch damals an sich genommen und gelesen hat. Haben Sie das gemeint? Haben Sie es so gemeint?«

»Ja, so könnte es doch gewesen sein. Rein theoretisch natürlich.«

»Und dann kamen Sie auf die Idee, mir ein gefälschtes Tagebuch unterzujubeln?«

»Lassen Sie mich da raus. Das hat mit mir überhaupt nichts zu tun«, giftet sie mich an.

»Ja natürlich. Sie haben vollkommen recht.«

Ich versuche sie zu beruhigen, bevor der Butler wieder in das Zimmer stürmt und mich endgültig rausschmeißt. Allerdings habe ich jetzt ein Problem. Ich bin sicher, daß sie es war. Aber darf ich ihr sagen, was ich weiß?

Sie hat ihre Adoptivmutter ermordet, ihre Adoptivschwester in den Tod getrieben und ihren Vater in den Knast gebracht. Eigentlich reicht das, um sie ein Leben lang in der Hölle schmoren zu lassen. Trotzdem bin ich mir unschlüssig, ob ich ihr sagen darf, was ich im Keller dieses Kinder- und Jugendheims gefunden habe. Womöglich knallt sie dann komplett durch.

Sie nimmt mir die Entscheidung ab, indem sie etwas sagt, das mich vollkommen aus der Fassung bringt.

»Sie wollten doch auch nur mit ihm ficken. Sie sind doch auch bloß so ’ne Nutte, die nicht schnell genug mit ihm ins Bett kommen konnte. Weiber wie Sie hab ich echt dick. Weiber, die mit ihrem Alter nicht klarkommen, die keinen Geschmack und keinen Stil haben, aber mit Klaus auf die Matratze wollen. Sie sind so lächerlich. So verdammt lächerlich.«

Diese Attacke kommt vollkommen unerwartet und erwischt mich punktgenau an meiner wundesten Stelle. Das hätte sie nicht sagen sollen. Mein Hirn wird von einem Gefühl wahnsinniger Wut überschwemmt. Kein klarer, logischer und sonstwie vernünftiger Gedanke hat noch eine Chance. Alles in mir schreit nach Rache, und ich mache den Mund auf und lege blindlings los. Sadistisch und völlig gefühllos serviere ich ihr die Geschichte, die sie den Rest ihres Lebens verfolgen wird. Ich empfinde in diesem Moment nur noch kalte, berechnende Genugtuung und nicht das geringste bißchen Mitgefühl.

»Frau Dujack, wissen Sie eigentlich, wer Ihre Mutter ist? Ich meine, Ihre leibliche Mutter?«

»Ja, ich kenne ihren Namen. Ab dem sechzehnten Lebensjahr kann man auf dem Standesamt die Namen der leiblichen Eltern erfragen. Und das hab ich getan. Was ich allerdings nicht gefunden habe, war der Name meines Vaters. Der wird unter der Rubrik ›unbekannt‹ geführt. Nur so zu Ihrer Information. Vielleicht hätten Sie sich die Unterlagen ja auch mal ansehen sollen?«

Es fällt mir nicht schwer, ruhig zu bleiben. Ihr aggressiver Ton beeindruckt mich nicht mehr.

»Haben Sie versucht, Ihre Mutter zu finden?«

»Natürlich, ich habe Himmel und Hölle in Bewegung gesetzt. Aber es ist nichts dabei herausgekommen.«

»Und Ihr Vater? Konnte der Ihnen nicht weiterhelfen?«

»Mein Adoptivvater hat sich geweigert, darüber zu reden.«

Ihre Körperhaltung, mit dem seitlich abgewandten Gesicht und den vor der Brust verschränkten Armen, signalisiert schon wieder komplettes Desinteresse. Sie gähnt herzhaft und zündet sich eine neue Zigarette an.

»Das glaube ich sofort. Aber es gibt immer Mittel und Wege, um an bestimmte Informationen heranzukommen. Meinen Sie nicht?«

Schlagartig gibt sie ihre Abwehrhaltung auf. »Was wissen Sie?«

»Alles.«

»Herrgott, was heißt alles?«

»Ich weiß alles über Ihre Mutter!«

»Heißt das, Sie wissen, wo sie ist?«

»Als ich mit Ihrem Vater einmal beim Essen war, habe ich ihn nach Ihrer Mutter gefragt. Er sagte, das habe sich erledigt. Eine seltsame Aussage, finden Sie nicht?«

Sie reagiert unwirsch. »Er hat sich immer geweigert, über sie zu reden. Ich weiß nicht, warum. Ist mir auch egal.«

»Ich denke, er weiß warum. Und ich weiß es auch.«

»Wieso? Jetzt reden Sie schon. Wieso?«

»Sie war eine seiner Prostituierten.«

Einen Moment lang herrscht Totenstille. Die berühmte Stille vor dem Sturm.

»Das ist eine bösartige Unterstellung. Sie lügen. Sie lügen doch nur, um mich zu verletzen«, brüllt sie los.

»Nein, das tue ich nicht. Sie war eine polizeilich registrierte Hure. Das läßt sich nun mal nicht ändern, so brutal es jetzt auch klingt«, antworte ich ungerührt.

»Hören Sie auf, ich will nichts mehr hören. Sie erfinden diese Geschichte nur, um mir weh zu tun. Um sich zu rächen. Verdammt schäbig und billig, finden Sie nicht?« Ihre Stimme überschlägt sich fast vor Wut und Fassungslosigkeit.

»Glauben Sie mir doch, ich belüge Sie nicht, wirklich nicht. Ich kann Ihnen auch etwas Positives über Ihre Mutter sagen. Sie wurde ja nicht als Hure geboren. Eigentlich war sie Krankenschwester.«

Isabelles Blicke werden immer feindseliger. Drohend kommt sie auf mich zu.

»Halten Sie den Mund. Halten Sie endlich den Mund. oder es passiert etwas.«

Drohungen haben mich noch nie beeindruckt. Und warum sollte ich ihr jetzt noch die Pointe vorenthalten?

»Tja, und weil Ihre Frau Mama unter ihrem bürgerlichen Namen Maierhöfer nicht im Milieu arbeiten wollte – klingt ja auch ein bißchen spießig, nicht? –, hat sie sich einen, nun ja, Künstlernamen zugelegt.«

»Hören Sie auf! Hören Sie endlich auf!«

Daß Isabelle sich die Ohren zuhält, hilft ihr auch nichts mehr. Ich bin sicher, daß sie mich ganz genau versteht.

»Ihre Mutter nannte sich – Bouché, Ramona Bouché.«

KAPITEL 25

Der Rückflug nach Hamburg gestaltet sich alles andere als angenehm. Abgesehen davon, daß der Flieger ausgebucht und ich zwischen zwei gesichtslos langweiligen Menschen eingekeilt bin, läßt mir das Gespräch mit Isabelle Dujack keine Ruhe. War es richtig, ihr das mit ihrer Mutter zu erzählen? Der Frau, die sie ein Leben lang schmerzlichst vermißt hat. Der Frau, die dieses Tagebuch an sich genommen und versteckt hat, weil sie ihre Tochter schützen wollte. Und der das dann acht Jahre später zum Verhängnis wurde.

Als ich den Namen ausgesprochen habe, war ich auf

einen weiteren hysterischen Anfall gefaßt gewesen. Aber nichts passierte. Isabelle blieb ganz ruhig. Sie sagte kein Wort. Sie saß reglos in ihrem Sessel und starrte an die Wand. So, als ginge sie das alles überhaupt nichts an. Vielleicht eine Art Schock, eine Abwehrreaktion, ein Nicht-fassen-Können oder -Wollen. Ich weiß es nicht. Auf äußere Reize hat sie überhaupt nicht mehr reagiert. Langsam ist mir dann doch ein bißchen mulmig geworden, und ich bin in die Eingangshalle gelaufen, um nach dem Butler zu rufen.

Als der endlich gekommen ist, habe ich ihm etwas von plötzlicher Apathie und Reaktionslosigkeit erzählt, die wohl auf das Beruhigungsmittel zurückzuführen seien. Er hat sofort mit einem Arzt telefoniert, und ich habe die Gelegenheit für einen schnellen Abgang genutzt. Dem Arzt wollte ich nun wirklich nicht in die Arme laufen.

Was mich aber am meisten beschäftigt, ist die berühmte Frage nach Schuld und Sühne. Eigentlich müßte ich mit dieser Geschichte zur Polizei gehen. Ich habe zwar keine Beweise, aber die Polizei könnte mit Hilfe meiner Informationen vielleicht welche finden. Auf der anderen Seite ist Isabelle eigentlich schon genug gestraft. Denn einen Muttermord steckt auch die nicht einfach so weg.

Als ich die Eingangstür aufsperren will, höre ich ein Geräusch in meiner Wohnung. Oder war es gar nicht in meiner Wohnung? Ich bin mir nicht sicher. Wahrscheinlich habe ich mich verhört. Habe ich nicht. In dem Moment, in dem ich die Tür aufmache, geht plötzlich das Licht an, und eine Horde von fast fünfzig Menschen grölt los.

»Happy birthday to you, happy birthday liebe Pia, happy birthday to you . . .«

Mich trifft fast der Schlag. Mein Geburtstag. Den hab

ich ja total vergessen. Und das ist jetzt wohl die Überraschungsparty, auf die ich Cornfeld und Katja angesetzt habe. Wie nett. Wie lieb. Wie aufmerksam. Und wie vollkommen unpassend. Mir ist absolut nicht nach Fete und tausend betrunkenen Menschen in meiner Wohnung. Aber was soll ich machen? Gute Miene zum bösen Spiel. Etwas anderes bleibt gar nicht übrig.

Ich zaubere einen gerührten Ausdruck auf meine Physignomie und stammele etwas von Begeisterung, gelungener Überraschung und unvergeßlichem Liebesbeweis.

Meine Gäste haben schon eine ganze Weile auf mein Erscheinen gewartet und sich die Zeit mit viel Alkohol und dem rücksichtslosen Auseinandernehmen des kalten Büffets vertrieben. Die Wohnung sieht dann auch entsprechend aus. Von den Platten mit »Vitello tonnato« tropft eine braune Flüssigkeit auf meinen neuen Teppich. Ein junger, mir gänzlich unbekannter Mensch lagert seine schwarz gewienerten englischen Edeltreter auf meiner weißen Marktex-Couch. Die Badewanne quillt über vor lauter Jacken und Mänteln, was nicht weiter dramatisch wäre, wenn nicht irgendein Witzbold den Wasserhahn aufgedreht hätte. Entsetzt ziehe ich eine klatschnaße Lederjacke der Marke Gucci aus der Wanne und frage mich, ob ich eigentlich gegen so etwas versichert bin.

Im Flur läuft mir Rebbelmeier in die Arme.

»Hallo Frau Petry, alles Liebe zum Geburtstag.«

Auch das noch, wer hat den denn eingeladen? In seinem nagelneuen Jogginganzug ist er mit Abstand die peinlichste Erscheinung des ganzen Abends. Aber er kann sich noch steigern.

»Frau Petry, ich wollte Sie noch einmal wegen der Kette . . . Sie wissen schon . . .«

Das darf doch nicht wahr sein. Jetzt fängt der schon

wieder mit diesem Quatsch an. Ich berufe mich auf meine Gastgeberpflichten und mache, daß ich Land gewinne. Ich muß Cornfeld finden, dieser Wahnsinnige hat mir diesen ganzen Mist eingebrockt.

Während ich durch die Zimmer rase, ständig Hände schüttele, Glückwünsche entgegennehme und mich bei jedem dritten Gesicht frage, woher ich den nun wieder kenne, versuche ich seiner habhaft zu werden. Endlich erwische ich ihn in der Küche.

»Doktorchen, vielen Dank für dieses gelungene Fest. War das Ihre Idee?«

»Nein, Ihre.«

Er freut sich tierisch über den gelungenen Gag und gackert wie ein Huhn über sein besonders gelungenes Ei. Ein eindeutiger Hinweis darauf, daß auch sein Alkoholspiegel schwindelerregende Höhen erreicht haben dürfte.

»Cornfeld, irgendein Idiot hat die ganzen Jacken in der Badewanne unter Wasser gesetzt.«

Jetzt schaut er mich betreten an. »Wer kommt denn auf so eine Idee?« Und dann fängt er wieder an zu kichern. »Wie komisch.«

»Doktorchen, wo ist Katja?«

»Im Schlafzimmer. Die ist leider hackedicht. Hat wohl Zoff mit ihrem Alten. Und dann hat sie immer noch etwas von einem Marcel gelallt, und daß sie so unglücklich ist. Ich bin echt nicht schlau daraus geworden. Auf jeden Fall hab ich sie erst einmal aus dem Verkehr gezogen und ins Schlafzimmer verfrachtet. Da kann sie sich in Ruhe auspennen.«

»Wo ist Michael?«

»Der ist nur kurz weg. Er muß noch jemand abholen.«

Herrlich, läuft ja alles nach Plan. Am liebsten würde ich diese ganze Meute alleine lassen und mich in das nächstbeste Hotel absetzen. Aber das geht nicht. Ich bin ja so etwas wie die Gastgeberin. Als ich ins Schlafzimmer komme, liegt Katja heulend auf dem Bett. Ich setze mich zu ihr und nehme sie behutsam in den Arm.

»Was hast du denn, was ist denn passiert?«

»Ich habe alles falsch gemacht«, schluchzt sie. »Jochen will mich verlassen, und Marcel hat sich schon seit einer Woche nicht mehr gemeldet. Jetzt verliere ich sie beide.«

»Katja, was ist das für ein Typ in Frankfurt, dieser Marcel?«

»Marcel ...«, weiter kommt sie nicht.

Der nächste Heulkrampf setzt ein. So sieht also der Traum vom idyllischen Familienleben aus der Nähe aus. Was habe ich sie beneidet. Um diesen liebevoll-fürsorglichen Ehemann, der immer für die Familie da ist und für den andere Frauen nur in Form von Putzfrauen, Kindermädchen und Lehrerinnen eine Rolle zu spielen scheinen. Um die goldigen Kinder, die so wohlerzogen, talentiert und begeisterungsfähig sind, daß man sie sofort einpacken und mitnehmen möchte. Warum hat sie das alles aufs Spiel gesetzt? Aus Langeweile? Wollte sie das andere Leben, das wilde, unkontrollierte, geheimnisvolle Leben auch noch mitnehmen? Ihre dunkle Seite ausleben?

Natürlich verstehe ich sie auch ein bißchen. Nur Mama und Ehefrau zu spielen, kann auf Dauer ganz schön ätzend sein. Aber alles aufs Spiel zu setzen, für irgendeinen Kerl, der ihr den Kick im Bett verschafft? Also, ich weiß nicht.

Kopfschüttelnd betrachte ich das schluchzende Etwas. Mein Neid auf ihr Leben und ihre Erfolge löst sich in Mitleid auf. Keiner scheint mit dem zufrieden, was er hat. Interessant ist immer nur das, was man nicht leben, was man nicht haben kann.

Ich lasse Katja mit ihrem Kummer allein. Im Moment

kann ich ohnehin nichts für sie tun. Als ich aus dem Schlafzimmer komme, steht Michael im Flur und hilft einer jungen Frau aus dem Mantel. Jetzt weiß ich auch, wen er noch abholen mußte. Die liebe Ursula. Cornfeld, der ein gutes Gespür für sich anbahnende Katastrophen hat, steht sofort neben mir.

»Mein Ehrenwort, die hab ich nicht eingeladen.«

»Das möchte ich ihnen auch geraten haben.«

Während mir langsam der Kamm schwillt und mein letztes bißchen Contenance den Bach runter geht, mimt Ursula die Königin der Nacht. Mit ihrem Outfit, einer bodenlangen, schwarzen Samtrobe und einem turbanähnlichen Kopfputz, der ihr langes, blondes Wallehaar aufs Beste zur Geltung bringt, hat sie sich alle Mühe gegeben, mich auf meiner eigenen Geburtstagsfete optisch aus den Angeln zu heben.

Cornfeld scheint das ähnlich zu sehen. »Aparte Kopfbedeckung. Soll wohl von den Pickeln ablenken.«

»Ja, so eine Art Hohlraumversiegelung.«

Ich kann es mir nicht verkneifen, einen Blick auf ihre Schuhe zu werfen. Niedliche kleine Füßchen hat sie. Schuhgröße 38 höchstens. Und jetzt weiß ich auch, was ich tun werde.

»Wollen Sie die junge Frau nicht begrüßen?«

»Nein, ich schmeiß sie raus.«

»Das können Sie nicht machen.«

»Ich kann nicht? Natürlich kann ich.«

Vollkommen ruhig und beherrscht geh ich auf die beiden zu. Begrüße Michael überschwenglich und affektiert mit einem Kuß auf die Wange und wende mich dann langsam Ursula zu. Sie streckt mir ihre Hand hin, die ich unbeeindruckt freischwebend in der Horizontalen verhungern lasse.

»Wer hat Sie denn eingeladen?«

Irritiert und verunsichert starrt sie erst mich und dann Michael an. Der begreift langsam, daß sich gerade ein Hurrikan über seinem Kopf zusammenbraut, und dilettiert in Schadensbegrenzung.

»Ich habe Ursula eingeladen. Ich dachte, es freut dich. Sie ist nämlich ein großer Fan von dir.«

Jetzt versucht er es mit dieser Billigmasche. Schmeichele einer Frau, und sie läßt alle Vernunft fahren. Aber nicht mit mir.

»Das ist aber nett. Nur leider bin ich überhaupt kein Fan von Ursula. Und da das heute mein Geburtstag ist, mein Fest, meine Veranstaltung, möchte ich dich bitten, deinen Rauschgoldengel an der Hand zu nehmen und zu entschwinden. Und zwar so schnell wie möglich.«

Ursulas Mund steht sperrangelweit offen. Ihr Gesichtsausdruck ist an Dümmlichkeit kaum noch zu überbieten. So etwas ist ihr noch nie passiert. Die Entrüstung ob einer solchen Behandlung hat offensichtlich zu einem zeitweiligen Gehirnausfall geführt.

Aber Michael begreift langsam, daß ihm da gehörig was außer Kontrolle gerät und das Ganze in einer einzigen riesigen Peinlichkeit zu enden droht.

»Du spinnst doch. Du bist überarbeitet. Du reagierst total über. Ursula hat dir überhaupt nichts getan. Ich weiß wirklich nicht, was das soll.«

»Du weißt genau, was das soll.«

»Wenn du uns jetzt rausschmeißt, dann . . .«

»Genau. Ganz genau. Dann . . . du hast vollkommen recht. So sollten wir es handhaben. Und tschüs.«

Ich habe keine Lust mehr auf diese dämliche Diskussion und laß die beiden einfach stehen. Wo die Tür ist, wissen sie ja. Toller Auftritt, ich fühl mich wirklich klasse. Genauso hatte ich mir meinen vierzigsten Geburtstag vorgestellt.

Gott sei Dank kommt Cornfeld hinter mir her gerannt. »Pia, geht es Ihnen gut?«

Ich starre ihn fassungslos an. »Gut? Aber klar doch, mir geht es phantastisch.«

»Soll ich sie rausschmeißen?«

»Ich hab sie gerade rausgeschmissen.«

»Nein, ich meine die anderen. Soll ich die anderen alle rausschmeißen?«

»Würden Sie das für mich tun?«

Mittlerweile laufen mir dicke Tränen übers Gesicht. Er nimmt mich vorsichtig in den Arm und drückt mich an sich.

»Ja klar. Ich mach das.«

»Dann geh ich ins Bad und sperr mich ein. Ja? Sie sagen am besten, äh ...«

»Ja, ja, ich weiß schon, was ich denen sagen werde.«

Eine halbe Stunde lang hocke ich in Embryonalstellung auf dem Klo und schluchze leise vor mich hin. Endlich klopft Cornfeld an die Tür.

»Sie können jetzt rauskommen. Sind alle weg.«

Das sind sie tatsächlich. Außer Katja, die leise schnarchend auf meinem Bett eingeschlafen ist. Dafür sieht es in der Wohnung aus, als wäre eine Bombe eingeschlagen. Aber heute bringt mich nichts mehr auf die Palme. Ich bin viel zu erschöpft, um mich noch über irgend etwas aufregen zu können. Noch nicht einmal über die schwarzen Streifen auf den weißen Polstern meiner Couch.

Cornfeld ist in der Küche verschwunden, um mir einen Baldrian-Tee zu machen. »Genau das Richtige für Ihre Nerven«, sagt er fürsorglich.

Ich stopfe mir zwei Kissen in den Rücken und warte darauf, bedient zu werden. Das ist genau das, was ich jetzt brauche. Jemanden, der meine Wunden leckt und mein Selbstbewußtsein wiederbelebt.

Als Cornfeld mit zwei dampfenden Tassen Tee zurück ist, machen wir es uns auf der Couch gemütlich, und ich berichte ihm von meinem Gespräch mit Isabelle. Doktorchen ist ganz schön beeindruckt.

»Also hatten wir doch recht. Sie war es.«

»Ja. Und sie hat es verdammt geschickt eingefädelt.«

»Aber warum? Hat sie gesagt, warum sie es gemacht hat?«

»Ja. Die Adoptivmutter und Simone haben sie wohl nicht sonderlich gemocht. Und, das hat ja die Heimleiterin schon gesagt, mit Zurückweisungen konnte sie nicht umgehen.«

»Ist die Erklärung nicht ein bißchen dürftig?«

»Ich glaube auch, daß mehr dahintersteckt. Sie hat gesagt, daß sie ihren Vater geliebt hat, weil er der einzige Mensch war, der sich um sie gekümmert hat. Wahrscheinlich wollte sie ihn für sich alleine haben. Ich vermute, daß ihre Gefühle für ihn weit über die normale Tochter-Vater-Beziehung hinausgegangen sind.«

»Meinen Sie, sie war in ihren Vater verliebt?«

»Ich denke schon. Vielleicht ist es so etwas wie eine Haß-Liebe. Sie ist regelrecht ausgeflippt, als ich ihr sagte, daß Klaus Dujack ihr leiblicher Vater ist. Das wollte sie absolut nicht wahrhaben. Davon wollte sie überhaupt nichts wissen.«

»Und warum versucht sie dann, ihn in den Knast zu bringen?«

»Damit er nicht heiratet.«

»Das gibt es doch nicht.«

»Doch. Sie glaubt, daß sie ihn endlich ganz für sich hat, wenn er im Knast ist. Da kann ihn ihr niemand mehr wegnehmen.«

»Irgendwie hört sich das nach einem Ödipus-Komplex mit vertauschten Geschlechtern an.«

»Ja, eine griechische Tragödie mitten in Frankfurt.«

»Ich glaube, das hat weniger mit griechischen Tragödien, als mit psychischen Erkrankungen zu tun.«

»Reden Sie jetzt von diesem Borderline-Syndrom?«

»Genau. Die Frau ist krank, schwerkrank. Die muß behandelt werden.«

Wir sitzen jetzt friedlich nebeneinander auf der Couch und trinken unseren Tee. Ich werde langsam ziemlich schläfrig.

»Pia, wir müssen morgen sofort die Polizei anrufen.«

»Warum?«

»Wir müssen denen die ganze Geschichte erzählen. Isabelle Dujack muß aus dem Verkehr gezogen werden. Die ist gefährlich. Davon abgesehen, daß sie natürlich auch bestraft werden muß.«

»Quatsch. Die ist gestraft genug. Mit diesem Muttermord wird die nie im Leben fertig. Nicht in hundert Jahren. Schlimmer können sie einen Menschen gar nicht bestrafen. Ich bin mir nicht einmal sicher, ob es richtig war, ihr das überhaupt zu erzählen.«

Cornfeld donnert seine Teetasse auf meinen Glastisch und sieht mich wütend an. »Entscheiden Sie jetzt über die Bestrafung von Verbrechern? Ersetzen Sie jetzt die Justiz in diesem Land? Da rennt eine Irre frei in der Gegend rum, von der niemand weiß, wen sie als nächstes umbringen wird, und Sie wollen nichts unternehmen. Da kommt ein Klaus Dujack womöglich ins Gefängnis, obwohl er unschuldig ist, und Sie wollen seelenruhig zusehen?«

»Doktorchen, echauffieren Sie sich mal nicht so künstlich. Ein Zuhälter ist nie unschuldig. Der Kerl betreibt Menschenhandel im großen Stil. Das ist ein neuzeitlicher Sklavenhändler. Der gehört auf jeden Fall in den Knast. Und zwar lebenslänglich. Für den sind unsere Knastbedingungen viel zu human. Eigentlich sollten sie ihn in die Türkei oder nach Rußland bringen. Da lernt er dann am eigenen Leib, was es bedeutet, wenn einem fremde Kerle den Schwanz in den Hintern stecken.«

»Und was ist mit Isabelle? Wenn sie wirklich das Borderline-Syndrom hat, dann ist sie suizidgefährdet. Das ist Ihnen doch hoffentlich klar?«

»Vielleicht wäre das ja gar keine so schlechte Lösung. Die Hexe macht ihrem bösen Treiben selbst ein Ende.«

Ich lächele ihn ironisch an. Eigentlich geht mir die ganze Diskussion auf die Nerven.

Doch Cornfeld läßt nicht locker. »Das geht mir zu weit. Wir müssen das auf jeden Fall der Polizei melden. Pia, hallo Pia . . .«

Ich höre ihn schon nicht mehr. Der Baldriantee tut seine Wirkung, und ich verabschiede mich langsam aus der mir zur Zeit so feindlich gesinnten Realität.

Am nächsten Morgen werde ich vom Fernseher geweckt. Cornfeld zappt durch sämtliche Programme. Irritiert sehe ich mich um. Ich habe auf der Couch geschlafen. Gut. Aber wo hat Cornfeld . . .? Dann seh ich einen Verhau von Kissen und Wolldecken auf dem Fußboden und bin beruhigt. Seine Zapperei geht mir jetzt allerdings langsam auf die Nerven.

»Was machen Sie denn da?«

»Ich suche n-tv. Wegen der Aktienkurse.«

Noch bevor ich mich über diesen Quatsch aufregen

kann, sehe ich plötzlich eine Kette in Großaufnahme auf dem Bildschirm. Ich brauche ein paar Sekunden, bis mir wieder einfällt, woher ich sie kenne.

»Cornfeld, gehen Sie zurück. Ja, noch einen Kanal zurück. Gut so. Stop.«

Die Kette ist immer noch zu sehen, und es ist eindeutig dieselbe, die Rebbelmeier im Keller gefunden hat. In der nächsten Einstellung wird das entstellte Gesicht eines toten Mädchens gezeigt.

»... Die Leiche der neunzehnjährigen Eva Lehmann wurde am frühen Morgen von einer Spaziergängerin in Övelgönne am Elbstrand gefunden. Die Polizei vermutet, daß die Leiche schon drei Tage im Wasser gelegen hat und heute morgen durch das einsetzende Hochwasser angespült worden ist. Laut Obduktionsbericht war das Mädchen schon tot, als es in die Elbe geworfen wurde. Ob es sich um ein Sexualverbrechen handelt, konnte bisher noch nicht festgestellt werden. Die Leiche war mit Jeans und einem weißen T-Shirt bekleidet. Eva Lehmann trug bei ihrem Verschwinden eine auffällige Lapislazuli-Kette, die nicht bei der Leiche gefunden wurde. Die Polizei bittet um Hinweise. Wer diese Kette nach dem 31. Juli 1997 gesehen hat ...«

»Cornfeld ...«

»Ja.«

»Ich habe eine gute und eine schlechte Nachricht.«

Cornfeld beginnt wieder mit dem Schnelldurchlauf sämtlicher Programme.

»Die gute bitte zuerst.«

»Ich glaube, wir haben einen neuen Fall.«

»Prima! Und die schlechte?«

»Kein Schwanz wird uns dafür bezahlen.«

Cornfeld läßt endlich die Fernbedienung in Ruhe und

dreht sich zu mir um. »Eigentlich wollte ich Sie ja fragen, ob ich nicht als Partner bei Ihnen einsteigen kann. Aber bei den Einkommenserwartungen überleg ich mir das noch mal.«

»Cornfeld, ich brauche keinen Partner, ich brauche einen Mann.«

»Da kann ich im Moment leider nicht mit dienen. Später vielleicht.«

Das erste Kissen fegt ihm die Brille von der Nase . . .